刺猬的优雅

L'élégance du hérisson

Muriel Barbery

[法]妙莉叶·芭贝里 著

史妍 刘阳 译

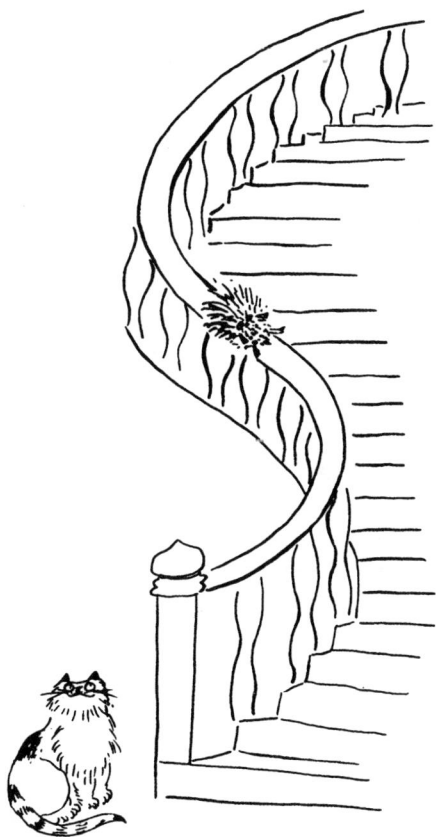

南京大学出版社

译者序

　　《刺猬的优雅》①是法国女作家妙莉叶·芭贝里的小说。她
1969 年生于摩洛哥，曾在诺曼底教哲学。她的第一部小说《终极
美味》，获得 2000 年度最佳美食文学奖以及 2001 年酒神巴库斯
奖。这部《刺猬的优雅》出版后影响更大，英国版、美国版同步上
市。出版后旋即获得法国书商奖，曾连续三十周在亚马逊网站销
售排行榜，销售量已超过一百万册。评论界给了此书很高的评价：
"妙莉叶·芭贝里让两位女主角沉浸在生命的荒诞与美妙中，透过
幽默，以艺术礼赞生命"（法国《生活杂志》）。"继玛格丽特·杜拉
丝《情人》后，以长销之姿雄踞畅销传奇"（《法兰西晚报》）。"全民
公认，原创、幽默生动、令人爱不释手的一本小说"（《巴黎人
报》）。② 这部作品已被拍成电影，女主角由若西阿娜·巴拉斯科
扮演，而小津格郎则由伊川东吾扮演。小说以巴黎高档住宅区一
幢公寓为背景，以看门人勒妮自叙和少女帕洛玛日记的形式，反映
了作者对社会现实和人类生存境遇的思考，体现了作者对生命意

---

　　① Muriel Barbery, *L'élégance du hérisson*, Paris, Gallimard, 2008. 文中引文均见
此书。

　　② http://www.douban.com/subject/3090898/

1

义和艺术真谛的探寻。我们认为，这部作品之所以能风靡世界、打动读者，主要是因为作品以独特视角创造了生动鲜活的人物形象，以巧妙的艺术构思表达了深邃的生命与艺术哲理。

按照妙莉叶·芭贝里小说《刺猬的优雅》中的描写，格勒内勒街七号是法国巴黎高档住宅区一幢大楼。这幢大楼里住着国会议员、外交官、律师、美食评论家等。公寓里各家住户的生活因阿尔登一家卖房、新来的小津格郎买房而发生着变化。作者以一个普通的门房作为小说的主人公，可谓独具慧眼。

门房，即公寓的看门人，受业主的雇用，负责传达、购物、收发等日常事务。小说中的勒妮从外表看是这样的一个年老、丑陋的门房，她故意在人们面前显示出一种邋遢、无知的样子，力求符合人们心目中固有的门房形象。然而，她的内心深处却是一片葱茏的绿洲。当她回到自己的住处后，就显示出另一种形象。那才是她真实的自己，一个外表丑陋、内心异常丰富的求知者，一个性格鲜明、与众不同的人物形象。这个世纪之交的普通人物至少具有以下几方面的新特征。

她勤奋刻苦、学识渊博。她虽然出身贫寒，但努力学习，如饥似渴，她"钻研历史、哲学、政治、社会、经济"等。她偏爱司汤达和托尔斯泰的作品，一不小心会冒出一两句作家名言。她的购物包里会掉下一本哲学专著。她对中世纪的哲学、近代康德的哲学、当代胡塞尔现象学都有所涉猎，并有自己的独特理解，她能与博士候选人就哲学问题平等对话。她是现代精英的先知，"非但没有模仿那些年轻人，却在广泛的实践中超越了他们。"

她外表冷漠、内心火热。用她自己的话来说，"在名字、地位和

2

外表上我是个穷人，但是要论聪明才智的话，我是一个百战不败的女神。"用帕洛玛的话说，勒妮"从外表看，她满身都是刺，是真正意义上的坚不可摧的堡垒"，"从内在看，她也是不折不扣地有着和刺猬一样的细腻"，"喜欢封闭自己在无人之境，却有着非凡的优雅"。她心地善良、爱憎分明。她与达官贵人格格不入，却与曼努埃拉亲密友善，对帕洛玛殷勤客气，将新房客小津视为知己，最后为救一个流浪汉而惨遇车祸。

她珍惜生活，酷爱艺术。她"将生命的每一分钟都用于读书、看电影和听音乐"，能欣赏马勒、莫扎特的音乐，荷兰画派和意大利画派，她追随艺术领域的科技进步，尤其是影视技术的发展，使她能够了解最新的电影动向。她善于从日常生活中领悟深刻的道理，她对茶道、家庭装饰等都有独到的见解，从小津格郎新居装修后改装的滑门看到了美。她维护语法的纯正，对雇主违反语法的言辞由衷地反感。

由此可见，勒妮是一个刻苦求知、心地善良、爱憎分明、言行优雅、酷爱艺术的门房。按小说中的描写，勒妮生于乡下，家境贫寒，在上小学时因为老师的启发和怜悯而开窍，努力学习各种知识。后来到巴黎当门房。她的姐姐被富家子弟始乱终弃，这给她留下了难以磨灭的阴影，她身为门房，当然很难融入巴黎上流社会，这正是贫富差别所造成的结果。勒妮为了自我保护，必然掩饰自己的真实形象。但是，她对生活、对美的追求从未停止。这个人物具有鲜明的时代特征。现代高科技的发展、特殊生存环境的要求、个人自身的求知欲，使她得以不断完善自己，从而得到了精神的升华。

在法国文学史上，不少作家在自己的作品中描写过门房的形象。巴尔扎克在《邦斯舅舅》里就用一章的篇幅描写"门房的典型男性和女性"。他们在自己的门房工作之外,还另做生意。女门房"肥嫂"茜博太太精于算计。他们觊觎邦斯老人的收藏品,企图占为己有。普鲁斯特在《追忆似水年华》中描写的几个门房也是"可憎"、"爱进谗言"、"爱嫉妒",擅长"搬弄是非"、"打小报告",他们呈现在人们面前的就是工于心计、刁钻促狭、令人生厌的形象。因此,作家刻画的勒妮为法国文学乃至世界文学长廊增添了一个全新的人物形象。

小说描写了帕洛玛、小津格郎、曼努埃拉等几位对勒妮有影响的人物。帕洛玛是一个十二岁半的 90 后女孩,她出生于有钱有势的贵胄之家。她天资聪颖,似乎过早地看破红尘,打算年满十三岁那天离别人世,而在这一天来临之前写有关身体和物体的日志。她厌恶家庭环境,喜欢茶品和漫画,排斥报纸和咖啡。她思想敏锐、紧跟潮流,完全不同于她那些沾染社会不良风习的同学。她与姐姐科隆布时有交锋,跟所谓心理医生叫板,对高档饭店和法国烹调不以为然,她被勒妮称为"人类本性的判官"。小津格郎的到来,勒妮的言传身教,使她发现了生活之美,对人生有了新的看法。她认识到自己先前的想法只是富家小姐的无病呻吟,从而振作起来,直面人生,探询生命的意义,随时捕捉那转瞬即逝的片刻时光,追求"曾经"中的永远。

小津格郎是一位退休的音响设备商,因为购房而进入这座大楼。他是日本著名导演小津安二郎的亲戚。他具有极高的文学艺术修养,对俄国文学、静物画、荷兰画派谙熟于心。他待人真诚和善,与帕洛玛忘年交谈,与勒妮则心有灵犀,诚如勒妮所说,"他有着年轻人的热情和天真,又有着智者的胸怀和友善。"

曼努埃拉虽然是一位女佣,却具有高贵的气质,她是勒妮的知心朋友,每周与勒妮相聚,她鼓励勒妮与小津格郎交往,甚至为她们的约会准备服装和食品。

小说还通过帕洛玛之口,揭露一些所谓的社会精英:"有些成年人戴着既甜言蜜语又温文尔雅的面具,但是他们的内心是丑陋而冷酷的。"帕洛玛的父亲虽然身居高位,但懦弱、麻木不仁、铁石心肠。帕洛玛的母亲具有文学修养,喜欢掉书袋。科隆布傲慢自大、唯我独尊,忙于谈情说爱。维奥莱特·格勒利埃趾高气扬自命不凡。德·布罗格利是保守派,被称为老法西斯,是"政治思想僵化的完美典型"。他的妻子也是保守派,其"表情就像撒哈拉沙漠的一只蜗牛"。上流社会的两位女子甚至为了一条打折的内裤而你争我夺,毫无优雅可言。心理学家泰德医生则装腔作势,欺世盗名。

作者笔下的这些人物,身份不同,性格各异,是勒妮、曼努埃拉、小津格郎、帕洛玛等人的反衬。另外,小说还描写了流浪汉仁冉等一批普通人,他们与小说的主人公一起共同构成了一个特殊的小世界,成为法国现实生活的缩影。

恩格斯在写给玛·哈克内斯的信中指出:"在我看来,现实主义的意思是,除细节的真实外,还要真实地再现典型环境中的典型人物。"[①]按照现实主义理论,环境不只是人物活动、故事发生的场所,而且表现出时代风貌、社会制度、人与人之间的关系。在小说描写的七层楼公寓里,其中两层各住一家,面积达到四百平米,其余每层由两家分居。这里是一个"禁锢在权利与空间的冰封之中的僵化社会"。作者对人物、环境的描写,反映了现代社会的特征,揭示了生活的本质。芭贝里的第一部小说《终极美味》就是发生在

---

① 《马克思恩格斯选集》第四卷,北京:人民出版社,1972年,第461页。

5

这个高档住宅区的故事。她正在写的第三部小说中的故事,会不会仍然发生在这个高档住宅区呢?这个公寓会不会与巴尔扎克笔下的伏盖公寓,普鲁斯特笔下的那几座公寓一样,成为人们熟知的典型环境呢?

　　小说以勒妮的叙述和帕洛玛日志交叉再现的形式写成。勒妮的叙述讲述了她的人生经历和精神遨游。帕洛玛"世界运动日志"和"深刻思想"分别写人的身体运动和精神遨游。小说给人的突出印象就是它的音乐性。翻开书的目录就会发现,每一章篇幅不一,差别悬殊。这种结构颇为独特。第一部分"开场白"只有勒妮的叙述两章,加上"深刻思想"一篇,有如序曲。第二部分"山茶花",有勒妮的叙述十八章,加上"深刻思想"七篇(二到八),"世界运动日志"三篇(一到三),如同快板。第三部分"语法",有叙述六篇,"深刻思想"三篇(九到十一),如同慢奏套曲。第四部分,"夏雨",有勒妮的叙述十八章,"深刻思想"两篇(十二到十三),加上"世界运动日志"三篇(四到六),如同合奏。第五部分,"帕洛玛",有勒妮的叙述二十三篇,深刻思想三篇(十四到十五,最后的深刻思想),世界运动日记一篇(七),如同回旋曲。书中一老一少的讲述就如同大小提琴的交叉演奏。山茶花、夏雨等意象犹如主导乐句不时再现。小说对夏雨等的诗意描写,则是其中的华彩乐段。小说正是通过这种巧妙的结构,表达了对生命和艺术的礼赞和沉思。因此,小说犹如一首结构完整的《门房协奏曲》。

　　小说正是通过抒情音乐般的描写表现了小说中人物对生命和艺术的体悟。帕洛玛想要的是"存在于世间的美,那是在生活的动作行为中所呈现出来的并且能够提高我们精神境界的事物"(世界运动日志之一)。勒妮感悟到:"生命或许便是如此吧,有很多的绝望,但也有美的时刻,只不过在美的时刻,时间是不同于以前的。"书中引述《安娜·卡列尼娜》中列文与农民们一起割草,享受劳动欢乐的场景,使得小说充满了诗情。山茶花使让·阿尔登改变了命运,把他从一个因吸毒而垂死的病人变成了一个自食其力的劳动者。玫瑰花断茎的一刹那使帕洛玛发现了美。一群普通人的命运促使帕洛玛直面人生。勒妮最终走出了她的门房室,勇敢地接受生活的馈赠。

勒妮从饮茶体悟到了生活之美:

> 茶道,相同的动作和相同的品尝能够清晰、明确地重复,达到简单、真实而又讲究的感觉,适合任何人,以很少的消费,就能变成有品味的贵族,因为茶是有钱人的饮品,同时也是穷人的饮品,故而茶道的特殊优点就在于,在荒诞的人生之路上为我们打开一道宁静而和谐的裂口。是的,万物皆空,迷失的灵魂为美而泣,人间琐事包围着我们,那么,还是品味茶之清香吧。四处一片寂静,听到外面飕飕的风声,看到微微作响、随风飘扬的秋叶,在温馨的阳光下安然熟睡的猫儿。呡茶一口,光阴便会升华。

帕洛玛在与勒妮、小津等人的接触中,在与外部环境的抗争中,通过"深刻思想"和"世界运动日志"中的反思,对人生有了新的认识:"重要的是现在:构建某种生命状态,就在此刻,不惜代价,竭尽全力。……时刻想着每天超越自我,使生命成为不朽。一步步地攀登自己心中的珠穆朗玛峰,使自己的每一步都成为片刻永恒。"

同样,在勒妮看来,艺术是无欲之情感,在时间的长河中打开一片空间。永恒就在当下的生活中,就在我们自己心中。勒妮说:"艺术,就是生命,不过却遵循着另一种韵律。"帕洛玛说:"活着,就是要随时捕捉那转瞬即逝的片刻时光。"这是她们真切的感受和憧憬。勒妮经过夏雨的洗礼,经过蜕变而获得了重生。

您知道一场夏雨意味着什么吗?

首先,素雅之美划破夏日天空,这征服心灵的敬畏之情让人们在雄伟壮丽的景致之中感到自己如此微不足道,如此软弱无能,怎能不被事物的威严所鼓舞,被世界的豪爽所震撼、俘获和吸引呢。

随后,在长廊里大步流星地走着,突然之间进入到一个充满阳光的房间里。那是另一个空间,坚定的信念油然而生。身体不再是一个粗糙的空壳,心灵则萦回于云层之上,那是雨水的力量,在获得新生的时刻,美好的日子宣告来临。

接着,时不时地,如同泪珠,圆润、有力、串串相连,在它们身后划出一道长长的不规则痕迹,雨水,夏季,清除了静止不动的灰尘,使灵魂再生,像永不停息的呼吸。

因此,夏季的一些雨滴扎根在我的心中,有如一颗新生的心，与另一颗心一齐跳动。

勒妮这个普通的小人物，外表粗陋而内心优雅。唐代诗人李贞白《咏刺猬》诗中说："行似针毡动，卧若栗球圆。莫欺如此大，谁敢便行拳。"[①]作家通过勒妮及其公寓的描写浓缩了当代社会的现实，表现了对人类的现实及其未来的深层反思，体现了作者对人生意义和艺术真谛的追寻。既然生命短暂，艺术永恒，那么就在生活、在艺术中捕捉永恒吧。"永远"就在那"曾经"之中，永恒就在那不经意的片刻之间。

---

① 《全唐诗》卷八百七十，北京：中华书局，1960年，第9873页。

目　录

帕洛玛

马克思

（开场白）

1. 播种欲望的人

"马克思彻底改变了我的世界观,"平时从不跟我讲话的小帕利埃今天早上如此向我宣布。

安托万·帕利埃,这个古老工业家族的继承者,他的父亲是我八个雇主之一。他是资产阶级大财团打的最后的饱嗝——特别而毫无杂质——此时,他正为自己的发现而洋洋得意,条件反射似的向我阐述起他的大道理,甚至没有考虑到我是否能听得懂,像我这样的劳苦大众又能对马克思的著作理解多少呢?他的作品很难理解,用语考究、文风晦涩、论题复杂。

而我还没有愚蠢到表露自己的想法。然而此刻,我差点就因为愚蠢暴露了自己。

"您还是应该读一读《德意志意识形态》①。"我对这个穿着深绿色带风帽粗呢大衣的傻瓜说道。

要理解马克思,要理解他为何是错误的,那就必然要读《德意志意识形态》。这部作品是人类学的根基,在此基础上号召人们建立新的世界,在此基础上得出一个重要的信念:那就是,对于在欲

---

① 马克思和恩格斯共同创立历史唯物主义理论体系的一部巨著。——译者

求中迷失的人们来说,只要满足他们的基本需求便可。在膨胀的欲望受到制约的世界里,将会产生一个没有战争、没有压迫、没有腐朽等级制度的崭新社会。

"播种欲望的人必会受到压迫,"我近乎低沉地用似乎只有我的猫才能听得到的声音对他说道。

但是,安托万·帕利埃,他惹人嫌的萌芽状的小胡子却丝毫没有猫的狡黠,他看着我,对我的奇谈怪论感到大惑不解。人们没有能力相信打破自己思维习惯的事情。我像平时一样,恰恰因为没有这个能力而得以脱身。一个女门房是没有能力去读《德意志意识形态》的,因此,她也就没有能力引用关于费尔巴哈①的第十一条提纲②。再说,一个读过马克思的门房必然会随时觊觎着颠覆社会,灵魂也必然出卖给一个叫法国总工会的魔鬼③。一个女门房为了灵魂的升华而阅读马克思的著作,这种违反思维习惯的事儿不是任何一个资本家所能想象得到的。

"替我向您母亲问好,"我嘀咕着关上了门,希望两句发音困难的话将会被千百年来偏见的力量所掩盖。

---

① 费尔巴哈(Ludwig Feuerbach, 1804—1872):德国旧唯物主义哲学家。——译注
② 马克思《关于费尔巴哈的提纲》第十一条是:"哲学家们只是用不同的方式解释世界,问题在于改变世界"。——译注
③ 法国最大的工会联合会,提倡合作交易,以及罢工方式获取经济成果,并进行阶级斗争来争取更大的革命性社会变革。——译注

2．艺术的奇迹

我叫勒妮，今年五十四岁。二十七年来，我一直在格勒内勒街①七号的一栋漂亮公寓里当门房，那是一栋配有庭院和花园的美轮美奂的住宅楼，分成八个极度奢华、住满房东、宽敞无比的公寓。我寡居、矮小、丑陋、肥胖，脚上布满老茧，有一些早晨，我会因自己有如猛犸象一般呼吸时发出的口臭味而感到不适。我从未上过学，贫穷也从未远离过我，我是一个平庸而微不足道的小人物。我和我的猫咪一起生活，一只肥胖慵懒的公猫，它有个特点就是，当它心情不好时，爪子会散发出奇臭无比的味道。它和我一样，不大在融入同类这方面下功夫。我冷漠绝情，然而我总是彬彬有礼，虽然大家不喜欢我，但还是会容忍我，因为我很符合社会信仰所塑造出的门房形象，我是让世人共同的伟大梦想维持运转的复杂构件之一，按照这一梦想生命是有意义的，但这意义很容易被破解。既然在某些地方写着：门房都是年老体衰、外貌丑陋、脾气暴躁，那么在同一座愚妄天宫的门楣上，也同样以激动人心的文字刻着：这样

① 格勒内勒街位于巴黎塞纳河左岸第六区与第七区，是法国诸多政府机关所在地。——译注

的门房都有一只成天躺在套着针织花饰枕套的坐垫上呼呼大睡的慵懒的大肥猫。

同样，门房们给人的印象是成天没完没了地看电视，而她们的肥猫们也自然在旁边呼呼大睡。不光如此，在门厅处闻到什么牛肉浓汤、蔬菜汤，或是什锦红烧肉这类廉价家常菜的味道便是情理之中的事情。而我，能够成为这栋超豪华高档公寓的门房，真是荣幸之至，但因身份卑微而违心烹饪出的令人作呕的菜肴，甚至连二楼的国会议员德·布罗格利先生都要出面干涉了。在他妻子面前，他要表现出彬彬有礼却不失严厉的样子来对我进行说服性教育。要知道，这位先生的人生一大目标便是驱赶老百姓家里所特有的气味。这令我如释重负。为了更好地掩饰，我将真实的自己隐藏到被迫服从的外表之下。

这是发生在过去二十七年间的事情。从那以后，每天早上，我都会到肉店买一片火腿或者是小牛肝，再放到网兜里，夹在一袋面条和一把胡萝卜之间。我得意地炫耀这些能够凸显其相当重要特点的寒酸食物，因为我是这所高档住宅中的穷人，买这些东西一方面是为了满足他们对门房根深蒂固的看法的需求，另一方面是为了喂养我的猫咪列夫，它因吃了本该属于我的食物而发胖。当它恣意享用它的猪肉和奶油通心粉时，我却能够在毫无嗅觉干扰，在没人怀疑我对食物的个人偏好的情况下好好满足下自己的胃口。

最棘手的就是电视的问题了。我丈夫在世时，我从没有想过电视会成为一大问题，因为他经常看电视使我免去了这项苦差事。每当电视的声音肆溢到楼房的门厅时，这足够使社会等级偏见保留下去。于是，当我丈夫吕西安死后，我只能费尽心机地维护自己的颜面。他在世时,我不需要尽这项不公道的职责,他死后,我就失去了他这个没有文化而引起他人猜疑的挡箭牌。

多亏了无按钮装置,我找到了解决的方法。

一个连着红外线装置的电铃时刻提醒着我大厅里人们的一举一动,如此一来,使得所有的警报按钮都失去了作用,大厅里的过客按电铃好使我能够知道他们的到来,哪怕我离他们很远。因为在这种情况下,我总是待在走廊深处的一个小房间里度过我大部分的闲暇时间,这里没有嘈杂声和恶臭味,我可以做回我自己,我可以随心所欲地生活,并同时像每个门房一样能够第一时间得到信息:有谁进来,有谁离开,和谁一起,在什么时候。

因此,当穿过大厅的居民听到轻微的电视声响时,他们在缺乏想象力而决非发挥想象力的情况下,脑海中会浮现出一个四仰八叉躺在沙发上看电视的门房形象。而我呢,正躲在自己的神秘小屋,将门窗的缝隙塞堵上,我虽听不见什么声音,却能知晓有何人路过。在隔壁房间里,我可以藏在白色纱帘的后面,透过楼梯对面的猫眼洞,神不知鬼不觉地察看每一位过客的身份。

录像带的出现,以及不久之后的 DVD 机更加从根本上改变了我的内心世界。哪个人会相信像我这样一个门房会如此感动于《魂断威尼斯》①这部电影?又有哪个人会相信马勒②的音乐是从一个门房的房间里传出来的呢?我从我们夫妇共同的储蓄中拿出

---

① 由意大利导演维斯康蒂(Luchino Visconti,1906—1976)执导,改编自诺贝尔文学奖得主、德国作家托玛斯·曼(Thomas Mann,1875—1955)的同名小说,是一部结合了电影与文学叙事成就的艺术电影。——译注

② 马勒(Gustav Mahler,1860—1911),欧洲著名指挥家、作曲家,代表作有交响乐《巨人》、《复活》和《大地之歌》等。其中《大地之歌》是马勒根据汉斯·贝特格(Hans Bethge,1876—1946)的《中国之笛》中李白、钱起、孟浩然和王维所作七首德译唐诗创作的。——译注

一笔好不容易积攒下来的积蓄,搞来另一套电视光碟设备放在我的神秘小屋中。当门房里那台电视机播放着低级娱乐节目而保护着我的秘密时,我却在神秘小屋中眼含泪光,为艺术的奇迹而如痴如醉。

深刻思想之一

追逐繁星
在金鱼缸中
了结此生

有时,成年人似乎会花一些时间坐在椅子上,思考着他们悲惨的一生。他们凭空叹息,就像总往同一个窗户上乱撞的苍蝇,他们摇晃、挣扎、虚弱,最终坠落,他们会扪心自问为何生活会让他们去他们不想去的地方。最聪明的人把这当作是一种宗教:啊,资产阶级生命中可耻的空虚!还有一些这样的犬儒主义者,他们跟老爸在同一张餐桌上吃饭,"我们年轻时代的梦想都变成了什么样子呢?"他们露出一副看破红尘、心满意足的表情询问道。"他们梦想逝去,生命像一条狗。"我厌烦这种虚假的自视清醒的"成熟"。其实,他们会像其他小孩子一样,不明白发生在自己身上的事,强忍着扮演硬汉,其实心里难过得想哭。

然而,这很容易理解。孩子们都相信成年人的话,而当自己步入成人社会之后,他们为了报复大人们的欺骗而继续欺骗自己的孩子。"生命是有意义的,不过这完全掌握在大人们的手中"。这是一句所有人都普遍相信的谎话。当我们成年后,明白这是错误时,为时已晚。谎言的神秘性依然完好,但是所能支配的精力长久以来在愚蠢的行为中被消耗殆尽。最后剩下的只有自我麻痹,以及试图掩盖没有找到生命之意义的事实，人们一次又一次地欺骗自己的孩子，只不过为了更好地说服自己罢了。

与我家来往甚密的那些人全都走着同一条路：年轻时尝试着使他们的聪明才智得到回报，像榨取柠檬般获取知识，谋得精英职位，然后倾其一生都在愕然中思忖为什么这般费尽心机到头来却只落得如此无意义的人生。人们相信追逐繁星会有回报，而最终却像鱼缸里的金鱼一般了结残生。我思忖着如果从孩童时期就开始教育他们生命是荒诞不经的，那大概会容易些吧。虽然这样做可能会夺走孩童时期的美好时光，但是成人后却能获得大把的光阴——而且至少，我们会免去一种创伤，身处鱼缸之中的创伤。

我，十二岁，住在格勒内勒街七号的一套高档住宅里。我的父母很富有，我的家庭很富有，因此我的姐姐和我有可能也很富有。我父亲继部长后又成为议员，并将可能登上国民议会主席的位置，饮光拉赛宫①酒窖里的美酒佳酿。我的母亲……确切地说，我的母亲并不能算是一个才华出众的人，但她受过良好的教育。她拥有文学博士文凭。当然，她写晚宴邀请函是不成问题的，而且有时她会动不动就给我们掉一掉书袋（比如"科隆布，不要摆出盖尔芒特的样子"，"我的宝贝，你是真正的桑塞薇里娜"②）。

尽管如此，尽管我是如此幸运和富有，但长久以来，我知道自己人生的终点便是金鱼缸。我是怎么知道的呢？事实上我很聪明，甚至可以说绝顶聪明。如果人们看到像我这样年龄的孩子，就

---

① 坐落在巴黎第七区，是大学街上独特的饭店，目前是国民议会的议长官邸。——译注
② 盖尔芒特是普鲁斯特的小说《追忆似水年华》中的人物，桑塞薇里娜是司汤达的小说《帕玛修道院》中的人物。——译注

会了解到我的深不可测了。因为我不希望太受人关注,特别是在一个将聪明当作一种至高无上价值的家庭里,一个超智商的孩子绝不会有平和的生活,于是在学校,我试着降低我的成绩,但是即便如此,我却总是第一名。人们可能认为,像我这样在十二岁时就能达到高等师范文科预备班水平的人,要扮演正常智商的人是件轻而易举的事,但事实上,这可绝非易事啊!我总是想方设法去做一些让人们感觉自己更愚蠢的事情。但是从某种程度上来说,这不会让我闷得慌:所有不需要花在学习和理解上的时间,我都去模仿普通好学生的风格,他们的答辩能力、待人态度,以及他们的小错误和他们认为重要的事情。我读过班里第二名康斯坦丝·巴雷的所有作业,包括数学、法语和历史,我就这样学习到我应该做的事情:法语就是一系列紧密的单词和正确的拼写,数学是机械化地复制无意义的运算公式,历史则是一系列和逻辑联接器相连接的事实。但即便跟成年人比较,我也比他们中大部分人更加聪明。事实确实如此,我从未因此而感到骄傲,因为我什么也没做。但是可以肯定的是,我不能到鱼缸里。这是一个深思熟虑之后做出的决定。即便对于一个和我一样聪明,对学习同样有天赋、与众不同并且出类拔萃的人来说,人生早已定性,而让人悲伤得想哭的是:没有人看起来曾经思考过,实际上如果人生是荒诞的,那么价值再大的伟大成功也不比失败好到哪里。只是会过得比较舒服而已。恐怕还达不到舒服这个程度吧:我相信,聪明头脑能使成功的滋味变得苦涩,而平庸才会让人生充满希望。

　　于是我做了个决定,不久我将离开孩童时代,尽管我很坚信生活是一场闹剧,但知道自己不能坚持到最后。实际上,我们规划自己的一生为的是让自己去相信不存在的事情,因为我们是不想遭受苦难的生物。于是竭尽全力使自己相信有些东西值得追寻,只有这样人生才有意义,我即便很聪明,却也无法得知自己能挺多长时间对抗这种生理上的演化。当我真正踏入成人社会的那一天,我是否还有能力去面对生命的荒诞感呢?我不知道,因此便下定了决心:今年学期末,即6月16日,在我十三岁生日的那一天,我将会了结自己的生命。请不要担心,我不打算大张旗鼓地做这件事情,那样做就显得自杀是一种勇敢而又具有挑战性的事情。另外,我也不能让任何人有所怀疑。要知道,成年人总是对死亡歇斯底里,把它看作是什么天大的事情一样,其实死亡是世界上最平凡的一件事情。实际上,对我来说,重要的不是事情本身,而是如何去做。我日本的一面当然是倾向于切腹自杀。当我说我日本的一面时,意思就是指我对日本的喜爱。我是四年级的学生,很显然,我会选日语作为我的第二语言。我的日语老师不厉害,他的法语吞音严重,而且老是搔头,露出一副困惑不解的神情,但是我有一本还不赖的教科书,自从开学以来,我的日语有了很大的进步,再过几个月,我就有希望看懂我所钟爱的漫画了。妈妈无法理解"像你如此聪明的小女孩"还会看漫画,我懒得跟她解释,只说是动画。她认为我在吸收次文化,我也没跟她辩解。简单地说,再过几个月我也许能看懂谷口①的漫画。但是我会集中精力去做我自己的事情:那就是争取在6月16日之前完成,因为在6月16日那天,我会自杀。但不是切腹自杀。那应该是充满意义和美好的吧,可是……呃……我一点也不想遭罪。说实话,我讨厌遭罪;我的想法

---

① 谷口,即谷口治郎,日本著名漫画家,作品里有不少都透着浓厚的文学气息,且晦涩难懂,看他的作品就如同读一部文学小说,其内容清新淡雅而又引人深思。——译注

是既然下定了一死了之的决心,那就是因为我们认为死是情理之中的事情,所以应该轻轻松松地了结。死,那应该是温柔的通道,应该是轻轻地滑入梦乡。有人从五楼跳窗自杀,有人服毒自杀,也有人悬梁自尽!这真是荒谬!我甚至觉得这很下流。如果不是为了避免遭受痛苦,那为什么要死呢?而我,已经设想好了解脱的方式:这一年来每一个月,我都会从妈妈床头的药瓶里拿一颗安眠药。她吃得很多,如果我每天拿一片,她是无论如何都不会发现的,但是我决定时刻处于万分小心的状态。当我们做一个让人难以理解的决定的时候,我们绝不能放松警惕。我们无法想象有些人在干涉你预谋已久的计划时所反映出来的速度,他们只是会说一些傻话,比如"生命的意义"或者"人类的大爱",对了,还有"童年是神圣的"。

于是,我静静地走向 6 月 16 日,我并不害怕。可能只是有点遗憾。但是如此这般的世界对我来说毫无意义。话又说回来,不能因为有想死的心,往后就要像烂菜帮一样地混日子。甚至应该完全相反。重要的是,不是因为死,也不是因为在哪个年龄死,而是在死的那一刻我们正在做什么。在谷口的漫画书中,主人公在攀登珠穆朗玛峰时死去。而在 6 月 16 日之前,我不再有机会去攀登 K2 峰①和大汝拉峰②,我的珠穆朗玛峰是精神上的需求。我给自己定下的目标就是有尽可能多的深刻思想,并将他们记载在笔记本上:如果没有什么是有意义的,那么至少灵魂是需要净化的,

① K2 峰,也称为戈德温·奥斯汀峰(Mount Godwin Austen)、达普桑峰(Mount Dapsang)或乔戈里峰(Mount Chogori),是世界第二高峰,海拔 8,611 公尺(28,251 呎),仅次于珠穆朗玛峰。——译注

② 大汝拉峰位于法国与意大利交界处,终年白雪覆盖。——译注

不是吗？不过,因为我是一个日本迷,就加了条限制:深刻思想要用日本短诗的形式表现出来,三句诗或五句诗。

我最喜欢的三句诗,是松尾芭蕉①的俳句。

> 渔翁茅屋
>
> 虾子跳
>
> 蟋蟀叫!

这,不是金鱼缸,绝不是,这是一首诗!

不过,在我生活的世界里,还不如日本渔翁的茅屋诗意盎然。四个人生活在 400 平米的房间里,而有很多人,也许其中包括一些落魄诗人,甚至还没有体面的住房,15 个人挤在一个 20 平米的房间里。您觉得这正常么？今年夏天,据说有报道称一些非洲移民因楼梯着火被困在危楼中而命丧火海,这让我产生了一个想法。他们,金鱼缸,他们整天都在金鱼缸里,他们不能藉着编故事来逃出金鱼缸,可是我的父母和科隆布自以为在海洋里游泳,因为他们生活在 400 平米,还配备有家具和书画的大房子里。

于是 6 月 16 日,我打算提醒他们沙丁鱼一样逼仄的生存空间:我会在公寓里放火(用烤肉时用的火柴)。注意喽,我不是罪犯,我会在没人的时候放(6 月 16 日碰巧是周六,每个周六下午,科隆布会去蒂贝尔家,妈妈会去做瑜伽,爸爸会外出应酬,而我,自

---

① 松尾芭蕉(Bacho Matsuo,1644—1694),日本俳句鼻祖,他将一般轻松诙谐的喜剧诗句提升为正式的诗体,即俳句,并在诗作中注入了禅的意境。——译注

己呆在家里），我会把猫从窗口放出去，为了避免伤到无辜的人，我会提前通知消防队。然后，带着安眠药，去外婆家静静地睡去。

没有公寓和女儿，他们或许会想到所有死去的非洲移民，不是么？

山茶花

1. 女贵族

　　每周二和周四，我唯一的朋友曼努埃拉会到我的门房来和我一起喝个茶。曼努埃拉是个单纯的女人，尽管耗尽二十年的心血一直替人打扫灰尘却未丧失一丁点儿的优雅。当然，这里所谓的打扫灰尘只是委婉的简称。要知道，在有钱人的家里面，有些东西是不能随便称呼的。

　　"我把垃圾筒里的卫生巾倒掉，"她用温柔而带有前腭擦音的口音对我说道，"我把狗的呕吐物拾集起来，我把鸟笼子打扫一下，根本无法相信如此小的动物会拉出这么多的屎，我还把厕所擦得锃亮。灰尘呢？干得漂亮！"

　　有必要说明一下，曼努埃拉周二从阿尔登家来，周四从德·布罗格利家来。在我这儿之前，曼努埃拉都要用棉布将镶着金箔的厕所擦亮，尽管如此，这镶了金箔的厕所和全世界的厕所一样肮脏，一样散发着恶臭，因为如果世上有一件事情使得富人要和穷人平等，那就是富人们同样要去充满臭味的厕所里拉屎。

　　因此我们应该向曼努埃拉致敬。在这个世界上，有些人天生就是做肮脏劳累的工作，而有些人却捏住鼻子什么都不做，然而曼努埃拉没有因此而失去优雅的本性，这种本性远远超过了所有镀金箔片的光辉，更不必说厕所里的了。

"想吃核桃，先要铺上桌布。"曼努埃拉说着从她的旧提包里拿出一个浅色木制小盒，胭脂红绸缎螺纹状花边点缀其中。小盒里装的是杏仁饼干，而我则煮了一壶只用来闻香气的咖啡，我们俩一边细品绿茶，一边咀嚼饼干。

与一直背叛门房形象的我一样，曼努埃拉也不像葡萄牙女佣，她自己并不知道。因为这位法鲁①姑娘生在无花果树下，在她之上有七个兄弟姐妹，之下有六个兄弟姐妹，她很早就在田里干活，年纪轻轻便嫁给了一个泥瓦工。不久随丈夫移居法国，又成为四个孩子的母亲。这四个孩子依据出生地法是法国人，依据社会眼光，他们依然是葡萄牙人。这位法鲁姑娘，身穿黑色束腿袜，头戴头巾，是一位贵族，一位真正的、伟大的、无可厚非的女贵族，因为贵族天性已经刻骨铭心，她无视于宫廷礼仪和贵族称号。一个女贵族应该是怎样的呢？大概就是出淤泥而不染的境界吧。

公婆家的庸俗，每周日公婆家的人都会以低俗娱乐来压抑出身卑微、前途渺茫的痛苦。邻居们的庸俗，他们有着如同工厂里霓虹灯般苍白悲伤的人生，人们每天早上上班如同下地狱一般痛苦。女雇主们的庸俗，金钱无法掩饰她们的卑劣，她们对待她如同对待一条癞皮狗。但是只要看到曼努埃拉将她精心烹制的水果糕点送给我就像呈献给女王一样，就能体会到这个女人的优雅。是的，像呈献给女王一样。每当曼努埃拉出现时，我的房间即刻成了宫殿，贱民的小吃成了国王的宴席。如同讲故事的人将人生变成一条吞

---

① 葡萄牙东南端城镇，法鲁区首府。位于圣玛丽亚角附近，濒临大西洋，西北距里斯本217公里。——译注

噬痛苦与忧愁的璀璨河流,曼努埃拉则将我们的生活变成了一部温馨而愉悦的史诗。

"小帕利埃居然在楼梯上向我问好了。"突然,她打破寂静,向我说道。

我不屑地嘀咕了一下。

"他在读马克思的著作。"我耸耸肩说道。

"马克师?"她把"思"读成了"师",一个如同晴天般迷人的有点腭化了的"师"。

"他是共产主义之父。"我回答说。

曼努埃拉嘴角迸出轻蔑的声音。

"政治,"她对我说道,"不过是小富人们不借给其他人的玩具罢了。"

她思考了片刻,皱起了眉头。

"这可和他平时看的书不一样啊。"她说道。

年轻人藏在他们床垫下面的画报绝对逃不出曼努埃拉的法眼,尽管有各种选择,但从有着鲜明刺眼书名《轻佻女侯爵》的书页磨损情况上来判定,小帕利埃有段时间似乎对这类书颇为偏爱。

我们谈笑风生,东拉西扯地闲聊了又一阵子,心境完全沉浸在老交情的平静之中。那些美好的时光使我倍感珍惜,每当想到有一天如果曼努埃拉实现了她的梦想,回到了她的故乡,剩下我一个人在这里,孤苦伶仃、年老体衰,再也没有志同道合的朋友能够每周两次把我当成地下室女王,我都会感到痛彻心扉。我也常会心生恐惧地想到当我这一生唯一懂我却从来没有任何要求的朋友离我而去,留下我这个默默无闻的女人,用遗忘的裹尸布将我裹起,在抛弃的深坑中将我掩埋,那时我又该怎么办呢?

大厅里传来一阵脚步声,接着我们清晰地听到一个熟悉的声音,是一个男人正在按电梯按钮的声音。那是一个有着黑色栅栏和双扇门的古旧电梯,里面填充着垫料和木板。如果空间充足的话,在过去的年代里就会有一名侍者坐在里面。我认得这脚步声,这是皮埃尔·阿尔登的脚步声,他是住在五楼的美食评论家,是个糟糕透顶的家伙,每当他站在我门房的门槛上时,都会眯缝着眼睛,就好像我是生活在黑暗的洞穴之中,尽管他所看到的与事实相反。

哦,对了,我还读过,他那些著名的评论。

"我不懂他写的是什么。"曼努埃拉对我说,对她来说,美味的烤肉就是美味的烤肉,仅此而已。

他的评论也没什么可懂的。看到他这样的文笔由于盲目而被浪费真是令人同情,以令人炫目的叙述方式花好几页来描写一个西红柿——因为皮埃尔·阿尔登评论饮食就如同讲故事一般,仅此一点便应该把他当作天才——而此描写的前提是从来都没有"看过"也不"清楚"西红柿的样子,这是多么令人悲痛的大无畏精神啊。面对所有事物本身,有人能同时拥有天赋,并能同时很盲目吗?看到他抬起那高傲的鼻子从我面前走过,我就经常问自己这个问题。好像可以嘛。有些人不能从思考中去了解是什么能让事物拥有内在的生命和气息,而是把一生的时间都花在讨论人和物,人就好像是机械的,而物就好像是没有灵魂的,然后凭借主观灵感去信口雌黄一番。

似乎是故意的,脚步声突然停止并调转方向,没错,阿尔登开始敲门。

我站起身,刻意地拖着双脚,我的两只脚正好放在一双符合门房形象的便鞋里,只有长条面包和贝雷帽一起才能提出固守成规的门房形象的挑战。这样做,我知道自己激怒了大师,知道自己是在歌颂大型掠食动物的急躁,正因为这样,我故意轻微地把门开了条小缝,小心翼翼地将鼻子凑过去,而此刻我真希望我的鼻子是红通通、亮晶晶的。

"我在等送信人送来的邮包,"他对我说,眯缝着眼睛,鼻孔紧绷着对我说道:"包裹到的话,您能马上给我吗?"

这天下午,阿尔登先生尊贵的脖子上系了条圆点花样的领巾,可这领巾并不适合他,因为他狮鬃般的浓密头发和轻薄蓬松的领巾表现出一种芭蕾短裙的轻飘朦胧之感,却缺少了一种通常情况下男人自以为豪的男子气概,而且这条领巾让我想到一个故事,每当我回忆起时都会差点笑出声来。那是关于勒格朗丹丝巾的故事。在一位叫马塞尔①的作家的作品《追忆似水年华》中,有一位人所共知的门房勒格朗丹,他是个附庸风雅因而夹在两个世界中间左右为难的人,这两个世界,一个是他所生活的世界,另一个则是他想要进入的世界。这个想跻身名流的悲剧人物,最终是希望幻化成苦楚,奴役转变为傲慢,而他的领巾则表现出他内心的起伏。因此,在贡布雷广场,不愿和叙述者的父母打招呼,但是偶然相遇时,就故意让丝巾在风中飞舞,以此免去繁文缛节,抑郁愁闷的心情可见一斑。

皮埃尔·阿尔登熟悉普鲁斯特的作品,但却对门房的处境毫无恻隐之心。他不耐烦地清了清嗓子。

我想起他的问题:

---

① 即马塞尔·普鲁斯特(1871—1922),法国作家,著有《追忆似水年华》。——译注

"您能马上给我吗(送信人送来的邮包——富人的邮包不经过邮局)?"

"好的。"我说,这句话打破了我语言简洁的记录,我之所以如此大胆,一方面由于他语言的简练,另一方面也有他没有说"拜托您"这样的话的缘故。对我来说,条件式疑问句是不足以表示礼貌的。

"那东西很脆弱,"他补充道,"请您当心点。"

命令句和"请您当心"这两句话中的动词变位同样也不能有幸博得我的欢心,更何况他认为我无法领会句法的精妙之处,只是依照自己的喜好说话,并不在意我可能会因此而感觉受到侮辱。听到一个有钱人嘴巴里冒出来的话只是说给自己听,而且那些话尽管是对你而发,他却想不到你能明白,这简直让我跌入社会沼泽的最深处。

"怎么脆弱了呢?"我用并不友善的口气问道。

他故意地叹了口气,在气息中我嗅到了一股淡淡的姜味。

"是一本印刷术发明初期出版的书籍。"他对我说,同时死盯着我的眼睛看,露出大地主般满意的神色,于是我努力使自己看起来呆若木鸡。

"好的,希望这本书能给您带来帮助,"我边说边露出恶心的神情,"送信人一到,我会立马给您。"

之后我把门砰地一声关上了。

皮埃尔·阿尔登今晚又在餐桌上高谈阔论了,当提到词汇的优雅时,他描述了他家门房愤怒的情景,因为他在她面前提到一本印刷术发明初期出版的书籍,她可能误以为那是一本淫秽书籍。我当时便捧腹大笑起来。

哈哈,只有上帝知道我们两人之中谁最受辱。

世界运动日志之一

独善其身，但不可掉运动短裤

经常拥有深刻思想真的是件很棒的事情，但是我认为这还不够。我的意思是说：再过几个月我就要自杀，并且在家里放火，很显然，我当然不能认为自己还有充足的时间，我应该在剩下不多的时间里做某件实际而可靠的事情，更何况我还给自己提了个挑战：如果自杀，应该确定要做什么，总不能平白无故地把房子烧了吧。所以如果在这个世界上还有值得去尝试的事情的话，那我绝不能错过，因为一旦死去，就算肠子悔青了也于事无补，而且如果是因为自己搞错而死去，那真的是愚蠢至极了。

很显然，我是有深刻思想的。但是在我的深刻思想中，我是自得其乐的，总的来说，我是一个（嘲笑其他知识分子的）知识分子。这并不光彩但却能自娱自乐，因此，我觉得应该通过另一本谈论人体或物体的日志来弥补这种"灵魂的辉煌"。不是关于心灵的深刻思想，而是关于物质的杰作。某个具体化的摸得到的东西。但却是美丽的或者具有美感的东西。除了爱情、友情以及艺术美之外，我想象不出还有其他什么东西能够使人生变得充实。爱情和友情，我还太年轻，不能去追求。可是艺术……如果我必须活下来，我会为它奉献我的一生。总之，当我提到艺术时，需要弄清楚的是：我不是说大师的杰作。即使是对于大师级人物维米尔①的作品，我也不会为了它而放弃我的生命。因为他的作品虽令人赞叹不已但却是没有生命的物品。没错，而我呢，我想要的是存在于世间的美，那是在生活的动作行为中所呈现出来并且能够提高我们精神境界的事物。我这部《世界运动日志》则将致力于研究人以及身体的运动行为，如果真的是没什么可写的话，物体的动作也行，同时从中找出某些足够有美感并且能够带来生命价值的东西，譬如优雅、美丽、和谐、强烈。如果我找得到的话，我可能会重新考虑取舍：假使我找到人体的动作美，可能由于缺少关于心灵方面的较好构思，我也许会改变主意，认为生命也是值得活下去的。

其实，我曾经有写两本日志的想法（一本是关于心灵的，一本则是关于身体的）。昨天，因为爸爸在电视上看了一场橄榄球赛。在此之前只要一有橄榄球赛，我就会特别注意爸爸的反应。我特别喜欢看他卷起衣袖，脱掉鞋子，瘫陷进沙发里，左手啤酒右手香肠左右开弓的样子，然后边看比赛边大声喊叫："看看吧，我也是个知道享受生活的人！"他显然没有料到，一个墨守成规（非常严谨的共和国部长先生）加上另一个墨守成规（依旧是个好先生，而且喜欢冰啤酒），等于墨守成规的平方。简单地说，每个周六，爸爸都会比平常回家要早，他把公事包随心所欲地一扔，甩掉鞋子，挽起袖子，从厨房拿出了一罐啤酒，然后在电视前坐下，对我说道："亲爱的，请你给我拿根香肠进来，我不想错过哈卡舞。"其实，在错过哈

---

① 维米尔（Jan Vermeer，1632—1675），17世纪荷兰著名的风俗绘画大师，是研究和描绘光线的大师。代表作有《挤奶女工》、《情书》、《戴珍珠耳环的少女》，其中《戴珍珠耳环的少女》是与达芬奇的《蒙娜丽莎》齐名的杰作。——译注

卡舞之前,我有的是时间来切香肠,然后带给他。电视上还在放着广告。妈妈很不稳地坐在沙发扶手上,用以表明她对这东西的反对(在这个墨守成规的家庭里,我要求的是左派知识分子青蛙①形象),然后用举办一个很麻烦的晚宴的事来转移爸爸的注意力,主要是邀请两对正在冷战生气当中的夫妇来家吃饭使他们重归于好的事情。当我们知道了妈妈的小心思,就知道这个计划有什么使人发笑的地方了。简单地说,我把香肠带给爸爸。我知道科隆布一定是正在她的房间里听最为前卫的拉丁区音乐,于是我自言自语道:总之,为什么不呢,我们也来跳一小段哈卡舞吧,在我的记忆当中,哈卡舞是新西兰球队在赛前表演的一种有点滑稽的舞蹈,是用模仿猩猩的样子来恐吓敌方的方式。还是在我记忆当中,橄榄球赛是个呆板的游戏,一群身强力壮的人不停地摔在草坪上,爬起后又跌倒,三步之后一片混乱。

广告终于结束了,看到一群在草坪上打滚的彪形大汉之后,我们又看到球场,又听到在现场的解说员的旁白,然后是解说员脑满肠肥(什锦砂锅的奴隶)的特写,最后又回到球场。队员都进入了场地,这时我被深深地吸引住了。一开始我不明白是为什么,这里出现的是跟平常一样的形象,可是却产生了一种新的效果、一种针刺般的感觉、一种期待、一种"屏住呼吸"的意念。在我旁边的爸爸,一口气喝光他的高卢啤酒,而且还要准备继续继承高卢人的血脉,要求刚刚离开沙发扶手的妈妈给他再拿一瓶。我,屏住呼吸,"怎么回事?"我一边看着电视一边暗自思忖着,我无法相信自己看

---

① 指法国前总统密特朗,他在 1980 年代的左右共治时期总是反对右派措施。——译注

到的一切,我就这样心如针扎般刺痒得很。

当新西兰球员开始表演他们的哈卡舞时,我才恍然大悟。他们当中,有一个年轻高大的毛利球员。从一开始就是他引起了我的关注,起初可能是因为他的身高,可是接着是因为他的移动方式。那是一种很奇特的移动方式,自然流畅,但最主要的是一种凝集力,我意思是凝集在他自己身上的力量。大部分的人,当他们在移动时,是根据自己周围的环境而移动的。正如此时此刻,我写日志时,有一只肚子拖在地上刚巧经过的宪法。这只母猫一生都没有任何成形的计划,然而此时它在往某个方向走,可能是往沙发走。这从它的移动方式就能判断出来:它,往哪走。妈妈刚才往门的方向走去,她要出去购物,而实际上,她已经在外面,她的动作已经出卖了她。我不太清楚如何解释这一切,但是当我们移动时,我们的身体结构可以说是被"往"的动作所分解开来:我们可以在那儿,同时又可以不在那儿,因为我们正在"往"别处走去,但愿您懂得我的意思,为了避免身体结构被分解,那就应该不再移动了。或者你在动,那你就不再完整;或者你是完整的,那你就不能动。但是这位球员,当我看到他进入球场时,我就已经感到在他身上有某些不同寻常的地方。印象中他是在动,是的,但是同时他又是站在那儿不动的。很荒谬,不是吗? 当哈卡舞开始时,我尤其注意的是他,他明显地与众不同。此时,什锦砂锅一号说道:"啊,这位令球员们惧怕的新西兰后卫,他那高大魁梧的身材总是给人留下深刻印象,2米07,118公斤,百米跑11秒,是个漂亮宝贝儿,是的,女士们快看啊!"所有人都为他着迷,但似乎没有人真正知道这是为什么。其实,从哈卡舞中便可知晓一切了:当他移动时,他和其他人做着相同的动作(用手掌拍在大腿上,有节奏地跺着地,摸着手肘,做这些动作,同时两眼盯着对手,带着一种神经质的战士的样子)。可是,当其他人的动作向他们的对手发出时,同时所有观众席上的观众都看着他们时,这位球员的动作却依然停留在他身上,凝聚在他自己身上,这带给他一种存在感,一种难以置信的强烈感。与此同时,原本属于战士舞的哈卡舞产生了巨大的力量,这种战士的力量,并不是他发出恐吓信息来吓唬对手,而是他能够凝聚在自己身上的那股力量,同时又是以自我为中心的,这位毛利球员,他变成了一棵大树,一棵不可摧毁的扎根很深的大橡树,变成了一道强烈的光线,那是每个人都能感受到的强烈光线。然而,人们都确信这棵大橡树,尽管或者可以说是多亏了深深扎根于地下的粗壮树根,他也能飞了,并且也会飞得和空气一样快。

与此同时,我非常专心地看着比赛,不时地寻找着相同事情的发生:一个球员本身变成了他自身的动作,不需要将自己分解,往哪走。这一紧凑时刻我终于看到了!在整个比赛阶段中我都看到了:并列争球时,一个找到他的根的球员,一个明显的平衡点处,变成固定不动的小小的锚,将他的力量赋予球队;当展开攻势时,一名球员调整到最佳的速度,不去想球门,将球紧紧地贴在身上,全神贯注于自身的动作,如同受到神力般往前直冲;当射门的球员要射球时,他完全与世隔绝,为的是寻找到最佳的脚部动作。但没有一个人能像伟大的毛利球员那般做到尽善尽美。当他替新西兰队争到第一个触底射门时,爸爸整个人都看傻了,嘴巴张得大大的,连他的啤酒都忘了喝,他本应该生气的,因为他支持的是法国队,事实却正好相反,他一边拍拍额头,一边说道:"这个球员可真棒!"解说员也目瞪口呆了,但这并不妨碍我们真的欣赏到了不错的一幕:一名球员上身不动地往前跑,将其他人抛在脑后;而其他球员则是一副又疯狂又笨拙地追赶的样子,可惜他们就是追不上他。

于是我对自己说:行了,我能在世界上发现静止的动作了。这是不是值得我继续活下去了呢?此时此刻,一名法国球员在围挤争球时短裤掉了,突然,我完全感到失望了,因为这使得所有人都笑得眼泪都流了出来,这其中也包括我父亲,他又重新开始喝起了啤酒,尽管我们是一个拥有两百年历史的基督教家庭,而当时的我却有种亵渎神明的感觉。

啊,不行,这还不够,应该还有其他动作才能说服我吧。但是,这至少带给了我对于动作的想法。

2. 谈论战争与殖民

我没有上过学，这在开场白中已经提及过。这并不完全准确。其实只不过是我的学习时期被定格在小学毕业文凭上罢了。在完成学业之前，我一直很小心地尽量不让别人注意到自己——自从我的小学老师塞尔文先生发现我对他单纯谈论战争与殖民的文章如饥似渴后，我就知道他对我产生了怀疑，为此我曾一度惶恐不安，那时我还不到十岁。

为什么？我不知道。您真的相信我本应完成学业么？这只能留给懂得古老占卜术的巫师去解答了。像我这样一个一无是处的女孩，在富人世界里奋斗，既无美貌也无惹人怜爱之处，既无往日辉煌又无雄心抱负，既非八面玲珑又非才华横溢，还没等尝试就败下阵来。我只是渴望一件事情：那就是希望别人能让我平静地度过此生，不要对我太苛刻，此外，我能每天花点时间，能够尽情满足自己的饥渴，足矣。

对未曾体验饥渴的人来说，第一次因饥渴留下的伤痕既是一种痛苦，也是一种启迪。我是一个毫无反应，几乎可以说是残疾的孩子，我的背弓得像个小老头儿。我能继续活着，是因为我不知道尚有另一条路存在。缺少爱好的我如同处于真空当中:没有一件事能引起我的兴趣,没有一件事能唤醒我的注意。渺小低能的我随着捉摸不透的浪潮摇摆不定,我甚至都没有了此一生的欲望。

在我们家里,家人彼此之间缺乏交流,孩子们总是没完没了地大嚷大叫,而成年人则是忙于他们的工作。我们即便粗茶淡饭,但总归是能填饱肚子,我们没受过虐待,衣服虽破旧寒酸但干净如新,草草修补后也依然结实,因此,我们就算有时会觉得羞愧难当,却也不曾挨饿受冻过。但是我们从未在他人面前提起。

我是在五岁,也就是第一次上小学那一年开的窍,那一天我惊奇而又惊恐地听到一个声音在对我说话,而且还在叫我的名字。

"勒妮?"我听到这个声音在问,同时我感到一双友善的手搭在了我的手上。

那是开学的第一天,因为下雨,孩子们都到走廊上集合。

"勒妮?"从上面传来的声音还在抑扬顿挫地持续,那双友善的手不停地触碰到我的手臂——这是一种无以理解的语言——那是一种轻软的、温柔的感觉。

我抬起头,做出这一奇特的动作使我几乎晕厥并与一位女子四目相对。

勒妮。那是在叫我。这是第一次有人对我说话时叫着我的名字。我的父母都是用手势或咆哮来跟我交流,这位女子叫着我的名字,和我一起进入我未曾体会过的亲密感。我当时细细打量了一下她那清澈如水的双眸以及那笑眯眯的嘴唇,从此,她进入了我的心田。我看着周遭五彩缤纷的世界,在痛苦的一瞬间,我看到外面雨点敲打在窗户上,我闻到衣服潮湿的味道,我感觉到狭窄拥挤的走廊。走道上挤满了吵闹的小孩。布满铜绿的铜柄上堆满了劣质呢绒披风的衣帽架——以及高处的天花板——在一个孩子的眼中，那天花板有如天高。我无神的双眼紧盯着她的眼睛，紧紧地抓住这个使我获得新生的女孩。

"勒妮，"她继续说道，"雨衣脱下来行么？"

为了避免我摔倒，她紧紧地扶住我，并极富经验地快速将我的雨衣脱下来。

人们会错误地认为意识的觉醒和出生的时刻是同时出现的，可能是因为除了出生，我们根本无法想象其他的生命状态。似乎我们自出生起就在看，就在感觉，由于这种信念，我们将意识起源的关键性时刻与出生的时刻视为一体。五年来，一个名叫勒妮的小女孩，一个具有视觉、听觉、嗅觉、味觉和触觉以及一系列感官的女孩，却活到连对自己及世界都毫无认知能力的状态，这不能不说是对以上仓促理论的一种否认。因为，如果要有认知能力，至少应该有一个名字。

然而，由于多种不幸状况的接连发生，似乎没有人想到要给我起个名字。

"看这漂亮的眼睛！"小学老师又对我说，我的直觉是她没有说谎，在那一刻我的双眼因美丽而闪闪发光，反射出我出生的奇迹，如释放出千颗火种般炙热闪亮。

我开始颤抖，我看着她的眼睛，找寻共享愉悦所产生的默契。

在她充满温柔与善意的眼中，我看到的只是怜悯。

在我最终诞生的时刻，人们只是可怜我而已。

我被完全控制住了。

既然我的饥渴在社会互动的游戏中得不到缓解，而我的处境使这一切变得难以理解——不久之后,我才理解在我的救星眼中的这种怜悯,有谁曾见过一个穷苦的女孩能够识破语言的奥秘而陶醉其中吗?有谁曾见过一个穷苦的女孩和其他小孩子一样具有应用语言的能力吗?——那它只能在书中得到缓解。那是平生第一次,我接触到一本书。我曾经目睹班上年长的学生在书上看到晦涩难懂的字迹时,似乎是被同样的力量所驱使,陷入沉思,默不作声,在毫无生机的纸上吸取某些似乎是有生命的东西。

在我上学的第一天,当老师叫到我的名字时。我在他人不知道的情况下学会了读书。当老师们还在一个字母一个字母地教其他孩子的时候,我早就知道将字母编织在一起的相互关联,它们之间无数对的组合,以及在这种情况下所赋予我的令人赞叹的语音语调。没有人知道。此后我会像个疯子一样地看书,起初是秘密地进行,后来当我发现过了正常的学习时间时,我就会当着别人的面看书,但是却将吸引我的那份快乐和兴趣小心地掩饰起来。

一个愚蠢的女孩成了一个如饥似渴地获取知识的孩子。

十二岁那年,我离开学校,回到家里做家务,和父母、兄弟姐妹们一起做农活。十七岁那年,我嫁了人。

3. 作为图腾的卷毛狗

在人们的普遍想象中,门房夫妇,一对如此微不足道的、只有他们的结合才能表明其存在的双人组合,几乎都会拥有一只卷毛狗。众所周知,卷毛狗是一种毛发卷曲的狗,它的饲养者或者是守旧派退休老人,或者是需要感情寄托的孤独无依的老妇人,或者是躲在阴暗房间里的门房。卷毛狗有黑色和杏黄色的。杏黄色的比黑色的容易生癣,但没有黑色的味道重。所有的卷毛狗都会因无足轻重的小事狂吠不已,特别是当没有发生任何事情的时候。它们紧随自己的主人,迈着四条僵硬的腿碎步疾走,腊肠般的躯干却纹丝不动。它们有黑色的、恶毒的小眼睛,深陷在小小的眼眶里。丑陋、愚蠢、服从、夸张,这就是卷毛狗。

因此,被比喻为卷毛狗的门房夫妇似乎失去了对爱情与希望这类激情的不懈追求,像卷毛狗图腾形象一样一生都是丑陋、愚蠢、服从和夸张。如果是在小说中,王子会爱上女工,或者是公主会爱上囚犯,但在门房之间,即使是异性,也是绝对不会有像发生在别人身上那样值得人们娓娓道来的爱情故事。

我们不仅仅是从未拥有过一只卷毛狗,而且我还可以说我们的婚姻是成功的。和我丈夫结婚后,我依然是我自己。我尤其怀念那些个周日的早上,那些个充分享受休息时光的早上,在寂静的厨房,他喝着他的咖啡,而我则捧着我的书。

我是在十七岁那年,在一个迅速但合乎礼仪的求爱之后嫁给他的。他和我的哥哥们在同一个工厂工作,有时晚上下班后会到我家和哥哥们一起喝杯咖啡或是喝杯酒。唉。我真的很丑,如果我的丑和其他人一样的话,那就不再有决定性意义了。但是我的丑陋是残酷的,这是我才有的丑陋,同时,这种丑陋在我尚未嫁为人妻前便夺走了我的青春活力,使我在十五岁那年看起来就像是五十岁。我驼背、身材矮胖、腿肚粗短、双脚外八字、毛发浓密、五官亦不分明,总之,既没有轮廓感,又缺少优雅的气质,如果我能够拥有每个年轻人都有的可爱活力的话,即使是面容可憎,终归还是可以聊以自慰的——但是在二十岁那年,我不仅没有年轻人的青春魅力,看起来反倒像是一个庸俗可笑的老妇人。

因此,当我未来的丈夫表明他的意图时,我也不可能再装做什么都不知道,我向他敞开心扉,那是第一次,我跟一个除自己之外的人说话,向他坦白我因他想娶我这样的女人而心生讶异。

我很真诚。长期以来我都抱着孤独一生的想法。我贫穷,丑陋,可不幸的是我也是个自我封闭的聪明女人,在我们这个社会,这种人最终都要走上一条阴暗绝望的不归路,对这条路最好是早点适应。人们宽恕美女的一切,哪怕是庸俗。智慧是大自然赋予穷孩子们的一种重新平衡,对于丑人来说,智慧并不是合适的补偿品。智慧只是一种使珠宝首饰再次抬高身价的多余玩物罢了。丑陋,这已经是个过错,我不得不接受这一悲惨的命运,但是更痛苦的是,我并不是一个庸俗愚笨的姑娘。

"勒妮,"他以最严肃的语气回答我,口若悬河,长篇大论了一番,这种口才在结婚后就没有再炫耀过。他接着说道:"勒妮,我不想娶一个放荡的少女,在她们漂亮的外表下,有的只是一个还不如一只麻雀聪明的笨脑袋。我想要的是一个忠诚的妻子,一个善良的妻子,一个好母亲,和一个出色的持家主妇。我想要的是一个性格温和而又忠实可靠的伴侣,一个能够一生一世陪伴我左右,能够时刻支持我,未来能与我白头偕老的女人。作为回报,我会给你一个工作认真的丈夫、一个安逸的家庭和一些适时的温柔。我不是一个坏人,而且,我也会尽量做个好丈夫。"

他做到了。

他个子不高,干瘦得像个老榆树疙瘩,尽管如此,他有着讨人喜欢的外表,经常面带笑容。他从不喝酒、抽烟、嚼烟,也不赌博。下班之后便在家里看电视,翻阅钓鱼杂志,或是和几个工厂里志同道合的朋友玩玩扑克牌。他善于交际,可以不费吹灰之力就能邀请到朋友到家里来做客。每个周日,他都会去钓鱼。而我,因为他反对我到别人家里打工,便在家操持家务。

他并不是一个没有智慧的人,虽然他的智慧并不是属于被社会上的天才们所看重的那一种。即便他的才智都局限于手工活儿上,在这方面发挥他的超过他原动能力的天分。即便没有文化,凭借他那创造力也能顺利地完成所有任务,而这种在维修方面的创造力将劳工和艺术家区分开来。在交谈中,他让人了解到知识并不能代表一切。对于很早就屈服于只想如修女般生活一辈子的我来说,上天似乎非常宽容大度,将我交到这样一个讨人喜欢的伴侣手中,虽然他不是什么知识分子,不过却是一个好人。

我本可能嫁给一个叫格勒利耶的人。

贝尔纳·格勒利耶是住在格勒内勒街七号的少数人之一，我从不害怕在他面前显露自己。不管我对他说"《战争与和平》是将历史的决定论观点剧情化的一部小说"，还是"快去给垃圾室的铰链上润滑油"，他都不会做太多的思考。我甚至暗自思忖，第二个督促声居然能达到使他行动的效果，这是怎样一种让人难以理解的奇迹啊，人们怎么可以去做自己不懂的事情呢？也许这类句子无须用理性对待，如同在脊髓里循环往复的刺激物，不需要经过头脑就能产生反应，上润滑油的指令也许只是动动胳膊腿的事情，而无须头脑的驱使。

　　维奥莱特·格勒利耶是贝尔纳·格勒利耶的妻子，阿尔登家里的"当权者"。早在三十年前，她就到阿尔登家里做女佣，随着他们家的逐渐富有，她的地位也被提升为女管家，此后成为一个统治一个微不足道"王国"的女皇，在她手下有清洁工（曼努埃拉），临时管家（英国人），以及什么都做先生（她的丈夫），她和她的大资产阶级老板一样对小人物充满了鄙视。从早到晚，她都会像啄木鸟般聒噪不安、忙东忙西、自命不凡，指责仆人仿佛自己是处在旧王朝时代的凡尔赛宫一般，在曼努埃拉面前摆架子耍威风，趾高气扬，说些关于工作中要处处见美德的空话，并为她分析有教养的举止应该是什么样子这类无稽之谈。

　　"她一定没读过马克思的作品。"有一天曼努埃拉这样对我说道。

　　这如此细致的观察，这出自一个对哲学研究丝毫不懂的葡萄牙女佣嘴里的话，让我震惊不已。肯定没有，维奥莱特·格勒利耶肯定没有读过马克思的著作，理由是马克思没有被列入到她任何用来擦拭富人银器的清洁剂的名单上。没有被马克思理论熏陶过而付出的代价是,她的生活被整天谈论淀粉和抹布的没完没了的目录所占据。

可以说,我嫁得还不错。

而且,在不久之后,我向丈夫承认了我的大错。

深刻思想之二

世间的猫

现代图腾

间接装饰品

不管怎样，这是我们家的情况。如果您想了解我们家，看看猫儿们就足够了。我家的两只猫是两个圆鼓鼓的、肚里装满奢侈炸丸子的皮囊，它们和众人没有任何有趣的相互关系。它们只会从一个沙发爬到另一个沙发，并且把它们的毛发弄得随处可见，事实上，似乎没有人明白它们对任何人都不带有一丝感情。我认为，猫儿们唯一的作用就是充当行动装饰品，从理智上说，我找到了一个有趣的观点，但我们家的猫肚子下垂得太厉害了，因而这个观点并不适合它们。

我的母亲，她拜读过巴尔扎克所有的作品，每当晚饭时，她都会引出福楼拜的名言，她每天的行为都表明了这样一个观点，那就是教育是多么骗人。只要看到她对猫的态度就足够了。她模模糊糊、似懂非懂地意识到它们的装饰潜能，但她还是固执地跟它们说话，就像跟人说话一样，要是面对一盏灯，或者是埃特鲁里亚雕像的话，她就决不会有这种念头了。而事实上，小孩子们在长到某个年纪以前似乎都会相信所有会动的东西都是有灵魂和欲望的。我的母亲不再是个孩子了，但是很显然，她不认为宪法和议会（两只

40

猫的名字)跟吸尘器一样,都是没有理解能力的,我承认吸尘器和猫的区别,那是在于猫咪能够感受到快乐和痛苦。但这就意味着它们会有更多的能力来与人交流么?完全不能。这促使我们在对待它们时要像对待一个易碎的物品一样尤为小心。当我听到我母亲说"宪法是一只既骄傲又敏感的母猫",而这只猫展现出的却是一副因吃得太多而四仰八叉瘫在沙发上的形象时,我就觉得忍俊不禁。但是,如果我们考虑到一种假设,假设猫有现代图腾的作用,像家里象征性的化身和保护神一样,好心地能将家庭成员反映出来的话,那我的结论就是显而易见的了。我母亲将猫咪变成她所希望的我们的样子,而我们又偏偏不是那个样子。没有哪家有比下面提到的我们家三个家庭成员更骄傲而又更敏感的了:爸爸、妈妈和科隆布。他们纯粹是懦弱的人、麻木不仁的人、铁石心肠的人。

　　简单地说,我认为猫是现代图腾。即便探讨过、发表过各式各样关于进化、关于文化,以及一大堆带有"化"的词的演讲,人类从最初时起就没有太多的进步:人类总是认为他不是偶然来到这个世上,而认为大都是仁慈的上帝对他们的命运所给予的关心。

4. 拒 绝 战 争

我的书读得不算少……

然而，和所有的自学者一样，我从来都不能确认我是否理解得正确。有时仿佛一眼便掌握了所有的知识，好似突然长出的无形分枝，将我凌乱的图书交织起来——然后，突然所有的意义都悄悄躲开我，要点也都离我而去，我就是再读同样的句子也是徒然，片刻间我又无法理解，而我活像一个相信只要认真读过菜单就不愁肚子不饱的疯老婆子。看来这种能力和盲目的结合是自学者所特有的标志吧。这便是失去了所有优良教育所赋予的可靠向导的后果，然而，尽管如此，却赐予自学者思考能力上的自由性和概括性的空间，而这种思考能力则摆脱了官方理论会造成的障碍和限制。

今天早上，我刚好茫然地坐在厨房里，前面摆着一本薄薄的书。我和平时一样在孤独中放任自己的思想，而在即将放弃时，却不曾想到竟然最终找到了属于自己的老师。

他叫胡塞尔①，一个不会用在宠物或是巧克力品牌上的名字，理由是这个名字会令人想到一些严肃的、艰涩的和普鲁士风格的

---

① 胡塞尔(1859—1938)，德国哲学家，20世纪现象学学派创始人。——译注

东西。但是这并不能减少我的困惑。我认为我的命运使我比任何人都更加了解抗拒世界思想的反面启发的重要性。让我来跟您好好说一下吧：直到现在为止，如果您认为，像我这样一个既年老又丑陋，既是寡妇又是门房的人会变成一个屈服于卑微命运的穷光蛋的话，那您就真是太缺乏想象力了。诚然，我逃避并且拒绝战争。但是在我思想的安全岛上，没有我不能迎击的挑战，可以说在名声、地位和外貌上我是个穷人，但是要论聪明才智的话，我是一个百战不败的女神。

因此，胡塞尔，这个我认定拥有吸尘器品牌名字的人，他对我内心的奥林匹斯山的永久性产生了威胁。

"好，好，好，好，"我深吸一口气说道，"对于每个问题，都会有它的解决之道，不是么？"我看看我的猫，期待着它的鼓励。

可这个忘恩负义的家伙一声不吭。它刚刚吃了一大片的熟肉酱，然后便没心没肺地又使得沙发再次沦为它的殖民地。

"好，好，好，好。"我愚蠢地重复着，茫然不知所措地再次出神地望着这本荒谬的薄薄的书。

《笛卡尔式的沉思——现象学引论》。光看书名和开头几页，便会很快明白一个道理，那就是，如果尚未读过笛卡尔①和康德②的著作，是不可能了解现象学家胡塞尔的著作的。但又很快发现，即便是对笛卡尔和康德著作的研究已经达到一种炉火纯青的地步，却并不能因此就顺利敲开科学大门并堂而皇之进入先验现象

---

① 反对经院哲学和神学，提出怀疑一切的"系统怀疑的方法"。但他还提出了"我思故我在"的原则。——译注

② 伊曼努尔·康德(Immanuel Kant, 1724—1804)，德国哲学家、天文学家、星云说的创立者之一，德国古典哲学的创始人，唯心主义者，不可知论者，德国古典美学的奠定者。——译注

学的圣殿。

　　这真遗憾。对于康德，我是他的忠实崇拜者，这是有很多理由的，首先，他的思想集天才、严谨和疯狂之大成于一身，再者，尽管他的文风充满了斯巴达人①的刚毅，但我理解起他的用意却并不成问题。康德的著作是伟大的著作，我能证明他的著作可以成功地通过黄香李测试。

　　黄香李测试因其解人疑虑的实际效果而令人震惊。它的力量以共通性的观察为基础：在水果上咬一口，人们就会明白。明白些什么呢？所有一切。明白人类成熟过程是非常缓慢的，人一开始只是求生存，然后又在一天晚上偶然体会到一种享乐的愉悦感，所有因这种欲望而带来的虚荣心随即而至，它使得人类对单纯而高尚的东西不再抱有最初的向往。再多说亦无用，在这个任何人都无法逃脱的世界上万物都在缓慢地、惊人地衰退，尽管如此，当人们体会到这种愉悦感和艺术的极度美丽时，才会明白感官是能够带来不可思议的快感的。

　　黄香李测试是在我的厨房里进行的。在三合板桌上，我放上水果和书，一边削了个水果开始吃起来，一边尽情享受着读书的悠闲。如果它们能抵抗住对方强有力的冲击的话，如果黄香李的香甜不能使我怀疑书的力量，如果书使水果变得食之无味的话，我就知道我面对的是一本重要的、应该说非同凡响的作品，因为很少有作品，在金黄色小圆球的美味攻势下，还能不被化解，还能不会变得荒唐可笑和妄自尊大。

----

　　①　斯巴达是古希腊城邦。斯巴达人实行严密的军事统治，成年男子均为战士，以坚强勇敢著称。——译注

44

"我看来是穷途末路了。"我又对列夫说道，因为，我在康德哲学方面的造诣在面对现象学的无底洞时是这般微不足道。

我不再有选择的余地。我应该重新到图书馆试着找到一本现象学引论的书。通常，我都对这些将读者奴役于一种经院思想下的注释和节略表示怀疑。但是，情况十分严重，我不能再犹豫不决。现象学一直躲着我，而这是我无法再忍受下去的。

深刻思想之三

强者

在人间

什么都不做

他们说话

不断地说话

这是属于我的,但却是来自另一个人的深刻思想。昨天晚饭时,爸爸的客人说过这样一番话:"会做事的做事,不会做事的教书,不会教书的教教书的人,而不会教教书的人的就搞政治吧。"所有人听后都显出一副深受启发的样子,但个个都心怀鬼胎。"说得真是太对了!"科隆布说道,她是最会装模作样进行自我批评的专家。她属于认为知识就是权力和宽恕的人群。如果我知道自己属于狂妄自大地抛弃公共财产、极度自满的精英分子,我就可以逃避批评并且获得多于两倍的威望。我爸爸虽没有姐姐愚蠢,不过他同样偏向于这同样的想法。他依然相信存在一种叫做责任的东西,虽然在我看来这是一种虚幻的东西,但总算是保护他避免受到犬儒主义精神幼稚病的影响。我可以这样解释:再没有比犬儒主义者更幼稚的了。因为他不顾一切地相信世界是有意义的,因为他无法放弃在孩童时代被灌输的蠢话,于是他采取了相反的态度。"生活是妓女,我不再相信什么,我会一直享受直到恶心反感为止。"这是受挫的、头脑简单的人说出的话。这就是我姐姐。她白白做了师范大学的学生,却依然相信世上有圣诞老人,这并不是因为她心地善良,而是因为她十足幼稚。当爸爸的同事说出那经典的一句话时,她在一边傻笑不已,仿佛她已参透个中玄机,这使我证实了自己长久以来的一个观点:科隆布是个十足的失败者。

不过我呢,我倒是认为这个句子是真正有着深刻思想的,正是在于它的不正确性,可以说是一种不完全正确性。这并不意味着我们起初相信的也是错误的。在社会阶层中,如果我们升迁要和无能成正比的话,我敢保证地球不会跟现在转得一样。但是问题不在于此。这个句子的意思并不是说只要是无能者就会有至高无上的地位,而是说没有什么比人类社会更无情、更不公的了:人类生活在一个由语言而不是由行动掌握的世界当中,在这个世界上顶级的才能就是语言的掌控力。这太可怕了,实际上,我们最初是只会吃饭、睡觉、生育、征服和保卫领地的灵长类动物,鉴于此,这其中最有天赋的人,也就是我们中间最为本能的人却被其他人欺骗,而后者很擅长说好听的话,但却连保护花园免遭践踏、猎只野兔来做晚餐、正确地生育后代的能力都没有。人类是生活在由弱者统治的世界。这是对我们动物本性的一种侮辱、一种倒错,以及一种深刻的背离。

5．悲惨状况

　　一个月如饥似渴的读书后，我长舒了一口气，对现象学的诈骗行为做出判决。与大教堂一样，它时刻都在提醒我这种近乎令人无法理解的意识，人类竟能为了一个不存在的东西的名声而构建出这种意识，一想到将来如此多的聪明人都会为这空中楼阁服务，对现象学的疑虑便一度困扰着我。因为在十一月份，我手上没有黄香李。老实说，一年中就十一月没有，在这种情况下，我会用黑巧克力来代替（成分为百分之七十）。事实上，我提前知道了测试结果。我要是有闲暇时间一边咬着米尺并用它啪啪地敲打双腿，一边看着像《在被看作对象意识的现象努力"感受"的科学的终极意义的启示》或者是《先验自我的构建问题》这样的好文章，我必然会笑得上气不接下气，心脏如五雷轰顶般"喀嚓"两半，身体深深地陷到软绵绵的安乐椅里，嘴角还流着黄香李汁液或是挂着小块的巧克力渣。

　　当我们想触及现象学时，应该意识到一个事实，就是现象学能够用两个问题总结：人类意识有着怎样的本质？我们认为世界是怎样的？

　　先说一下第一个问题。

几千年来，从"认识你自己"到"我思故我在"，人们不停地议论属于人自身的与生俱来的意识，以及这种意识能将它自身看作是客体的问题。当某个地方很痒，人类就会自己抓痒，同时意识到自己正在抓痒。问他话：你在做什么？他回答：我在抓痒。如果再提远点的问题（你是否意识到你意识到自己在抓痒呢？），他依然回答，是的，只要加上"你意识到"，回答都是一样的。人类是否会因此知道自己在抓痒并且意识到自己在抓痒而变得没有那么痒了呢？自我意识对发痒有很好的影响吗？答案是没有的。知道发痒并且意识到自己意识到自己在抓痒，这并不能改变发痒的事实，相反还产生了障碍，就是应该忍受来自这种悲惨状况的清醒意识，我用五公斤黄香李打赌，这会使人更痒的，如果在我的猫身上，只要用前爪抓一下就可以了。但是人类是如此的不同寻常，因为没有哪种动物会像人一样有自我意识，我们也因此摆脱了兽性，一个正常人是知道自己知道自己正在抓痒的，这种人类拥有意识的优先权似乎再度表明是上帝的启示，而这种上帝的启示，摆脱了控制万物生灵的残酷决定论。

所有的现象学都是以这个信念为基础的：我们的自省意识，是本体尊严的标志，是我们自己唯一值得研究的实体，因为它使我们摆脱了生物决定论。

似乎没有人意识到一个事实，既然"我们是"被残酷的万物生灵决定论所控制的动物，那前面提到的都不存在。

6. 棕色神甫长袍

那么第二个问题:我们认为世界是怎样的?

对于这个问题,康德这类唯心论者作了回答。

他们回答了什么?

他们回答:"没什么。"

唯心论者,他们的观点是认为我们只能认识出现在我们意识中的事物,意识是让人类摆脱兽性的半神化实体。我们认识的是我们的意识所能企及的世界,因为这是出现在意识之中的——不再有其他的。

举个例子,碰巧一个名叫列夫的讨人欢喜的小猫。为什么?因为我发现用猫做例子会很容易。我问您:您怎么确认它是一只猫,甚至于知道一只猫是什么? 正常的回答是您对猫的认识,以及某些观念上和语言上的机制,使您形成这种认识。但是唯心主义者的回答就是:我们无法知道我们对猫的认识和观念、我们意识里出现的猫的形象是否符合猫内心深处自己认为的形象。我目前担心的是,也许我那只有着微微颤动的胡须的四足肥佬,在我头脑中已将它放置在贴着"猫"的标签的抽屉里的小猫,其实,只是一只不会喵喵叫的绿胶球而已。可是我的感官告诉我并非那一回事儿,

50

而且这个脏兮兮的绿胶球躲开了我的厌恶以及我单纯的信赖,以一种贪食并柔软光滑的表象出现在我的意识当中。

这就是康德唯心论。我们认识的世界来自我们的意识所形成的"观念"。但是还有一种比这个更令人消沉的理论,一种呈现出更可怕景象的理论,触摸却并不知晓那是一片口水的绿色黏液,或者早上,把您认为应该插入烤面包机中的面包片插入到生满脓疱的洞穴中。

还有埃德蒙·胡塞尔的唯心论,此后,这种唯心论使我联想到为神甫们准备的棕色长袍,这些神甫跟清教徒一样被宗教分离所迷惑。

在这后一种理论中只是存在着对猫的感知。猫呢?喔,我们对它忽略不计。根本不需要猫。为了做什么?什么猫?哲学准许自身仅仅沉溺于纯粹精神的逸乐之中。世界是一个不可接近的现实存在,而尝试认识世界是件费力不讨好的事情。我们认为世界是怎样的?没什么。所有知识只是自省意识对自省意识的自我研究,既然如此,干脆我们把世界打发掉算了。

这就是现象学:"显现在意识中的事物的科学"。现象学家的一天是怎么过的?先起床,然后意识到,在淋浴喷头下面,清洗着的是一个毫无依据存在的身体,吞了几片被虚空化的面包,穿上几件像空荡的圆括弧般的衣服,然后到了他的办公室后抓住一只猫。

猫咪存在与否,本质如何,这跟他都没有太大的关系。这种无法确定的事并不能引起他的兴趣。相反,不可否认的是在他的意识中显了一只猫,而这才是我们的现象学家所关心的。

再说这种出现还是很复杂的。有人可以从这一点,就是通过一个事物的意识来详细地说出感知的作用,而对这个事物自身否存在却抱着冷眼旁观的态度,这真是太引人注目了。您是否知道:我们的意识不能直截了当地探测到,但可以进行一系列复杂的综合,并凭借连续不断的成型加工,最终达到使得各种事物出现在我们不同客体的感官上,这事物比如说一只猫、一把笤帚或是一个苍蝇拍,只有上帝知道这是否有用。你可以用猫做个测试,心想您怎么知道您猫的前面、后面、上面和下面,而目前,您只能看到它的正面,您的意识应该合成您的猫,而您甚至并没有发现,在所有可能的角度下,您对您猫的认识还并不全面,最后通过创造来综合这种完整的猫的形象,这是您的眼睛所不能泄露给您的。苍蝇拍也一样,您绝不会发现,在感官驱使下,虽然您完全可以使苍蝇拍在您的心里直观化,但神奇的是,您不必翻转它就可以知道它的另一面是什么样子。

这个知识很有用。我们无法想象曼努埃拉在使用一个苍蝇拍的时候,却不发挥她在感知上所必不可少的各种各样的加工成型能力。另外,我们也无法想象曼努埃拉使用一个苍蝇拍的原因还在于,有钱人家里是绝对不会有苍蝇的。没有苍蝇、没有天花、没有臭味、没有家庭秘密。有钱人家里,一切都是干净的、光滑的、卫生的,因此,也就避免了苍蝇拍的独霸和家丑外扬。

这就是现象学:意识与它自身之间一种孤独的、无休无止的独白,任何真正的猫都绝不能纠缠的一种纯粹的我向思考。

7. 身处美国南部联邦

"你在看什么书?"曼努埃拉问我,她气喘吁吁地从德·布罗格利太太家来到我这里,今天晚上德·布罗格利太太家的晚宴将会累得她像患了肺结核一样。从送货员那里接过七盒裴卓仙牌①鱼子酱,她喘气的样子像极了达斯·维达②。

"一本民间诗歌选,"我对她说,我算是永久地合上胡塞尔的书了。

今天,看得出来曼努埃拉心情不错。她兴致勃勃地拆开一个装着杏仁蛋糕的小篮子,每个蛋糕都镶在白色的花冠烤模里。她坐下,用手小心翼翼地理平桌布,这是发布使她慷慨激昂的公告的前奏 。

我摆好杯子,坐下来,等待着她的演讲。

----

① 裴卓仙两兄弟从莫斯科来到法国巴黎,当时巴黎的上流社会非常着迷于俄罗斯贵族极尽奢华的生活,而俄罗斯贵族流行吃鱼子酱,从而成就了裴卓仙两兄弟。该品牌鱼子酱味美爽滑、手工制作。鹅(鸭)肝、鱼子酱、烟熏鲑鱼是裴卓仙的三大主要产品,被人称为裴卓仙三姐妹。——译注

② 《星球大战》中的天行者阿纳金,曾经的绝地武士,后来为救妻投靠西斯成为黑武士。——译注

"德·布罗格利太太很不满意她的块菰①。"她开口说。

"哦,是吗?"我礼貌地说道。

"块菰没有香味。"她接着说道,看起来很糟糕的样子,似乎块菰没香味这事对她来说是种极大的身心冒犯。

我们享受着这个有其应得价值的消息,我高兴地想象,贝尔纳黛特·德·布罗格利在厨房里,披头散发,怀着渺小但疯狂的希望抓狂似的将猪肝菌汤汁和鸡油菌汤汁兑成的煎剂统统往块菰上面倒,好使它们散发出能联想到森林的香味。

"涅普顿在圣-尼斯先生腿上撒了泡尿。"曼努埃拉接着说道:"这个可怜的动物憋了很长时间,但是当这位先生拿出皮带时,它还是没能忍住,就在大门口处将尿撒在他裤腿上了。"

涅普顿是四楼右手边住户的一条长毛垂耳猎狗。三楼和四楼是仅有的分成两套住宅的楼层(每套二百平米)。二楼的是德·布罗格利一家,五楼是阿尔登一家,六楼是若斯一家,七楼是帕利埃一家,三楼是默里斯一家和罗森一家,四楼是圣-尼斯一家和巴多瓦兹一家,涅普顿是巴多瓦兹家的狗,更确切地说是巴多瓦兹小姐的狗,这位小姐在亚萨斯法学院读法律,经常和其他一些同校的长毛垂耳猎狗主人组织宠物狗比赛。

我对涅普顿很有好感。没错,我们互相欣赏,可能是由于我们之间有着来自某种感情交流的默契。涅普顿感觉到我喜欢它;同样,他的愿望我也都清楚。饶有兴趣的是,它的女主人想要把它变成一位绅士,它却固执地非要做条狗。一到院子,在后面任凭由浅

---

① 又称白色松露,是一种主要生长在橡树须根部附近的泥土下、一年生的天然真菌类植物,极为珍贵、稀罕,并且美味至极,是法国至高无上的调味品。——译注

黄褐色皮带牵着的涅普顿就会眼巴巴地看着那滩它觊觎已久的水泥坑。只要它的女主人一拉皮带,它就会一屁股坐在地上,毫不客气地舔着它的雄性标志物。而雅典娜,默里斯家的一条可笑的母猎兔犬,涅普顿一看到它,就活像个色鬼,把舌头伸得长长的,还发出呼哧呼哧的声音,满脑子全是幻想。长毛垂耳猎狗身上最特别的是,当它们心情不错时,走路时会蹦呀蹦;似乎是有个小弹簧钉在它们的四条腿上,使得它们走起路像是被弹到高处——这个过程是轻轻的,不会颠簸的。同时这个动作也会让它的四肢和两个耳朵看起来像船在上下左右摇摆一样,长毛垂耳猎狗,一只在硬冷无情的地面上不断前行的可爱小船,给城市带来一股我喜欢的海洋气息。

最后要提到的是,涅普顿是个贪嘴的小家伙,什么烂菠萝,发霉的面包,它都会统统吃掉。当它的女主人牵着它经过垃圾屋前,它就伸长舌头,狂摇尾巴,像个疯子似的朝着垃圾屋的方向飞驰而去。对戴安娜·巴多瓦兹来说,这让她很绝望。在这个高贵的灵魂看来,她的狗似乎本应该和萨瓦纳①良好社会中的年轻女子们一样,在战前的美国南部联邦,她们必须假装食量很小,才能找到丈夫。

涅普顿可不是那样,它倒更像是贪婪的美国北方佬。

---

① 萨瓦纳,美国东南部城市,曾为佐治亚门州首府。——译注

世界运动日志之二

长毛垂耳猎狗的培根①格调

在这栋大楼里,住着两只狗:一只是默里斯家的浅灰褐色皮包骨头的猎兔犬,另一只是戴安娜·巴多瓦兹小姐的红棕色长毛垂耳猎狗,而这位有个追求时尚的父亲的巴多瓦兹小姐是个金发碧眼的美女,也是个天生的厌食者,总喜欢穿布贝里(Burberry)牌风雨衣。默里斯家的猎兔犬叫雅典娜,巴多瓦兹家的长毛垂耳猎狗叫做涅普顿。要是万一您不知道我身处怎样的大楼的话,听了这两只狗的名字,您大概也就心里有数了。要知道,在这栋大楼里,根本就不可能找到叫琪琪或是雷克斯这类俗气名字的狗。好吧,还是言归正传吧,是这样的,昨天在大楼的门厅处,那两只狗相遇了,这让我有了看到一场有趣的芭蕾舞表演的机会。关于两只狗是如何嗅闻对方屁股的具体情节我在此先忽略不计。我不知道涅普顿是否知道自己的屁股很臭,不过,雅典娜嗅过之后立马往后跳得很远,但那个涅普顿嗅到对方的屁股好像是闻到玫瑰花的香味,

①　培根(Francis Bacon, 1909—1992),爱尔兰籍的英国画家,其作品选取孤立的人物形象,往往配以几何状的构架,涂抹浓墨重彩,其画作形象通常表达愤怒、恐怖和堕落的情绪。——译注

哦,对了,在这里面本该还有一片半熟的大牛排。

　　而这并不是我所说的有趣事情的重点,真正有趣的,是被狗绳远远拖着的两个人。因为在城里,都是狗儿们用狗绳牵着它的主人撒欢乱跑的。似乎没有人会理解这两个人的感受,心甘情愿地被一只狗成天纠缠着,不管刮风下雨,就连大下雪天也是如此,还要每天两次地带出去溜达,这种感觉大概和用狗链套在自己脖子上没什么两样。还是把话题转到那两个被自己的狗用狗链子拖着的人上吧,戴安娜·巴多瓦兹和安娜-依莲娜·默里斯(可以说是同一个模子,只是年龄差了二十五岁),两个人在门厅相遇。在这种情况下,真可谓不是冤家不聚头!笨手笨脚的两个人像是手脚都套上了游泳时穿的蛙蹼泳鞋,在这种情况下,她们可以采取的唯一有效的方法就是:提前预知即将发生的事情,并尽量避免此事的发生。可是,她们还天真地以为自己是牵着一只没有任何情欲冲动的毛绒玩具呢,因此,她们当然也不会对她们的宝贝狗儿们大吼大叫,更不会阻止它们去嗅彼此的屁股或是舔舐彼此的生殖器了。

　　这就是后来发生的事情:戴安娜·巴多瓦兹和涅普顿从电梯间走出来,而安娜-依莲娜·默里斯和雅典娜则正在电梯间前面等着电梯,这可以说是将自己的狗往对方狗的身上扔啊,很显然,效果很成功,涅普顿简直是疯掉了,从电梯间乖乖地走出来,鼻子刚好撞到了雅典娜的屁股,这可不是每天都有的好事。很久以来,令人厌恶的科隆布总会跟我们提到 kairos 这个词,这是个希腊词,好像是"适当时机"的意思,在她看来,这是一个拿破仑很懂得掌握的东西,当然,因为我姐姐是个军事家啊。好的,kairos 是指对时机的直觉,就是这样。我可以对您说,涅普顿的鼻子可真是嗅到这所谓直觉上的时机,就像是古代马背上的轻骑兵:它毫不犹豫地蹭地一下蹦到了雅典娜的身上。"哦,我的天啊!"安娜-依莲娜·默里斯大叫起来,仿佛整个事件的受害者是她一样,"哦,不!"戴安娜·巴多瓦兹也大叫起来,仿佛所有的耻辱都降临到她身上一样,但我可以拿焦糖巧克力跟您打赌,她肯定不会想到用自己的身体挡在雅典娜屁股前面,与此同时,她们两人都开始拉扯起狗链子来,试图将两只狗分开,不过这时一个问题出现了,也正因此,才有了有趣动作的产生。

事实上,戴安娜只需把狗链子往上面拉,而另一位只需把狗链子往下面拽,就可以轻松地将两只狗给分开,可她们偏偏没有这样做,她们两人都向两侧退,而电梯间前又非常的狭小,由此,两人很快便碰到了障碍:一个碰到了电梯的栅栏门,而另一个则碰到了左边的墙壁。与此同时,在女主人第一次拉扯后失去平衡的涅普顿重新一鼓作气,将眼神惊恐、不断尖叫的雅典娜紧紧地按在自己的下面,就在这时,这两个人改变了策略,想方设法将狗儿们扯到一个较宽敞的,利于她们大展身手的空间,再想办法把它俩给扯开。不过状况甚是急迫:两个人都很清楚,万一到了某个时刻,再想把两条狗分开就很难了。于是,这两位女士就更加着急了,她们齐声大喊道:"哦,我的天啊! 哦,我的天啊!"并死命地往两边扯着链子,就好像她们的贞操牌坊完全取决于那两根狗链子似的。可就在慌乱之中,戴安娜·巴多瓦兹突然滑了一下,接着身子一歪,扭到了脚踝关节。就是这个动作很有趣:她的脚踝向外扭时,整个身体也偏向了同一个方向,而她的马尾辫则是向相反的方向飞出去。

我向您保证,这真的很棒:说得上是一幅培根的画。在我父母家的厕所里,一直挂着一幅培根的画作,画中画的是一个正在上厕所的人,样子看起来很挣扎,没有什么特别而吸引人的地方,而这就是培根画作的格调。我有时会去想,解手时总能看到这幅画,难道不会影响到方便时的从容与安静吗?不过还好,在这里,每个人都会拥有属于自己的马桶,因此我从来都没有抱怨过。但是当看到戴安娜·巴多瓦兹扭到了脚踝,却仿佛全身都脱了臼,她的膝盖、胳膊,以及头部,形成了一个奇特的角度,而最独特的是她的马尾辫子却是处在同一条水平线上的景象时,这立刻让我想起培根的画。就在那短短的时间里,她就像是一个断线的木偶,身体肢解得走了形,也就在那千分之一秒的瞬间(因为整个过程发生得太快,可是我现在很注意人体运动,所以在我眼中动作都是放慢的),戴安娜就像是培根画作中的人物,这也使我明白,原来这么多年以来一直留在厕所当中的这个东西只是为了让我去很好地欣赏这一奇特的动作。接着,戴安娜跌到了两条狗的身上,而这使得一切都变得迎刃而解,雅典娜被压在下面,从而也逃脱出涅普顿的魔爪,而另一边的安娜-依莲娜就更是手足无措了,一边想要帮戴安娜一把,一边想方设法地把她的宝贝狗从好色怪物涅普顿的下面拯救出来。而涅普顿这个家伙,对女主人的大声喊叫和痛苦状完全无动于衷,还在继续往它的玫瑰牛排方向靠近,但正在这时,米歇尔太太从小屋走了出来,而我也抓住了涅普顿的链子,带它远离了这个是非之地。

可怜的涅普顿,它真的很失望。它坐下来,开始舔起自己的生殖器,嘴里还发出"咕嘟咕嘟"的声音,这更增加了戴安娜的失望感。这时,米歇尔太太给紧急救护中心打电话,因为戴安娜的脚踝肿得像个西瓜。接下来,米歇尔太太又把涅普顿带到了她那里,安娜-依莲娜·默里斯则陪在戴安娜身边。而我,回到了家,心里一直在想：没错，这真的是一幅培根的画作，这是否值得让我继续活下去呢？

　　我觉得还不能：因为涅普顿不仅没有得到她的点心，而且连散步都不可能了。

8. 现代精英的先知

今天早上听着法国国际广播电台，我竟然惊奇地发现自己并不如自己原先认为的那样，一直将我对文化产生广泛兴趣的原因归结于我无产阶级自学者的处境。正如我所提到过的，只要有工作之余的闲暇时间，我便会将生命中的每一分钟用于读书、看电影和听音乐。可是这种对文化产物的痴狂对我来说似乎犯了一个品味上的错误，就是将名著和其他不为人知的作品兼收并蓄。

尽管在图书的选择上会很杂，但也许我在阅读的领域兴趣并不是很广。我看的书籍是关于历史、哲学、经济、政治、社会、心理、教育、心理分析等方面的，当然还有文学。历史是我感兴趣的，而文学占据了我的一生。我的猫叫列夫，因为那是列夫·托尔斯泰的名字，我的前一只猫叫唐戈，因为那是法布里斯·戴尔①的姓，我的第一只猫叫卡列尼娜，因为那是安娜的姓，但是我只叫她卡列，那是为了提防有人戳穿我的秘密。当然，除了对司汤达的作品有特殊的偏爱之外，我更倾向于 1910 年之前的俄国文学，我自认为曾痴迷地读过许多世界文学名著。要是人们好好想想就会想到

---

① 司汤达的小说《帕玛修道院》的主人公。——译注

像我这样一个乡下女人，一辈子都只会在格勒内勒街七号当门房。人们本应该想到，在这种命运下的人只会看芭芭拉·卡特兰德①写的书。我确实对侦探小说有无法自制的爱好冲动——但是我却把我读的小说当作是一种上游文学。某些时候，放下康奈利②或是曼凯尔③的小说去给贝尔纳·格勒利耶或是萨比娜·帕利埃开门，都是件极为痛苦的事情。他们所关心的事情与反狙击小队、爵士乐爱好者、警察哈里·博斯④的想法并不吻合，尤其是当她们问我：

"怎么垃圾的臭味都飘到院子里啦？"

贝尔纳·格勒利耶和古老的银行世家的女继承者会为同样平淡无奇的事情感到忧虑，而且两人都不约而同地不懂得疑问句中动词前人称代词的使用，这使得我对人性产生了新的思考。

电影方面，跟看书正好相反，我的兴趣得到了充分的发展。我喜欢看美国大片和作家派文艺片。其实，我长时期陶醉于美国或是英国娱乐电影，当然也有某些严肃题材的艺术电影，那得用美学的眼光去审视，而用情感的眼光只能欣赏娱乐电影。格林纳威⑤的电影令我折服，令我饶有兴趣，当然也会令我呵欠连天，而每当

---

① 芭芭拉·卡特兰德（Barbara Cartland,1901—2000），英国言情小说家。——译注

② 康奈利（Michael Connelly,1956— ），美国著名侦探小说家，畅销作家，是美国前总统比尔·克林顿最喜欢的推理小说家。其代表作是曾获得爱伦·坡奖的最佳处女作奖的《黑色回声》，以及具有阴郁风格的《诗人》。——译注

③ 曼凯尔（Henning Mankell,1948— ），欧洲推理小说大师。他的《韦尔德探案》系列推理小说风靡世界各地，其中《无脸杀手》曾获1991年瑞典犯罪小说奖和斯堪的纳维亚犯罪小说作家协会奖，《死亡错步》则荣获2001年英国犯罪小说作家协会"金匕首奖"，他的作品已被译成三十多种语言。——译注

④ 哈里·博斯是康奈利系列侦探小说中的主人公。——译注

⑤ 格林纳威（Greenaway,1942— ），英国威尔士前卫导演，被公认为最具野心且具争议性的导演。主要作品有：《情欲色香味》、《八又二分之一女人》、《枕边禁书》。——译注

62

看到邦妮·布鲁①夭折后,麦丽和嬷嬷爬到白瑞德家楼梯上的镜头,我都会哭得像个吸水海绵,而《银翼杀手》②则是美国商业系列片中的佼佼者。在很长一段时间内,我认为有一种必然性,那就是第七艺术,画面优美,内容震撼,但却枯燥乏味;而商业电影即便庸俗肤浅,但却甚得人心,感人至深。

对了,例如今天,一想到买给自己的礼物就会坐立不安。虽是长期的忍耐,但终究是满足了自己推迟已久的重看1989年圣诞节时就看过的电影的愿望。

---

① 美国导演维克多·弗莱明(Victor Fleming,1889—1949)执导的影片《乱世佳人》中的人物。——译注

② 美国导演雷德利·斯科特(Riddey Scott,1937—)导演的影片。——译注

9. 红 十 月 号

　　1989 年圣诞节的时候,吕西安病得厉害,我们尚不知死神何时会降临,并被病兆的必然性,以及我们自己所羁绊,彼此之间被这种无形的镣铐所束缚。当疾病进入一个家庭时,它不仅仅是控制了病人的身躯,而且还在每个人心中编织出一张阴暗的埋葬希望的大网。这样一张如蛛网般轻薄的丝线将我们的计划和呼吸缠绕在一起,疾病,日复一日,吞噬着我们的生命。当我从外面回来,便会有种进入到地下墓室的感觉,我总会感到浑身发冷,那是一种无法平复的阴冷感觉,直到吕西安病逝前的最后几天,当我睡在他的身边,仿佛感到他将我的体热慢慢地吸走。

　　疾病是在 1988 年春天诊断出来的。这场整整折磨了他十七个月的疾病,最终在圣诞前夜夺走了他的生命。老默里斯夫人向居民发起一项募捐,人们把漂亮的花圈放在我的门房前面,上面系着一条没有任何署名的带子,唯有她来参加了我丈夫的葬礼。她曾是一位虔诚、冷漠、傲慢的太太,但是在她严厉并有些粗暴的外表下却隐藏着某些真实的东西,在吕西安死后一年,她便接着去世了,我常常会想,她是这样一个好人,我可能会想念她吧,尽管十五年来,我们彼此从未讲过一句话。

"她到最后都没能让她的儿媳妇消停,愿主保佑她安息,她是个好人。"曼努埃拉又说道——她对小默里斯太太有着拉辛式的厌恶——这句话可作为葬礼的悼词。

除了科尔纳利娅·默里斯,除了她的面纱和念珠,吕西安的病痛对别人来说是不值一提的,或许是因为生命的微不足道,以及丧失金钱和交际的氧气。富人们似乎认为这类小人物是无法体会到强烈的人类情感的,而且也是特别的冷漠无情。既然我们只是门房,死亡对我们来说就是理所当然的事情,而这对富人来说,便成了极不公平的事情。一个过世的门房,只是日常生活中一个小小的空洞,这种生理的必然是不需要和悲剧联系到一起的,对于每天在楼梯或者是在门房室门口和他相遇的房主们,吕西安只是一个回到他从来没有到过的一种虚无当中的不存在体而已;或是一只动物,因为他只是一个残存的生命,既无奢华排场,也无谋生伎俩,毫无疑问,在死时也应该只体会到劣等的反抗。和每个人一样,我们忍受痛苦的折磨,随着痛苦慢慢侵蚀着我们的生命,我们的心灵也会被盛怒所压抑,在一片死亡所带来的恐惧之中,我们慢慢地分解腐烂,而这并不会影响到我们的任何一位房主。

一天早上,那是圣诞节前的三个星期,我提着装有萝卜和为猫咪准备的牛肺的草制提包回到家中,见到吕西安穿戴整齐,看样子是准备出去。他甚至还戴上了围巾,站着正在等我。我看着这个因从卧室走到厨房而体力不支、面无血色的他,看着这个几星期以来都没能脱掉在我看来如同丧服般睡衣的他,今天却反常得很,他双目明亮,模样顽皮,冬大衣的领子被拉起,遮住了红得出奇的面颊,他反常的样子使我几乎晕厥过去。

"吕西安!"我惊呼道,并快步冲到他跟前,撑住他,扶他坐下,为他脱下衣服,而且我还知道,疾病教会了我这些过去从来都不会的动作,在最近这段时间里,这些动作竟然变成了我唯一会做的事情,我把提包放下,搂住他,让他紧紧地靠着我,还有好多好多,此时我已开始喘着粗气,心脏奇怪地膨胀着,便站着歇了歇。

"时间刚好,"吕西安对我说道,"电影是一点开始。"

在电影院大厅的高温下,我几乎落泪,我从未有过如此这般的幸福,这是好几个月来第一次我握着他温热的手。我知道只有出乎预料的力量之汇聚才能将他从床上扶起来,并有力气给他穿上衣服,期盼着出门,渴望再次享受这种夫妻间共处的快乐,而我也知道这是他时日不多的征兆,是生命终结前的回光返照,而这一切对我来说都并不重要,我只是想要享受这难得的时刻,这挣脱疾病枷锁的时刻,这两双手紧握的时刻,这令彼此都感到快乐的令人震撼的时刻,因为,感谢老天爷,这是一部我们俩都能分享快乐的电影。

我觉得他在电影结束后就过世了。虽然他的身体又撑了足足三个星期,可是他的灵魂在电影结束后便已离开,因为他知道这样会比较完满,因为在电影院里跟我告别,就没有太令人伤感的悔恨,因为如此一来,他就获得了安宁,在两人一起看叙事电影时,他沉浸于我们俩的尽在不言中。

我接受了这一切。

《猎杀红十月号》是我们俩一起看的最后一部电影。对于想要理解叙事技巧的人来说,只需看看这部电影就足够了;人们老是问自己，为什么在大学的课堂上只会教些像普罗普①、格雷马斯②这类的叙事理论，以及其他各种乱七八糟的理论，却连泡在放映室里的机会都没有。楔子、情节、行动元、突变、追寻、主角以及其他一些辅助因素：对您来说，身穿俄国海军制服的肖恩·康纳利③和几艘位置正确的航空母舰就足够了。

然而，今早我从法国国际广播电台得知，我对合法文化的憧憬被我对其他非法文化的爱好所感染，这并不是一个出身低微、并且通过自学方式得到思想启蒙的我的羞辱标记，而是占据主宰地位的知识分子阶层的现代特征。要问我从何而知？那是出自一位社会学家之口，我迫切地想知道，那位社会学家要是知道有一个穿着爽健牌④鞋子的门房刚刚把他当作是供在佛堂中的圣像一般顶礼膜拜的话，他会作何感想。要知道，他研究的可是知识分子文化实践的演变过程，而在这之前，知识分子只会从早到晚沉溺在高等教育当中，而如今却能诸多思想兼收并蓄，雅俗共赏，由此，真假文化的界限被无可救药地弄乱了，他描述了一个有古典文学职衔的老师。要是在过去的话，这样的老师也许只会听巴赫⑤的音乐，看莫

① 普罗普（Vladimir Propp，1895—1970），俄国民间文艺学家，他的故事形态学研究强调了系统描写相对于发生学研究的优先性。——译注
② 格雷马斯（Algirdas Julien Greimas，1917—1993），法国结构主义符号学家，符号学巴黎学派的核心人物。他认为叙事文本是由外显的叙述层面（表层结构）与内隐的结构主干（深层结构）所组成。——译注
③ 肖恩·康纳利（Sean Connery，1930— ），英国著名演员，1962 年首次扮演了代号为007 的英国间谍詹姆斯·邦德。——译注
④ 由 William Mathias Scholl 博士的名字命名，于 1904 年创建的足部健康护理品牌。——译注
⑤ 巴赫（Johann Sebastian Bach，1685—1750），德国音乐家。——译注

里亚克①的书,看文艺电影和实验电影,而如今,这样一位老师听的是亨德尔②和麦克·索拉尔③的音乐,读的是福楼拜和约翰·勒·卡雷④的小说,看的是维斯康蒂⑤的电影以及即将上映的《虎胆龙威》,而中午吃的是汉堡包,晚上吃的则是生鱼片。

在人们原以为看到自身独特性标记的地方发现了一种主导性的社会形态,这总是令人感到十分不安的。不仅感到不安,甚至会感到恼火。想我勒妮,五十四岁了,既是一个门房,又是一个自学者,尽管幽居在这与自己身份相称的门房当中,尽管孤独让我避免了大众的弊病,尽管自己是一个与世隔绝,对世界的变化不甚关注的可耻的无知者,可是我,勒妮,却是现代精英转变的见证人——这其中也包括一边读着马克思的著作,一边又拉帮结伙地与同伴们去看《终结者》⑥的就读于法国高等师范学院文科预备班的小帕利埃,或是一边在亚萨斯法学院读法律,一边却在《新娘百分百》⑦前失声啼哭的巴多瓦兹小姐——这是我很难接受的一个冲击。原因很简单,对特别关注编年学的人来说,我非但没有模仿那些青年人,反而在广泛的实践之中超越了他们。

---

① 莫里亚克(François Mauriac,1885—1970),法国作家,擅长心理描写,代表作《黛莱丝·苔斯盖鲁》。——译注

② 乔治·弗里德里希·亨德尔 (George Frideric Handel, 1685—1759),英籍德国作曲家,创作过《弥赛亚》等清唱剧,他的作品熔德国严谨的对位法、意大利的独唱艺术和英国的合唱传统于一炉,同巴赫、维瓦尔一起,为巴洛克时代画上了一个圆满的句号。——译注

③ 麦克·索拉尔(MC Solaar,1969—),法国一位优秀的说唱乐手,出生于法属殖民地塞内加尔,后移居巴黎。——译注

④ 约翰·勒·卡雷(John le Carre,1931—),英国间谍作家。以间谍生涯为素材的作品有《锅匠、裁缝、士兵、间谍》《召唤死者》《出色的谍杀》,最著名的作品是《冷战谍魂》。——译注

⑤ 维斯康蒂(Luchino Visconti, 1906—1976),意大利著名导演,主要作品有《战国妖姬》《白夜》《洛可兄弟》《魂断威尼斯》等。——译注

⑥ 美国电影导演詹姆斯·卡梅隆(James Cameron,1954—)执导的影片。——译注

⑦ 美国电影导演罗杰·米歇尔(Roger Michell,1956—)执导的影片。——译注

勒妮，现代精英的先知。

"没错，没错，为什么不呢?"我自语道，并从提包里取出那给猫咪准备的牛肺。然后又从最底层搜寻出两小片包裹在塑胶袋里的红色鲱鲤，我正打算先腌渍一下，然后放到撒上香菜的柠檬汁里煮上一煮。

就在这时，发生了一件事。

深刻思想之四

照看

植物

孩子们

　　有个清洁工每天三个小时在我家里打扫卫生,但是植物,只能妈妈亲自照看。这是个令人难以置信的喷水装置。她有两个喷水壶,一个装着有肥料的水,另一个装着没有石灰的水,不光如此,她还有个多功能喷雾器,可以"瞄准式""下雨式"或是"雾状"地喷洒。每天早晨,她都会对房间里的二十盆绿色植物仔细核查一番,并且老是嘟嘟囔囔地说一大堆废话,冷漠无情地对待周围的世界。当妈妈一门心思地照看她的植物时,你可以随意说话,无论什么,她的心思完全不在这上面。比如说,"我打算今天吸毒,会吸很多的毒品。"得到的回答是:"肯蒂亚棕树树叶根部发黄了,水浇多了,真是糟糕。"

　　我们已经推断出这个范例的开头:如果你想让生命浪费得再快一些,对别人的话漫不经心的程度再深一些,那就照看植物吧。不过事情并未到此为止。当妈妈将水喷洒到植物的叶片上时,我看到了带给她勃勃生机的希望。她认为水是一种香料,它将渗透到植物叶片中,将会带给植物为了生长所需要的成分,肥料也是一样。她将小棍儿样子的肥料放到土里(实际上,是在混合土里,包括泥土、腐殖土、沙子、泥炭混合物,这土壤是在奥特耶门的一家园艺用品商店专门为她的每一盆植物所配制的)。因此,妈妈哺育她的植物就像哺育自己的孩子一样:给肯蒂亚棕树一些水和养料,正如给我们四季豆和维 C。而这,是这个范例的关键:要对抚养对象全心全意,要由内而外带给它营养元素,在进到身体后,要让它生长,让它健康。只要在叶片上撒些水,这些植物就会武装起来迎击生存的挑战。我们带着忧郁和希望的复杂心情来照看植物,我们意识到生命的脆弱,我们害怕发生意外,但同时,做应该做的事情,并因能够尽到抚养者的责任而感到满意:我们感到放心,有一段时间我们是处在安全当中。妈妈就是这样看待人生:一系列驱魔的动作,跟喷洒水一样没有效果,却给人带来了这片刻的安全。

　　如果我们一起分享我们的不安全感的话,如果我们开始共同经历我们的内心,以便告诉自己,四季豆和维 C,即使可以哺育生灵,却也照样不能拯救生命,更不能净化灵魂,这样的话,可能会好过些吧。

10. 猫咪格雷维斯

沙布罗在按门铃。

沙布罗是皮埃尔·阿尔登的私人医生。一个皮肤黝黑、事业有成的老人家,他在他的雇主面前像条蚯蚓一样扭来扭去,二十年来,他从来没有跟我打过招呼,甚至也从来没有表示过有我这个人的存在。这使我想到一项有趣的现象学实验,就是在于解决为什么有些人的意识中能显现事物,而对于另一些人来说他们意识中却不能显现事物的问题。我的形象能被铭刻在涅普顿的脑海里,却和沙布罗的脑袋失约,这实在让我百思不得其解。

不过今天早上,沙布罗脸色苍白。脸部下垂,双手颤抖,鼻子……湿漉漉的。没错,湿漉漉的。沙布罗,这位大人物的私人医生,居然也会流鼻涕。加之,他居然还在叫我的名字。

"米歇尔太太。"

他好像不是沙布罗,而是地球以外变形的外星人,因为真正的沙布罗思想是不会被下层阶级小人物的信息所困扰的。

"米歇尔太太。"外星人的沙布罗模仿秀以失败告终,他又说道,"米歇尔太太。"

好吧,大家都知道了,我叫米歇尔太太。

"发生了件可怕而不幸的事，"流鼻涕外星人接着说道，见鬼……他没有擦鼻涕，反而使劲儿往回吸。

简直无法忍受。他大声地吸鼻涕，并将它送到那个并不属于他的地方，速度之快，但我仍没能幸免，亲眼目睹了喉结为了方便上述某个东西通过而迅速收缩的一幕。真是令人恶心，但更确切地说是出人意料。

我看看右边，又看看左边。大厅里空无一人。要是外星人不怀好意的话，我可就死定了。

他又说道，还是前面的那一番话。

"发生了件可怕而不幸的事，没错，一件可怕而不幸的事，阿尔登先生快不行了。"

"快不行了？"我说，"真的快不行了吗？"

"真的快不行了，米歇尔太太，真的快不行了，他只剩下四十八个小时了。"

"但是昨天早上我看到他，精神好得像只冠鸠！"我说道，心里感到震惊不已。

"哎，米歇尔太太，哎，心脏衰竭，就是心上一把刀啊，早上，人还活蹦乱跳像只山羊，可晚上一到，人就进了坟墓。"

"难道他准备死在家里，不去医院吗？"

"哦……米歇尔太太，"沙布罗跟我说，样子就跟涅普顿被牵着时一样，"有谁想死在医院里？"

这是二十年来的第一次，我对沙布罗产生了些许模糊的好感。我心里暗自对自己说，总之，他也是个人，我们到头来还不都是一样。

"米歇尔太太，"沙布罗又接着说道，这几声米歇尔太太叫得我晕头转向的,要知道这二十年来,他可从来没这么叫过我,"也许有许多人都想来看阿尔登先生,在……之前,但是他不想见任何人,只想见保罗。您可否费心将其他那些讨厌鬼给打发走呢?"

我很矛盾。我注意到,在通常情况下,人们不会注意到我的存在,除非有事要我帮忙。不过,我暗自思忖:我为的就是这个嘛,不仅如此,我还发现沙布罗能用我很迷恋的句法表达他自己——您可否费心将其他那些讨厌鬼给打发走呢?——这句话使我心情无法平静,这种早就过时的礼貌用语使我激动不已。我是文法的奴隶,我心里暗自想着,当初怎么没给我的猫起名叫格雷维斯①呢。这个家伙虽然让我感到厌烦,但是他的用语却并不令人反感。哦,还有,这位老人家说"有谁想死在医院里?"时,回答是,没有人。皮埃尔·阿尔登也好,沙布罗也好,我也好,吕西安也好,没人愿意。沙布罗这平凡的一问,使我们都成为了同等地位的人。

"我会尽力而为,"我说道,"但要是到了楼梯口我就没办法了。"

"不行,"他对我说,"您要给他们打退堂鼓,就跟他们说阿尔登先生不想见他们。"

他奇怪地看着我。

我应该小心,我应该非常小心。在这最后的时间里,我有些疏忽大意了。还记得曾经和帕利埃交谈时出现过的意外,我居然荒唐地引用了《德意志意识形态》,要是他有牡蛎一半智商的话,听到这些怎么可能不产生困惑呢。而现在,因为一个古铜色脸容,为过

---

① 影射莫里斯·格勒维斯(Maurice Grevisse,1895—1980),比利时语法学家,著有《法语正确用法》、《法语语法精要》。其实他叫格勒维斯(Grevisse),而不是格雷维斯(Grévisse)。——译注

时表达法买单的傻老头,居然在他面前迷失自我,完全忘记了我在措辞上应有的严密。

我将眼中瞬间的光芒重新遮掩上,取而代之的是所有优秀门房都会有的无神的目光,我就是这样一个会尽力而为但到楼梯口就没办法的门房形象。

沙布罗奇怪的神态顿时消失。

为了弥补我的过错,我让自己犯了个小小的错误。

"是心肌梗塞的一种①?"

"没错,"沙布罗对我说道,"是一种心肌梗塞。"

沉寂片刻。

"谢谢。"他对我说道。

"没什么。"我回答他,然后关上了门。

---

① 勒妮故意把心肌梗塞说成 un espèce d'infarctus,正确说法是 un infarctus 或者 une espèce d'infarctus。——译注

深刻思想之五

众人的

人生

如服兵役

我为这个深刻思想而甚感自豪。是科隆布使我有了这个发现。因此，她至少能在我的生命中扮演一次有用的角色。在有生之年能说出这句话是我想都不敢想的事情。

从一开始，我和科隆布，我们之间只有战争，因为对她来说，人生就是一场持久战。对她来说，只有毁掉别人才能得到真正的胜利。按她"女战神"的逻辑，如果不能击败对手，或是将对手的地盘划定到最小的话，她的安全感便无从谈起。其他人有空间生存的世界就是一个危险的世界。与此同时，她恰恰需要这些其他人去给她做一件重要的小事：那就是要有这么一个人来认识到她的强大。于是，她不仅想方设法摧垮这样一个我，而且还用剑指着我的喉咙要我对她说，她是最棒的，我很爱她。这给我带来了足以让我发疯的日日夜夜。雪上加霜的是，说不清是什么原因，毫无分辨是非能力的科隆布竟然能知道我一生最害怕的就是噪声。我相信这个发现纯属巧合。因为她是不会本能地想到有人是需要安静的。安静能让人进入内心世界，这对一个并非仅仅追求外向生活的人来说是必不可少的，我不指望她会明白，因为她的内心世界和

76

外面的街道一样混乱而嘈杂。不管怎么说，她是知道我需要安静的，我的房间挨着她的房间这是多么的不幸。她从早到晚地制造噪音。讲电话时大吼大叫，把音乐开到最大声（这实在是要了我的命），经常重重地摔门而去，对自己所做的事总是唯恐别人不知，像梳头发、在抽屉里找一支铅笔等这样的琐事。简单地说，她没有其他什么可以入侵的地方，因为她根本无法接近我的内心，于是就侵占我的听觉领域，她从早到晚折磨我。看看吧，一个不高明的领地观念就能发展成这样；而我，只要我有闲暇可以顺利进入自己的内心世界，到哪里我都不在乎。不过，科隆布呢，她不光不懂得这个事实；而且还把这个事实变成她的"哲理"："我那令人厌恶的妹妹是个小肚鸡肠、神经质的小屁孩，她厌恶所有的人，她最喜欢住在死气沉沉的墓地里，——而我，是一个性格开朗、活泼、充满朝气的女孩子。"如果有什么事是令我厌恶的话，就是看到人们把他们的无能和无耻转变成一种信条，并大放厥词。只要有科隆布的存在，我就永远是她污蔑的对象。

不过这几个月以来，科隆布不仅仅是要做一个世界上最糟糕的姐姐，她还有令人厌恶的爱好，她的举止令人甚是不安。我实在是忍受不了了：随时要为这个姐姐准备挑衅的泻药，而且还要看她为不必要的琐事所做出的表演，几个月来，科隆布被两件事情所吸引：整齐和整洁。结果是：我从过去的一个没有个性、毫无意志的妹妹变成一个肮脏的妹妹；她可以随时随地尽情对我大吼大叫，因为我在厨房里留下了面包屑，或是因为今天早上在浴室里出现了一根头发。再说了，不光拿我一个人开涮，每个人都有过被她从早到晚纠缠的经历，因为不整齐和有面包屑的地方多了去了。过去，她的房间乱得令人望而却步，而如今，却变成了诊所：一切都井井有条,一丝灰尘都没有,打扫她的物品和房间对格雷蒙太太来说是件头疼的事情,一旦在打扫卫生时没有准确地把她的东西放到应该放的地方,那就太不幸了。她的房间就好像是个医院。其实,我并不在意科隆布变成一个有怪癖的人。但我不能忍受的是,她总是装作是个酷女孩。有个问题,但是大家都假装视而不见,科隆布继续称自己是我和她之间唯一懂得"享乐至上"这种生活观念的人。可是我向您保证,每天洗三次澡,因为床头灯移动了三厘米就像个疯子一样乱吼乱叫,这可显示不出一丁点儿的享乐至上。

科隆布的问题是什么? 其实我并不知道,也许是因为总想毁掉每一个人,所以将自己变成了个士兵。于是,她一切都是井井有条、精雕细琢、精心打扫,像在军队里一般。因为只有军人才会时刻在意有关整齐和整洁的事情。众所周知,只有满足了这两点,才能对抗战场上的无序、战争中的肮脏,以及战死沙场的士兵尸体。实际上,我曾经想过,科隆布不是一个揭示规范的最极端的例子。我们当中真的有不像服兵役一样过日子的人吗? 在等待着期满退役或是决战到底时做我们能做的事情? 有些人用擦光粉将房间擦得干净锃亮,而其他人借故偷懒,用打牌来消磨时间,或者做不正当交易,策划阴谋。长官指挥,士兵服从命令,但是没有一个人可以幸免于难:总会有一天早上,不论是长官还是士兵,不论是蠢货还是做非法买卖和香烟黑色交易的街头小混混,最终都只会战死沙场。

顺便给您做个基本的心理分析测试吧:科隆布的内心是如此混乱、空虚和拥挤,因此凭借整理和打扫她的房间来试着让自己的内心变得井井有条。滑稽吧? 可笑吧? 长久以来我就了解到心理分析师都是些小丑,他们认为隐喻是只有聪明人才能玩的把戏。

事实上,这是六年级小朋友都可以办到的事情。不过要是听了妈妈的心理分析师朋友对一个不值一提的文字游戏的大放厥词,也应该听一听妈妈转述的那些蠢话,因为她把她和心理分析师之间的对话讲给所有人听,仿佛是去了迪斯尼:节目"我的家庭生活",镜殿"我和妈妈在一起的日子",过山车"我和妈妈分离的日子",恐怖博物馆"我的性生活"(降低声音以免被我听到),最后一个是,死亡隧道,"我更年期前的女性生活"。

对我来说,科隆布让我害怕的是,我感觉到她在大多数时间里都不会思考。科隆布所表现出来的一切,好比感情吧,她那么做作、那么虚假,我在寻思,她是否真的有感情。很多时候我都会害怕。也许,她是真的有病,也许,她是真的费尽周折想知道感情的滋味,为此,她可能会做出一些失去理智的事情。我仿佛看见了报纸的标题:《格勒内勒街的尼禄:一个年轻的女子放火烧家庭公寓。审讯其此行为的原因时,她回答说:我想体会到一种情感》。

好吧,首先,我有点夸张。其次,我没有资格去揭发这个纵火犯。不过暂且不提上面的,今天早上当听到她大呼小叫一通是因为她绿色外套粘上了几根猫毛,我不得不说:可怜的孩子,战斗提前结束了。要是你早点知道这一点,或许会好过一些吧。

11. 哀叹蒙古人暴动

有人在轻轻地敲我的门。是曼努埃拉,她刚刚被批准放一天假。

"大师过世了,"她对我说,我不能确定她将讽刺和沙布罗的哀歌混为一谈的用意,"既然有空,我们喝茶怎么样?"

这种对动词时态配合一致的置之不理,这种疑问句型中的条件式在缺少动词倒装的情况下的使用,这种曼努埃拉对句型的随心所欲(因为她只是一个可怜的被迫使用外来语的葡萄牙女人),与沙布罗的惯用语有着共同的守旧和过时的特点。

"我在楼梯的交叉口碰到了萝拉,"她一边说,一边顺势坐下,眉头紧蹙,靠在楼梯扶手上,做如厕状,"她看到我后,便离开了。"

萝拉是阿尔登家的次女,是个不善交际的乖乖女。克莱芒丝是阿尔登家的长女,是挫败感的痛苦化身,一个宗教的虔诚者,却只会整日纠缠她的丈夫和孩子们,枯燥黯淡的一天都在做弥撒、履行各种宗教仪式,以及编织十字绣中度过。说到让,家里最小的孩子,一个不可救药的瘾君子,这是一个有着美丽双眸的、整天在父亲身后屁颠屁颠跟着的孩子,小小的他似乎一辈子都将会在父亲的关爱下苦壮成长,想不到一切在他吸毒后发生了翻天覆地的改变,他不再能动了。看来就算让这个孩子跟在上帝身后也无济于事了,现在的他动作明显迟缓,走起路来晃晃悠悠,在楼梯里、在电梯前、在院子里都会看到他不断地停下来歇息的身影,随着时间的推移他停下来休息的时间也愈来愈长,有时甚至都会在我的门毡上或是在垃圾屋前安然睡去。有一天他站在满是高贵茶红色玫瑰和低矮山茶花的花坛前神情恍惚,我问他是否需要帮助,看到他那缓缓散落在两鬓的缺乏保养的鬈发,在那潮湿的微微战栗的鼻子下的一双泪眼,更让我想到涅普顿。

"嗯,嗯,不用,"他像走路时顿顿挫挫那样特有节奏地回答我说。

"至少您坐一下也行啊?"我向他提出建议。

"您坐一下?"他重复道,惊愕溢于言表,"嗯,嗯,不用,为什么?"

"为了能让您喘息片刻啊。"我说。

"啊,对……"他回答说,"嗯,好,嗯,嗯,不,不用了。"

于是我不得已留下他与山茶花为伴,并从窗口处静静观察他。很长 段时间后,他从对花朵的沉思中回过神来,小跑着冲到我的房间。我还没等他按门铃,就将门打开来。

"我要活动一下,"他对我说道,没有正视着我,他并不柔软光滑的头发缭乱地挡在眼前,然后,经过一番努力,他接着说道:"那些花儿……叫什么名字?"

"您说的是山茶花吗?"我惊讶地问他。

"山茶花……"他慢慢地接着说道,"山茶花……嗯,谢谢,米歇尔太太,"最后他用近乎惊人的沉稳语气终于把话说完了。

转眼间,他便跑开了。一连几个星期我都没有见到过他,直到今天早上,他从我的门房前经过,羸弱的样子使我几乎认不出他来。没错,那就是羸弱……所有人,我们所有人都会经历的。可是对于这个年轻人,在尚未到达的漫漫人生路上却早已站不起来,而他的身体衰弱得这般明显、这般强烈,看到此番景象,又会有哪个人会没有恻隐之心呢?看看让·阿尔登吧,他是一具只会由一条绳子牵引着的受刑的躯体。我恐惧地想到,他是如何做到使用电梯这一简单动作的,正当这时,贝尔纳·格勒利耶突然出现,紧紧抓住让,像抓起一根羽毛似的将他抱起,这也避免了我的出面干涉。我稍稍地看了一眼这个成熟却愚蠢的男人,他把这个饱受摧残的孩子抱在怀里,然后消失在楼梯尽头。

"听说克莱芒丝快回来了,"曼努埃拉说道,真奇怪,他总能和我无声的思路那么有默契。

"沙布罗让我请她离开,"我一边说,一边想着那句话,"阿尔登只想见保罗。"

"男爵夫人最近痛苦得不得了,天天一把鼻涕一把眼泪的,"曼努埃拉补充道,她说的是维奥莱特·格勒利耶。

我并不惊讶。在一切即将结束的时刻,真相必将大白于天下。维奥莱特·格勒利耶与抹布相配,就如同皮埃尔·阿尔登与领巾相配,每个人,都被束缚在他们的命运当中而欲罢不能,面对命运也无脱身之计,最终只有在人生这出戏剧的尾声成为真正的自我,即便是曾经抱有某些幻想。在生命即将终结之际,就算是身子贴着细腻丝制高档内衣也并不能给病人自己带来健康而有活力的体魄。

我煮了一壶茶,与曼努埃拉在静默中细细品味着,我们从未有喝早茶的习惯,因此,这个反其道而行之的举动竟带来一番别样的滋味。

"这感觉真是妙不可言。"曼努埃拉喃喃自语道。

是的,妙不可言,因为我们享受到上天的双重馈赠,看到这种循规蹈矩的仪式被打破的神圣感,以及这一成不变的我们共同分享的品茶仪式,一个又一个的下午,使得这仪式像包在现实生活的胶囊当中,从而带给它一种内涵感和坚定性,而在今天这样一个清晨,在规矩被打破的一瞬间,突然凝聚了强大的力量——不过我们如此细斟慢酌,正是因为我们把茶当作是玉露甘泉,是上帝馈赠这个不寻常的春晓的最好的礼物,即便是机械的动作都会变得蓬勃向上而富有生机,浅尝、细品、置斟、续茶、咽呷,个中品茶之态有若新生。而此时此刻,茶道赋予我们对生命轨迹的思考,我们又因为打破此种规矩而体会到额外的使身心分离的神奇之感,因为转瞬即逝但坚强有力的片刻永恒,使时间变得这般丰富多彩。外面的世界怒吼咆哮、沉睡苏醒、战火纷飞、生老病死,一些国破家亡,另一些兴旺发达的不久之后等来的依然是覆灭,万众苍生时刻处在嘈杂、愤怒、爆发和冲击当中而无法自拔,而世界将依然活跃、燃烧、分裂、重生,并且影响着世人的生活。

那么,还是喝一杯茶吧。

正如冈仓天心①在《茶之书》一书中提到的,他哀叹 13 世纪蒙古人的暴动,不是因为暴动带来了死亡和痛苦,而是因为暴动摧毁了宋朝文化中最珍贵的成果——茶艺。我知道茶不是低等饮品。

---

① 冈仓天心(1862—1913),日本著名的思想家、美术家与批评家,在近代日本的知识界、美术界拥有极高的影响力,是明治时期知识分子的典型代表。其作品之一《茶之书》自从在美国上市引起轰动后,不仅被引入美国中学课本当中,且被译为多国语言,在整个欧洲广泛传播。——译注

当它被变成一种仪式时,构建出能够以小见大才能的心灵,美在哪里?是在大事物之中,如同其他事物一样,终究都会消逝殆尽?还是在小事物之中,无心索取,却懂得将瞬间变成永恒?

茶道,相同的动作和相同的品尝能够清晰明确地重复,达到简单、真实而又讲究的感觉,适合任何人,以很少的消费,就能变成有品味的贵族,因为茶是有钱人的饮品,同时也是穷人的饮品,故而茶道的特殊优点就在于,在荒诞的人生之路上为我们打开一道宁静而和谐的裂口。是的,万物皆空,迷失的灵魂为美而泣,人间琐事包围着我们,那么,还是品味茶之清香吧。四处一片寂静,听到外面飕飕的风声,看到微微作响、随风飘扬的秋叶,在温馨的阳光下安然熟睡的猫儿。呡茶一口,光阴便会升华。

深刻思想之六

在早餐时
你看什么
你读什么
我就知道
你是谁了

每天吃早饭时，爸爸都会一边喝咖啡，一边看报纸。这其中包括各种报纸，实际上，像《世界报》、《费加罗报》、《解放报》都是他必读的，以及每周一次的《快报》、《回声》、《时代》周刊、《国际通讯》等这些杂志。不过我能感觉到，咖啡一杯，《世界报》一份，在珍贵的半个小时全身心投入到阅读当中，这是最令他惬意的事情了。为了能够利用上这半个小时，他不得不提早起床，因为他的时间表总是被排得满满的。但是每天早上，即使是昨晚只睡两个小时，第二天他依然会六点起床，一边读报，一边喝那香浓的咖啡。爸爸就这样每天不断雕凿塑造自我。所谓"雕凿塑造自我"是因为我认为每一次的过程都是一种新的构建，就好比是所有的一切在一夜之间全部幻化为灰烬，而到了第二天，一切又必须从零开始，如此可见，我们的生活不就是如此吗？在我们的世界当中：必须不停地反复构建我们的成人身份，这昙花一现的不稳定的而又极度脆弱的合成体，穿着绝望的伪装服，站在自己的镜子前面，述说着自欺的谎言。对爸爸来说，一份报纸和一杯咖啡就是让他转变为成功人士的魔杖，就跟将南瓜变成灰姑娘的四轮豪华马车的魔杖一样，注意了，他从中找到他的满足感：这是因为我从来也没见过他像在六点钟时钟响后，面前摆放一杯咖啡时那样淡定、那样轻松，殊不知，这是需要付出代价的！我们每个人都是要为虚假的一生买单的！面对危机，我们每个人都无法躲过，当我们的面具因此而掉落在地，真相大白的一瞬间是何等的可怕！看看阿尔登先生吧，这个住在七楼①的美食评论家，此刻他正等待着死神的来临。今天中午，妈妈购物完后像龙卷风般归来，她一踏进大门，就向幕后工作者们抛出这样一句话："皮埃尔·阿尔登快过世了！"而幕后工作者是指宪法和我，所以说这场演出是失败的。头发有点散乱的妈妈显露出一副很失望的神态。当天晚上，当爸爸下班回家，妈妈立刻冲到他面前，向他宣布这个重大新闻。爸爸似乎很吃惊地问道："心脏病？是这样吗？太快了吧？"

我必须说的是，阿尔登先生是个真正的坏人，而爸爸，只是一个假扮一本正经大人的小孩子。不过阿尔登先生……这个头等坏人。当我说坏人时，我的意思并不是说心怀鬼胎、冷酷无情，或是专横暴虐的人，尽管这也确实有一点。不是，当我说"他是个真正的坏人"时，我的意思是说，一个如此否认自己身上善良一面的男人，在他活着的时候就已经仿佛是具尸体了。因为真正的坏人，毫无疑问，他们厌恶所有人，不光如此，他们尤其厌恶的是他们自己。当某个人厌恶自己时，您哪，您就没有和我一样的感觉吗？这使得他变成一个活死人，把坏情感和好情感一并麻痹，以此使自己不再

---

① 本书第二部分之七《身处美国南部联邦》中记载，阿尔登一家住五楼。——译注

体会到厌恶自己的那份恶心。

皮埃尔·阿尔登，毫无疑问，他过去就是个真正的坏人。听说他是美食评论之父，是法国烹饪界的冠军。这一点都不会使我吃惊。如果你想听听我的看法的话，想想看吧，法国餐，多么可怜。这么多的天才厨师，这么多的烹调方法，这么多的材料来源，却做出如此油腻的食物，酱汁、肉馅、点心这些只会吃出个大肚皮的东西！毫无品味可言……就算不油腻，也是极其装模作样的：三根简单雕刻的红皮白萝卜，两只扇贝外加一份海藻冻，放在一个类似僧人用的盘子里，以及哭丧着脸的服务员，这不让人饿死才怪。周六，我们全家就是去这样的高档饭店，拿破仑饭店，为的是庆祝科隆布的生日。科隆布再次展示了她通常情况下的优雅：点了一道大菜，有栗子、羊排骨配上叫不上名的蔬菜，以及一份萨芭雍①配上柑曼怡甜酒②（可怕之极）。知道萨芭雍吧，这是法国烹饪的象征：名义上是一道清淡的点心，可是随便哪个人吃了都会被撑死。我呢，我没有点前菜（我对科隆布说我有厌食症的评语不予理睬），直接点了一道63欧元的咖喱鲱鲤（垫在鱼下面的是意大利瓜和胡萝卜）。接着，又在菜谱里找到一道34欧元、还不算难吃的甜点：苦巧克力松糕。告诉您：就这价格，我宁可在麦当劳订一年的汉堡包。同样都是没品味，不过起码不会自封为高档菜系。我甚至对饭店和桌子的装潢都没过分渲染。当法国人想与有着紫红色帷幔

---

① 萨芭雍是除了提拉米苏之外，另一道意大利极为著名的甜点，是将蛋黄酱、奶油和马沙拉酒混合后，浇在各式水果上而闻名的典型宫廷甜点精品。其主要特征是酒香浓郁、恬静淡雅。——译注

② 柑曼怡甜酒由 Louis-Alexandre Marnier Lapostolle 于 1880 年所创。是将加勒比海野生柑橘与法国陈年白兰地混合，经过陈化后酿制而成。口感甚为清爽，瓶身造型独特。——译注

以及富丽堂皇镀金的"皇家帝国"传统装饰风格划清界限时,他们便会采用医院风格,我们坐的椅子是勒·柯布西耶①风格(妈妈说是"柯布"),我们用的餐盘是白色的、呈几何形状的苏维埃官僚风格,我们在洗手间擦手用的圈毛干巾薄得根本不能吸水。

要知道,既高雅又简易可并非如此啊。"你到底想吃什么呢?"科隆布问我,看起来很恼火的样子,只是因为我没能吃完第一片鲱鲤。我没回答她。因为我不知道。毕竟我还只是个孩子。不过在漫画中,书中人物似乎吃得不太一样。看起来好像很简单、很考究、很节制、很是美味。吃起来似乎在欣赏一幅美丽的画作,又似乎是在优秀的合唱团里歌唱一般。既不会太多,也不会感到不够,而是很适中,就是不多不少正好的意思。也可能是我全然不对;不过法国菜,我倒真是感到既老土又很花哨,而日本菜似乎……嗯,没错,既不年轻也不年老,而是永恒与神奇的。

简而言之,阿尔登先生过世了。我在想,他在早上的时候,为了真正进入坏人的角色,他到底做了些什么。或许是一边喝咖啡,一边看对手的文章,或者是吃上一顿包括有热狗和炸薯条的美式早餐。我们在早上的时候做了些什么呢?爸爸一边看报纸一边喝咖啡;妈妈一边喝咖啡一边翻目录;科隆布一边喝咖啡一边听法国国际广播电台;我呢,我一边喝巧克力饮品一边看漫画。现在这个时候,我正在看谷口的漫画,这位天才教会了我许多跟人类有关的事情。

昨天,我问妈妈是否可以喝上一杯茶,奶奶早餐的时候喝红

---

① 勒·柯布西耶(1887—1965)是 20 世纪最重要的建筑师之一,能够将时尚的滚动元素与粗略、精致等因子进行完美的结合,擅长运用几何图形等图样,从而带来栩栩如生的视觉效果。——译注

茶,是掺有柠檬的香茶。我虽然觉得这不会好喝,不过看起来也比咖啡好多了,要知道,咖啡可是坏人的饮料哦。昨天晚上在餐馆吃饭的时候,妈妈叫了一杯茉莉花茶,她还让我尝了一口。我觉得真是棒极了,"自我"极了,今天早上,我说这是从今以后早餐上我的唯一饮品。妈妈奇怪地看着我(昏昏欲睡的神情),接着说道,"好的,我的小宝贝,你现在真是长大了。"

茶品与漫画对抗咖啡与报纸:优雅与神奇的魔力对抗成人权力游戏中可悲的侵略性。

12. 人生如幻梦

曼努埃拉离开之后，我便马上为各种无趣的工作忙碌起来：做家务，在大厅用拖布比来划去，把垃圾箱拖到街道上，在地上拾捡各种小广告，浇灌花草，准备猫粮（就是一片火腿外加一大片肥猪皮），做我自己的饭食——配上番茄、罗勒和帕尔马番红花干酪的中国冷面——，看会儿报纸，团在房间的一角读我最爱的丹麦小说，在大厅里平息危机，这是因为，阿尔登家的孙女、克莱芒丝的长女洛特，在我的门口因她爷爷不想见她而嚎啕大哭。

晚上九点钟，我结束了一天的工作，突然感到自己很老很疲惫。死亡并不使我害怕，更何况是皮埃尔·阿尔登的死，但是这种难以忍受的等待，像个悬在空中的窟窿，想他一生拼搏得来的只是无边的沧桑与无奈。我坐在厨房里，四下静默无语，亦无灯光璀璨，我尝到了荒谬人生的苦涩感，思绪随风飘零。皮埃尔·阿尔登……暴虐的统治者，一辈子爱慕虚荣，然而拼尽全力追求文字洗礼的一生，在追求艺术和渴求权力之间挣扎，最终只得来一场虚无飘渺的幻想……那么真相到底在哪里呢？梦幻又在哪里呢？在权力中还是在艺术中？当我们揭出这所谓激励我们的征服欲是凭空幻想出的虚荣心时，我们不就是凭着还算不错的语言能力就把人类的创造给吹捧上天的吗？——没错，所有人，包括一个圈在狭小暗室里的穷门房，她虽然放弃对现实中权力的追求，可是在她的内心深处不也是有着对权力的幻想吗？

如此看来，生命又是经过怎样的发展历程呢？日复一日，年复一年，我们勇敢地努力地设法在人生幻剧中扮演好我们自己的角色。鉴于我们是灵长类动物，主要的活动是保卫领土，并以此使得自己受到保护和称赞；是想方设法在部落的等级天梯上向上攀援，或者说不要滑落谷底；是欢娱和传宗接代使我们费尽心机到处私通款曲——即便只是梦幻泡影也在所不辞。由此可见，在我们使出的力量中，最不可忽略的部分是恐吓和吸引，仅凭这两项策略便可占据领土、阶级地位，以及异性。唯独我们的意识不这么认为。我们探讨爱情、善恶、哲学与文明，不仅如此，我们还紧紧地抓住这些令人尊敬的圣像，仿佛是趴在热乎乎的肥狗身上嗜血的虱子。

然而，对我们来说，人生有时如同一出幻剧。当我们从梦里惊醒，看到自己的所作所为，就会心寒地发现，我们毕生的付出只是为了维持原始需求，同时惊讶地问自己艺术到底是什么。我们对虚情假意、暗送秋波的热衷，似乎突然变得毫无意义，二十年负债所换来的温暖舒适的小窝，其实也只是竹篮打水一场空的野蛮习俗，来之不易、失之却易的社会地位，只是来自粗俗的虚荣心。至于我们的后代，我们用全新和恐惧的眼光注视着他们，因为如果脱掉利他主义的衣服，繁殖行为看起来会非常不得体。剩下的只是性爱的享受；但即便在最初苦难的长河里，性爱的享受也同样是摇摆不定的，没有爱情的性行为是不能包括在人生课堂的范围内的。

永恒离我们而去。

当我在人性的祭台上颠覆所有关于浪漫主义、政治、精神、形而上学和道德这些多年以来一直铭刻在我们心中的信仰时,这条由等级观念的海浪所冲击出来的社会土壤就会陷入到无意识状态的困境之中。到那时,不论是富人还是穷人都会黯然退场,还有思想家、研究者、决策者、奴隶、好人和坏人、有创造性的人和有责任感的人、工会主义者和个人主义者、改良派与保守派;所有的笑容与做作、行动与伪装、语言与法规;这本是属于原始人的特征,同样也出现在灵长类动物的遗传卡中,这意味着一句话:要么保住位置要么死亡。

在这样的日子里,您会不顾一切地追寻艺术的足迹。或许您会强烈地渴求再度追求曾经拥有的精神财富,或许您会热切于希望有某样东西能让身陷囹圄的自己挣脱生物命运的枷锁,与此同时,渴望所有美好的诗意与伟大不会就此消逝。

那么还是喝杯茶吧,或是看场小津安二郎①的电影,远离属于统治阶级所特有的钩心斗角和唇枪舌剑习俗,让悲哀的人生舞台镌刻上艺术及伟大作品的斑斑印记吧。

----

① 小津安二郎(1903—1963),日本知名导演,他的作品常常是以现代的日本家庭为题材表现父母子女间的爱情、夫妻间的纠葛与和解、孩子们的嬉戏及大人的苦恼等,其代表作有《晚春》、《东京物语》等。——译注

13．永　恒

晚上九点，我将小津安二郎的电影《宗方姐妹》的录影带放到录影机里。这是我这个月看到的至少第十部小津安二郎的电影。要问为什么？那是因为小津安二郎是一个使我从生理命运的枷锁里挣脱出来的天才。

一切都来自有一天我对娇小的图书管理员安吉拉说的话，我说我希望有机会能看到维姆·文德斯①的早期作品，她对我说："啊，你看过《寻找小津》吗？这是一部介绍小津安二郎的不可思议的纪录片，显而易见，只要看过《寻找小津》就会很希望和小津安二郎有更近距离的接触。"从那以后我便真真正正开始了解小津的电影，这是我有生以来第一次可以把艺术电影当作是一种娱乐，可以让我欢喜让我忧的一种娱乐。

我放上电影，嘴上品尝着茉莉花茶。有时多亏了这个叫遥控器的世俗大念珠，我才能反复地倒带观看。

这是一幕特别的场景。

---

① 维姆·文德斯(Wim Wenders, 1953—   )，德国电影导演，主要作品有《德州巴黎》、《美国朋友》、《柏林苍穹下》、《直到世界末日》、《云上的日子》。——译注

扮演父亲的是小津安二郎的爱将,演员笠智众,他是小津作品中的灵魂人物,出色的演员,充满朝气,谦逊待人,在影片里,他扮演的父亲将不久于人世,与女儿世津子闲聊他们此前在京都的游玩。他们在喝清酒。

　　父亲:"看那西芳寺! 阳光下的青苔显得更加耀眼了。"
　　世津子:"看那上面还有山茶花。"
　　父亲:"哦,你也注意到了? 多美啊!(停顿)在古代日本,有很多美丽的东西。(停顿)认为所有的一切都不好,我觉得这有些极端。"

　　然后,影片继续,片尾处的最后一个场景是在一个公园里,世津子和她任性可爱的妹妹真理子的一段对话。

　　世津子,容光焕发:"告诉我,真理子,你说为什么京都的山会是紫色的?
　　真理子,调皮:"哈哈,真的唉,好像红豆糕呀!"
　　世津子,微笑:"这颜色真的很漂亮。"

　　在这部片子里,涉及了关于失恋、包办婚姻、兄弟姐妹之间的纠结、父亲过世、新旧日本,还有男人的酗酒和暴力。
　　不过,也正是这显现出我们西方人无法逃脱、而只有日本文化才能够解释清楚的事实。那就是为什么这两个简短的场景,没有做任何的解释,而情节上也没有任何明确的动机,却能产生一种如此强大的情感,却能将整部电影的主题用如此精简、如此难以形容的片段来诠释出来?

这就是电影的精髓。

世津子:"真正的新,是永远不会随着时间的推移而过时的。"

寺院青苔上的山茶花,京都山脉上的紫色,青花瓷杯,这转瞬即逝的激情中所绽放出的纯洁的美丽,不就是我们所渴望的吗?属于西方文明的我们永远无法触及吗?

在人生的潮起潮落中仰慕永恒。

世界运动日志之三

加油赶上她!

我有时想到竟然还有人家里没有电视! 那他们会做什么呢?我呢,我会在电视面前消磨时间。我关掉声音只看电视屏幕。这种感觉像是透过 X 光看东西。如果您关上声音,其实就是把包着两欧元次等品的漂亮丝制包装纸给拿掉。如果您这样看电视新闻报道的话,您就会明白:每个图像之间没有任何联系,唯一使他们有关联的是解说员,他使得一些按顺序出现的图像变成了一系列真实的事件。

总而言之,我喜欢看电视。今天下午,我就看到过一个有趣的人体运动:跳水比赛。这是世界跳水锦标赛的重播节目,分成指定花式单人跳水或是自由式单人跳水,男子或是女子跳水,但尤使我感兴趣的是双人跳水。除了要有一大堆旋转、跃起、翻腾的展示个人技巧的动作外,两个运动员的动作还必须是同步的。不是差不多同步,不是:是完全同步,也就只差个千分之一的样子。

最好笑的是,当跳水运动员有着不同的形体时,一个矮胖一个瘦高,人们会以为:这怎么可能会同步,按照物理学原理,他们不可能同时出发又同时到达,但是您不会想到的是,他们做到了。这给我们上了一课:世界上所有的一切都是互补的。如果跑得不快,那就加把劲儿。不过真正提供给我写日志素材的是当两个年轻的中国女孩站在跳台上的时候。那是两个身材苗条、扎着乌黑发亮辫子的美女,他们长得如此相似让人感觉像双胞胎一般,不过解说员确定她们绝不是姐妹。总之,当这两名女孩来到跳台上时,我想所有人都跟我一样的状态:屏住呼吸。

　　一系列优美的动作之后,她们跃入水中,在开始的瞬间,动作非常完美。这种完美使我也能感同身受,我想这就是"镜子神经元"原理吧:当我们看到一个人在做一个动作时,我们虽然没有做任何动作,但是我们的神经元和这个人做这个动作时所激发的神经元相同,当他做动作时,神经元在我们的头脑中活跃起来,所以即使我们什么都没有做,却能有同样的感觉,因此我便成了一个坐在沙发上,嘴里还大口嚼着炸薯条的花式跳水运动员:也正因此,人们都愿意看电视上的运动节目。总之,这两位美丽优雅的女神一跃而起,一开始真令人心醉神迷。可是接下来,糟糕!我觉察到这两人的动作之间有些许非常非常细微的差距。我再次目不转睛地盯着荧屏,揪心啊:毫无疑问,确实是有差距,我知道像这样来讲述这个有多么的疯狂,因为这一跃没有超过三秒钟,可是,就是因为这持续的三秒钟,我们才看清整个过程,就好像那三秒钟有一个世纪那么长。这是显而易见的,不必再蒙住脸了:他们动作并不同步!一个比另一个先入水!可惜啊!

　　我再度对着电视机叫道:加油赶上她!快加油赶上她!我甚至难以置信地有点责怪那个稍慢的女孩,整个人重又陷到沙发里,心中不是滋味,这是什么?这就是世界运动吗?一个小小的差距就能将即将成为完美的事物给永久性地破坏掉吗?至少三十分钟里我都无法从糟透了的心情中解脱出来。接着,我突然自忖:为什么我会如此希望那个稍慢的女孩能赶上另一个女孩?当动作并不同步时,为什么我会感到难过呢?这并不难猜到:所有类似的事情都是只差一丁儿点便永远错过,所有我们本该说出的话,所有我们本该做的动作,这些一闪即逝的适当时机在某一天猛然间出现,还没等我们抓住,便永久地消失在无边之中……甚至几乎是失败……但是我又有了另一个想法,这和"镜子神经元"有关,而且,这是一个一直困惑着我的想法,另外,也许还具有些许普鲁斯特文风(这让我恼火)。要是文学跟电视上看到的一样,激发我们的神经元,而我们只需奉献一丁点儿的精力便能得到行为上的强烈感觉,这会是怎样的呢?而另一方面,要是文学就跟电视上显示给我们的那种差距一样的话,那又会是怎样的呢?

您好,世界运动!这本该是完美的,却在一瞬破灭。这本该是真正去亲身感受的,却总是只能间接地去体会。

那么,我问您:为什么还要残存在这样的世界上呢?

14. 此时，古代日本

第二天早上，沙布罗按我的门铃。他似乎已经恢复了往日的神气，声音不再颤抖，鼻子变得干涩，肤色依旧黝黑，但看起来却像个幽灵。

"皮埃尔死了。"他用清脆的嗓音对我说道。

"我很遗憾。"我说道。

我由衷地为他感到遗憾，因为皮埃尔·阿尔登确实不再遭受痛苦，沙布罗必须学会过行尸走肉般的生活。

"殡仪馆的人马上就来。"沙布罗用鬼魂般的声音继续说道，"如果您愿意带他们到房间里我会万分感激。"

"当然了。"我说道。

"我争取在两个小时之内来照顾安娜。"

他看着我，沉默不语。

"谢了。"他说道——这是二十年来第二次。

我试图用符合一个门房应有的语气回答，但是，不知道为什么，我一句话都说不出来。或许是因为沙布罗不会再回来，或许是因为在面对死亡时，一切防卫都变得毫无意义，或许是因为我想起了吕西安，又或许是因为体面最终阻止一种可能触犯死者的不信任。

因此，我没说：

"没什么。"

而说的是：

"您知道，该来的终究会来。"

这听起来像民间谚语。尽管这也和《战争与和平》中的库图佐夫将军对安德鲁王子说的话一样。"人们责怪我，又是战争，又是和平……但是都会随着时间的推移而到来，只要懂得等待，该来的终究会来……"

长久以来我一直珍视着这段话。每读到这儿我都是乐滋滋的，这是诗句中的顿挫，在战争与和平之间摇摆不定，这潮起潮落在脑海中浮现，如同沙滩上随波逐流的浪潮将海里的海鲜带来带去。是否是译者的自作聪明将审慎的俄国风格作品给美化了？"人们为了战争与和平而责怪我，"在这个流畅、没有任何逗号割断的句子里，将我对海洋的胡言乱语带到毫无根据可言的荒谬章节当中，或者，是否这段精彩绝伦的句子其含义今天依然可以使我喜极而泣？

沙布罗慢慢点了点头，然后转头离开。

今天早上剩下的时间里我一直郁郁寡欢。我对阿尔登的死没有任何同情心，可是我却如同被拖入十八层地狱的灵魂般低落苦闷，甚至都看不进去书。寺庙青苔上的山茶花曾在世界的冷酷中替我打开幸福的空间，而此刻，这空间无情地重又关上，所有堕落的丑陋卑劣侵蚀着我苦涩的心。

此时，古代日本出现了。从其中的一间公寓里传出清新悦耳的旋律。有人在弹一首古典钢琴曲。啊,这突如其来的悦耳韵律撕毁了忧郁的面纱……在永恒的一瞬间,一切都改变、一切都升华了。一首不知从何而来的音乐,为成败兴衰皆不可预料的人生带来一丝完美——我缓缓低下头,想起寺庙青苔上的山茶花,想起一杯香茶,此刻外面的风轻拂着树叶,随风而逝的生命凝结成一个没有明天、没有计划的珠宝,人类的命运,摆脱了日复一日的平淡,并饰以光环,超越时间,温暖我宁静的心。

15. 富人的义务

　　文明，是被控制的暴力，是对灵长类侵略性的一直未完成的胜利。因为我们原先是灵长类，而且现在依然是，尽管我们学会了欣赏青苔上的山茶花。教育的功用就在这里。教育是什么？其实就是不知疲倦地提供青苔上的山茶花作为灵长类冲动行为的消遣罢了，因为人类的冲动非但从未停止，反而继续威胁着人类生存的脆弱平衡。

　　我很像青苔上的山茶花。要是我们好好想想，没有什么能够解释我会遁世于这个阴暗的门房里。从小我就深信我的人生只会是空空如也，我本可以选择反抗，控诉上天对待我们命运的不公，从我们的环境所拥有的暴力资源中吸取滋养。但是学校把我培养成一个灵魂，命运的空虚只会把我引向弃绝尘世和与世隔绝之中。再次诞生的赞叹为我准备了控制冲动的空间；既然学校使我重生，我就应该效忠于它，遵从老师们的意愿，顺从地变成一个文明人。实际上，跟灵长类的侵略性作斗争的神奇武器是课本和文字，软弱也是情理之中，自此我变成了一个在文字中摄取力量来抗拒自己本性的受过教育的灵魂。

　　因此，当安托万·帕利埃焦急地三次按响我的门铃，都没向我问好，就开始没头没脑地向我控诉他的镀铬滑板车消失时，我为我的反应感到万分惊讶，我砰地一声把门关上，差点把我的猫的尾巴给弄断，它当时正往门缝里钻。

我不是青苔上的山茶花，我对自己说。

为了让列夫重新回到屋里来，关上的门又被重新打开。

"对不起，"我说，"是穿堂风干的。"

安托万·帕利埃看着我，那样子似乎在琢磨自己刚才看到的是不是真的。但是他强迫自己认为应该发生的事情才会发生，如同富人们都深信他们的一生都会顺着天堂之路走，因为金钱的力量会为他们事先挖好这条路，他决定相信我刚才说的话。我们为了使自己信仰的根基不会动摇而支配自我的能力确实是一种有慑服力的现象。

"是的，好吧，不管怎样，"他对我说："我来这里是替我妈妈给您带来这个。"

然后他递给我一个白色信封。

"谢谢，"我说，我再度砰地关上了门。

我坐在厨房，手里拿着信封。

"今天早上我到底是怎么了?"我对列夫说道。

皮埃尔·阿尔登的死使得我的山茶花枯萎凋谢。

我打开信封，读写在明信片背面的留言，这明信片如此光滑，就算吸水板亦无法吸干上面的墨汁，使得墨水浸染到每个字母的下面。

米歇尔太太，

您能否，接收一下干洗店的包裹，

今天下午？

今天晚上我到您那儿取。

提前谢了。

潦草的签名

我没料想到攻击来得如此奸诈。震惊之余，我任由自己坐到一个最近的椅子上，并问自己是不是有点疯了。如果是您，当发生在您身上时，您会不会跟我一样有同样的感觉？

听着：

猫睡觉。

读这个短小平淡的句子不会让您有任何痛苦的感觉，任何加倍的痛苦吧？这是合情合理的。

现在：

猫，睡觉。

我重复一遍，为的是不产生任何模棱两可：

猫逗号睡觉。

猫，睡觉。

您能否，接受一下。

一方面，我们有这种神奇的逗号用法，给语言以自由，因为在并列连接词前面一般不放逗号，这就意味着这样的形式：

"人们责怪我，又是战争，又是和平……"

而另一方面，在萨比娜·帕利埃的滥用逗号的句子的名片上，割断句子的逗号变成了伤害我的利器。

"您能否，接受一下干洗店的包裹？"

倘若萨比娜·帕利埃是一个出生在法鲁无花果树下的葡萄牙

女佣,一个最近刚从皮托镇①来的门房,或者是被好心家庭收容的一个心理不健全的女人,我会很乐意原谅这个漫不经心的过失。但是萨比娜·帕利埃是一个有钱人。萨比娜·帕利埃是军火工业巨子的妻子,是那个穿着深绿色带风帽粗呢大衣的,读了两年高师预备班和政治科学大学后,可能会到右翼政府办公室传播他幼稚狭隘思想的傻瓜的母亲,除此之外,萨比娜·帕利埃还是那个穿着皮大衣的女子的女儿,她妈妈是一个特别大的出版社的审读委员会成员,她经常身上佩戴过于笨重不便的珠宝,好几次,我都担心她脖子会因此被压弯呢。

由于所有这些原因,萨比娜·帕利埃是不能被原谅的。命运的眷顾是需要付出代价的。对于获得生命宽容的人来说,严格地看待美的义务是不可商量的。语言,人类的财富,它的惯用法,社会团体共同拟定的成果,它们是神圣的作品。它们随着时间演变、被改变、被遗忘后又重生,而有的时候,违抗变成了多产的源泉,而从未改变的实际上是语言和惯用法改变和规范的义务,应该事先对它们表示完全的服从。社会的选民,是穷苦人中一部分摆脱了奴役的人,因此他们有着仰慕和尊敬语言之伟大的双重任务。同时,一些出生在恶臭味的旅行车里或是在城市垃圾堆里的优秀诗人,在美的感化下,他们对语言和惯用法会更加严格地顶礼膜拜,因此,滥用标点符号的萨比娜·帕利埃如同亵渎神明。

富人应对美尽有义务。否则,他们还不如死去。

我正愤怒地想着这事,这时有人在按门铃。

---

① 皮托,法国市镇,在巴黎东部。——译注

深刻思想之七

构建

汝生

汝死

皆是

果

越是时间流逝，我越是决定要在这里放火。更不用提自杀了。应该说明的是：因为我指出了父亲的一个拜访者的错误，就遭到了父亲的一顿训斥。其实，那个拜访者是蒂贝尔的父亲。而蒂贝尔，又是我姐姐的男朋友。他和姐姐一样在高等师范大学读书，但专业是数学，当我想到人们会把这种人叫精英的时候……科隆布、蒂贝尔以及他们的朋友，在我看来，他们和"人民"青年帮唯一的不同在于我姐姐和她那些伙伴们会更加愚蠢。他们会像城市青年一样喝酒、抽烟、调侃，像这样交流："豪兰德凭借公民投票向法比尤斯开枪，您看到了，一个真正的杀手，男人。"（原文照录）或者"两年来所有科研导师都是法西斯的基层活动分子，右翼封锁一切，可千万别和论文导师过不去。"（昨天新鲜出炉的话），下等话，人们有权利说："实际上，JB 搞定的那个金发美女是一个研究英语语言、文学和文化的学者，一个金发美女，又怎么样？"（同上），上等话："马里安的讲座真是垃圾，当他说存在是上帝的第一属性时。"（同上，正好在说研究英语语言、文学和文化的金发美女的问题之后）。您认为我会怎么想？超过他，像这样（一字不漏）："并不是因为我们是无神论者，我们就不能了解形而上学本体论的力量。是的，重要的是概念上的力量，而不是真实，马里安，这个脏兮兮的神甫，他还不错，这个家伙，哼，闭嘴吧。"

> 惜别泪长流，
> 袖中成白玉。
> 珍藏伴远行，
> 睹物相思笃。

（《古今和歌集》①）

　　我戴上妈妈的黄色海绵球耳机，读着爸爸的《古典日本诗词选》中的诗句，为的是听不到他们堕落肮脏的谈话。之后，科隆布和蒂贝尔在房间里独处，发出各种淫秽的声音，他们知道我听得很清楚。更不幸的是，蒂贝尔居然还被留下来吃饭，因为妈妈邀请他父母过来共进晚餐。蒂贝尔的父亲是电影制片商，他母亲在塞纳河边经营着一家画廊。科隆布对蒂贝尔的父母极度崇拜，下周末他们会一起去威尼斯度假，对我来说这是很好的解脱，我可以清静上三天了。

　　于是，晚饭时，蒂贝尔的父亲说："怎么？您不了解围棋？这个

---

　　① 是日本平安朝初期由纪贯之、纪友则、凡河内躬恒、壬生忠岑共同编选而成。日本短歌到平安朝，已基本取代了长歌，成了单独的短歌形式。——译注

神奇的日本游戏？我现在正打算出品山飒①的小说《围棋少女》改编版的电影，这真是个神奇的游戏啊，相当于国际象棋的日本围棋。"他开始解释围棋规则，这没有多大关系（真是胡说八道），第一，围棋是中国人发明的。我知道是因为我看过一部关于围棋内容的漫画，叫做《棋魂》；第二，围棋不是相当于国际象棋的日本围棋，除了是棋盘游戏，而且是黑白两子相互对峙以外，和猫狗的不同一样，围棋和国际象棋根本就是两回事，对于国际象棋，必须灭掉别人才能取得胜利，对于围棋，必须构建才能谋得生存；第三，"我是傻瓜之父先生"所陈述的某些规则是错误的，游戏的目的并不是吃掉对方其他的子，而是要构建出大面积的领土，围棋吃子的规则明确表示，如果吃对手的棋子，可以先自杀，没有明确禁止自己不能去送死，等等。

于是，当"生下脓包儿子先生"说："棋手的等级制度是从 1 级开始，然后一直到 30 级，然后再到段位，1 段，然后 2 段，以此类推。"我实在忍无可忍，就说道："是从 30 级开始然后升到 1 级。"

但是"很抱歉我不知道自己在做什么先生"脸色很难看并固执己见，"不对的，我亲爱的小姐，我认为我是对的。"我摇头表示不赞成，这时爸爸眉头紧锁，对我怒目而视，不过最糟糕的还在后面，蒂贝尔竟然为我解围，说道："没错，爸爸，她说的是对的，1 级是最强的。"他的数学还"真好"，他还会国际象棋和围棋呢，我讨厌这种观念，美好的事物应该属于出色的人，但终归是蒂贝尔的父亲错了，而爸爸却在晚饭结束后生气地对我说："如果你张嘴只是为了取笑

---

① 法国华裔女作家，法文小说《围棋少女》为法国思想文学大奖提名，并摘取中学生龚古尔奖桂冠，成为 2001—2002 年法国最畅销小说之一。——译注

我们的客人的话,那就闭嘴吧。"那我应该怎么做?像科隆布那样张嘴就说:"阿曼迪埃的节目安排让我困惑。"然而她连拉辛的诗都引用不出,更不用说去领悟诗的美妙了,或者像妈妈那样张嘴就说:"去年举办的艺术双年展似乎很令人失望啊。"她宁可让维米尔的画作被毁于一旦,也要冒死保全她的花花草草。或者像爸爸那样说话:"法国文化的特别就在于它是一个微妙的反常现象。"这话在他之前的十六次晚餐中都曾说过。像蒂贝尔母亲那样张嘴就说:"今天,在巴黎,您几乎找不到像样的奶酪。"毫无疑问,这次,伴随着她奥弗涅商人的本性。

每当我想到围棋……这个以扩建领土为目的的游戏,真的是很美妙的。在那里应该有战争的阶段,但是它们只是为实现最终目标,让它们的领土生存的方式。围棋游戏最成功的一点在于,它证明了为了取得胜利,必须生存,同时也必须让对手生存。过于贪心的人终归会失去对手:这是一个平衡的微妙游戏,一方面得到利益,另一方面却不要打垮对方。归根结底,生与死只是构建得好与坏的结果。正如谷口笔下的一个人物所说的:汝生,汝死,皆是果。这是围棋的格言,也是人生的格言。

生,死:这只是我们构建的结果。重要的是,是很好的构建。于是,我对自己作了一种新的戒条,那就是,我将停止打垮、摧毁,我会开始构建。即使是对科隆布,我要把她变成一个积极正面的人。人生重要的是,在我们死的那一刻我们做的事情。在即将到来的六月十六日,我希望在构建中死去。

16. 猫咪"宪法"的忧郁

敲门的是迷人漂亮的奥林匹斯·圣-尼斯，她是三楼①外交官的女儿。我很喜欢奥林匹斯·圣-尼斯。我觉得应该是有一种强大的性格力量支持着才能使她虽有这样可笑的名字却仍能顽强活下去，尤其是当我们知道这种不幸只会成为别人的笑料时，"啊，奥林匹斯，我能爬到你的山上吗？"像这样的事情一直持续到她成年。而且，奥林匹斯·圣-尼斯很显然不想成为她的出生所赋予她的美好前景的那种人。她既不想嫁给有钱人，也不追求功名利禄，同时也不想成为外交官，更不想拥有明星的地位。奥林匹斯·圣-尼斯想成为一名兽医。

"去外省。"一天，我们在门毡前谈论猫的话题时，她向我吐露心声，"在巴黎，只有小动物，我也想为母牛和猪治病。"

和楼里的某些居民不同，奥林匹斯不会为了表示她在跟一个门房交谈而装腔作势，因为她是一个生长在毫无偏见的左派家庭里的有教养的女孩子。奥林匹斯跟我说话是因为我有一只猫，我们因为共同的兴趣走在一起，我欣赏她对社会不断将栅栏挡在我

---

① 据本书第二部分之七《身处美国南部联邦》中记载，圣-尼斯一家应住四楼。——译注

们可笑道路上的这种不屑一顾的态度。

"我应该给你讲讲发生在宪法身上的事情。"我一打开门,她就对我说道。

"请进,"我对她说,"您总有五分钟吗?"

她不仅有五分钟,而且她还很乐意找一个人跟她一起谈谈猫儿们的小小问题,结果她呆了一个小时,还喝了五杯茶。

没错,我真的很喜欢奥林匹斯·圣-尼斯。

宪法是一只漂亮的小猫,酱色的毛发、粉红色的鼻子、白色的胡须,还有属于若斯一家的浅紫色小坐垫,像所有楼里的毛茸茸的宠物一样,小宠物只要一有毛病,奥林匹斯便成为它们首要的寻找对象。然而,这个三岁的极有趣的小东西最近整夜喵喵地叫个不停,害得她的主人根本无法入睡。

"为什么?"我不失时机地问她,因为我们都被这个故事所带来的默契所吸引,每个人都想把自己的角色演得更完美一些。

"是膀胱炎!"奥林匹斯说道,"膀胱炎!"

奥林匹斯只有十九岁,并焦急地期盼着能进入兽医学校学习。目前,她孜孜不倦地学习,为大楼里遭受痛苦的动物又是欢喜又是忧虑,因为她能够在这些宠物们身上进行实验。

因此,当她向我宣布宪法膀胱炎的诊断结果时,如同发现了钻石矿藏一般。

"膀胱炎!"我热情地叫了出来。

"是的,是膀胱炎,"她喘了口气,双眼放光,"可怜的小家伙,它尿得到处都是。"接着她恢复了呼吸,又冒出更妙的一句:"它的尿液有轻微出血现象。"

我的上帝啊,真有趣。如果她说:它尿里有血的话,我想事情就会被很快理解。但是奥林匹斯,却激动地穿上给猫治病时穿的医生服,与此同时,也穿上了医疗专业术语的服装。我总是喜欢听别人这样说话。对我来说,"它的尿液有轻微出血现象"是个消遣的句子,在耳朵中响着,让我想到一个从文学中解脱出来的奇特世界。为了这同样的理由,我喜欢读药品说明书,以便从这种技术名词的准确性中得到暂时的休息,它让人对其精确性产生错觉,对其简洁性感到震惊,它召唤出一个时空维度,那里没有对美的追求、为创造而受的痛苦和为求崇高而永远带着绝望的憧憬。

"膀胱炎有两种可能的病因学。"奥林匹斯继续说道,"感染性细菌,或是肾脏机能障碍。我先是摸了它的膀胱,确认一下有没有球状体现象。"

"球状体现象?"我惊讶地说。

"当肾脏机能发生障碍,猫就不能小便,膀胱膨胀,形成一种'囊状球体',我们只要摸下肚子就能感觉得到,"奥林匹斯解释道。但情况不光如此。当诊断时,根本看不出来它是否有病,唯一知道的是,它继续到处尿尿。"

我想起索朗热·若斯的起居室变成一个番茄酱色的大草褥。但这对奥林匹斯来说,只是次要的损失。

"于是,索朗热去找人给猫的尿液做分析了。"

宪法一切正常,没有肾结石,在它小小的果仁状膀胱里没有藏匿潜伏性细菌,没有渗透性细菌因子,然而,尽管有抗菌药、镇静剂和抗生素,宪法却还是没能好起来。

"那它到底是怎么了?"我问道。

"您不会相信的,"奥林匹斯说道,"它得的是间质性特发性膀胱炎。"

"我的天啊，但这是怎么回事呢?"我极感兴趣,说道。

"哦,是这样的,宪法好像患有严重的癔病。"奥林匹斯笑着答道,"间质性是指膀胱内壁发炎,而特发性是指没有确定治疗原因,简单地说,当它紧张时,膀胱就会发炎,确切地说是像女人那样。"

"不过为什么它会紧张呢?"我大声问道,因为宪法是只既臃肿又懒惰只起装饰作用的猫,它的日常生活也就是被好心的兽医拿来做做实验,只是在于摸摸膀胱罢了,它要是会紧张的话,那其他的动物就要精神错乱了。

"兽医说:'只有猫自己才知道。'"

奥林匹斯不满地轻轻撇了下嘴。

"最近,保罗(若斯)跟她说他的猫长胖了,不知道是什么原因,无论什么原因都有可能。"

"那要怎么治疗啊?"

"像治疗病人那样治疗猫。"奥林匹斯咯咯笑着,"给它吃抗抑郁药品。"

"没开玩笑吧?"我说。

"没开玩笑。"她回答我。

我曾跟您说过,我们是动物,将来依然是。一只富人家的猫和一个有文化的女人得同样的病,不能说是虐待了猫或说是人类传染了无辜的家庭宠物,相反,应该指出的是这种动物之间深刻的联系,我们吃同样的东西,得同样的病。

"不管怎样,"奥林匹斯对我说,"以后在治疗我不了解的动物时,我想想这个就行。"

她起身,礼貌地向我道别。

"对了,谢谢您,米歇尔太太,只有和您在一起,我才能畅所欲言。"

"不用客气，奥林匹斯。"我对她说，"我很乐意这样做。"

我正准备关门时，她对我说道：

"哦，您知道么，安娜·阿尔登要把公寓卖了，我希望那房子未来的主人也能养只猫。"

17．山 鹑 屁 股

安娜·阿尔登要卖房子了！

"安娜·阿尔登要卖房子了！"我对列夫说道。

"哦，那好吧。"它回答我说——至少我感到它会这么说。

我在这里住了二十七年，从来没有一间公寓更换住户。老默里斯夫人把地方腾给小默里斯夫人，巴多瓦兹一家、若斯一家、罗森一家几乎也都是差不多的情况。阿尔登一家是和我们同时搬进来的；从某种程度上说，我们也会一同老去。至于德·布罗格利一家，他们在这儿已经住了很久，而且还将继续住下去。我不知道议员先生的实际年龄，但是他在年轻的时候看起来已经很老，这就产生了这样一种状况，尽管现在他已经老了，不过看起来反倒很年轻。

于是，在我眼中，安娜·阿尔登成为了第一个要转手卖房子的人。奇怪的是，这种不可知的未来使我害怕，我是否已经习惯于这种永恒的开始，而这永恒的开始连同这种改变所带来的依旧未知的前景，使我陷入到时间的长河之中，时刻提醒着我时间正一分一秒地流逝着？我们醉生梦死地活在每一天，仿佛明天依旧还会重生，格勒内勒街七号的压抑无趣，一个清晨接着一个清晨地重现永恒,突然使我感到这似乎是一个被暴风雨肆虐的小岛。

非常震撼,我拿起我的四轮草制提包,把轻轻打鼾的列夫留下,便晃悠悠去了市场。在格勒内勒街和巴克街的拐角处,仁冉,这个破纸盒的忠实房客,他看着我就像看到猎物的螳螂。

"啊,米歇尔妈妈,您又丢猫了?"他给我抛出这样一句话,而且还是笑嘻嘻的。

至少有一样东西没有改变。仁冉是个流浪汉,多年来,他一直在这里过冬,在他破旧肮脏的纸盒子上,穿着类似世纪末俄国批发商味道的破旧外衣,就跟穿着这件衣服的人一样,这件衣服也是有了年头的。

"您还是去收容所吧,"像平常一样,我对他说道,"今天晚上会很冷的。"

"啊,啊,"他尖声叫道,"去收容所,我希望您去看看,我觉得这儿挺好。"

我又接着走我的路,然后,感到很内疚,于是我重又回来。

"我想跟您说的是……阿尔登先生昨晚去世了。"

"那个评论家么?"仁冉问我,眼睛突然变得很有神,重新抬起他的鼻子,像一只猎狗嗅到了山鹑屁股的味道一样。

"是的,是的,是那个评论家,他突然心脏衰竭。"

"啊天哪,啊天哪,"仁冉重复着,看起来真的是激动不已。

"您认识他?"我问,为的是没话找话说。

"啊天哪,啊天哪,"流浪汉又开始重复这句话,"这么优秀的人居然会先过世!"

"他有着美好的一生,"我冒险说道,心中却为这种表达法暗自惊讶着。

"米歇尔妈妈，"仁冉回答我。"想必这样的家伙不会再有了，啊天哪，"他又重复一遍，"我会想他的，这家伙。"

"您从他那里得过某些东西，或许圣诞节时他给您钱了？"

仁冉看着我，使劲用鼻子吸了口气，又在他脚边吐了口痰。

"从来没有，十年来连一个子儿都没给我，您相信吗？算了，不提了，这个讨厌的家伙，不会再有了，不会再有了，不会了。"

当我走在菜市场路上，这简短的几句对话使我久久不能平静，仁冉完全占据了我的脑海。我从不相信穷人会因为他们贫穷，或是命运对他们的不公，就一定会有伟大的灵魂。但是最起码我相信穷人都有憎恨大资产阶级的天性。仁冉使我明白了一个道理：如果有一件事是穷人讨厌的，那就是其他的穷人。

归根到底，这句话并不荒谬。

我漫步在路上，重返奶酪的摊位，买了一块帕尔马番红花奶酪和一大块苏曼堂奶酪。

18. 里亚比宁

　　每当我焦虑不安的时候,便会躲到自己的避风港。无须用旅游来缓解;与我的文学记忆相聚,这足以摆脱忧虑的困扰。因为有哪种娱乐会比这更高雅呢?不是吗?又有哪一个友人会比文学更有趣?又有哪一种激动会比文学更耐人寻味?

　　站在橄榄货摊前我突然想到里亚比宁,为什么会想到里亚比宁?那是因为仁冉穿着一件斜后下方装饰着纽扣的、有着很长下摆的老式大衣,这使我联想到里亚比宁的那一件。在小说《安娜·卡列尼娜》中,穿着长大衣的木材批发商里亚比宁,到乡下贵族列文家中,与莫斯科贵族斯代法尼·奥布隆斯基商定一桩买卖。批发商向上帝发誓说奥布隆斯基在这笔交易中赚了大便宜,而列文指责他掠夺了他朋友价值超过二倍的森林。场景是以一个对话作为开场白,列文问奥布隆斯基他是否查过他森林中树木的数量。

　　"怎么回事?查树木的数量?"这位绅士喊道。"这跟数海里的沙子有什么不同!"

　　"可以确定的是里亚比宁肯定能数清楚。"列文反驳道。

　　我尤其喜欢这个场景,首先是因为这个场景发生在波克罗夫斯科耶,在俄国的一个乡村之中,啊,俄国乡村……那里拥有原始的迷人风光,可是这原始的风光通过这种土地的相互关联和人类联系在一起,于是我们长存于此……《安娜·卡列尼娜》中最美的场景发生在波克罗夫斯科耶。列文,忧郁而伤感,试图忘记吉蒂。那是在春天,他离家去田间和农民一起割草。起初,这工作对他来说似乎有些困难。没多久,他就大声诉苦,领队的老农下令休息。休息之后又重新开始割草的列文,再度疲惫不堪地倒在地上,于是老农第二次放下镰刀,令大伙儿休息。之后,重新开始。四十个农民大把大把地将草割下,朝河边前进,这时太阳出来了。天气变得愈加炎热,列文的胳膊和肩膀都被汗水浸透,但是随着反复工作休息的次数增多,起初歪斜扭曲、痛苦不堪的动作变得越来越游刃有余。一种幸福的清凉感瞬间漫延到他的整个背部。那是夏雨。渐渐地,那个厌烦自己的意愿被束缚在机械运动之中的他从焦躁不安中慢慢走出,这使得他的动作和机械而有意识的运动一样完美,无须思考,也无须算计,镰刀似乎自己就能操控自如,而列文忘我地享受着劳动中的快乐,陶醉在与自己意愿的努力不相干的劳动中。

因此,我们生命中同样也有许多快乐的时光。卸下决心和目的的重荷,驰骋飞翔于浩瀚的心海上空,看我们自己各式各样的运动就如同看别人的运动一样,然而会不由自主欣赏这种完美。如果写作本身不是跟割草的艺术相像的话,我能有其他什么样的理由去写下这个,写下我这个年老色衰的门房微不足道的日志呢?当一行行文字变成它们自己的创造者时,当我在不自觉的奇迹中目睹显示我的意愿的句子在纸上诞生并升华时,这教会了我那个我不懂得要也认为不应该要的东西,我享有了无痛苦的分娩,得到了突如其来的灵感,享有了无须艰苦劳动也无须可靠保证的生活,伴随着惊奇的幸福,一支笔走天下。

此时,我在自己事实充分与布局完整的情况下,我进入到忘我的、近乎心醉神迷的境界,体会到一种超然意识所带来的幸福宁静之感。

最终,里亚比宁重新回到马车,公然向他的代理人抱怨绅士们的为人处世。

"那和买卖相比的话,米哈伊尔·伊格纳季奇怎样?"这个伙计问他。

"嘿嘿!……"批发商回答道。

正如我们很快从一个人的外表和地位来得出他是聪明人的结论……里亚比宁,海里沙子的计算人,穿着可笑却才智过人的家伙,毫不在意别人对他的偏见。荣誉并不能吸引生来聪明过人,却处处受人蔑视的他;唯一能让他全心投入的是利益驱使和前景诱惑,促使他在路上礼貌文雅地抢劫那些歧视但又无法控制他的愚蠢制度中的大老爷们。我也是这样的,一个将奢华阔绰抛于脑后的可怜门房——一个怪诞制度下的另类,于是每天,在无人能看破的内心深处笑看红尘。

深刻思想之八

如果你忘记未来
你失去的
就是现在

今天，我们一家去沙图①看望若斯奶奶，爸爸的妈妈，她在养老院已经住了两个星期了。当她住进去并稳定下来的那次是爸爸和她一起去的，这次是我们全家一起看她。奶奶是不再能自己独自生活在沙图的大房子里了：她几乎失明，还有关节炎，几乎不能走动也拿不住东西，只要独自一人时，她就时常会感到恐惧。她的孩子们（爸爸，我叔叔弗朗索瓦，我姑妈洛尔）试图找一个私人护士来护理她，但是护士也不能一天二十四小时都陪护她，再说了，奶奶的朋友都已经住到养老院，似乎这是个不错的解决方法。

奶奶住的养老院可不是一般的气派，我一直在想这等豪华的收容所每个月得花多少银子啊？奶奶的房间既宽敞又明亮，还配有做工考究的家具、漂亮的窗帘，隔壁一间小客厅和有着大理石浴缸的浴室。妈妈和科隆布都超喜欢这浴缸，对于有着硬得像混凝土一样的手指的奶奶来说似乎这大理石浴缸并不能提起她的兴趣……而且，这大理石，真是难看。爸爸，没说什么。我知道奶奶

①　法国市镇，在巴黎西郊。——译注

住在养老院让他感觉自己是个罪人,"我们总不能把她接来跟我们一起住吧?"妈妈在她确定我和姐姐都没听到的情况下说道(但是我全都听到了,尤其是那些特别不想让我听到的话),"不,索朗热,当然不了。"爸爸回答说,他的意思是:"我好像是一边嘴上说着'不,不',一边想的却是相反的话,露出一副疲惫和屈从的神情,作为一个听话的好丈夫,这样我就可以保住好角色的形象。"我很了解爸爸说这话的语气,他想表达的是:"我知道我是个懦夫,但没有人敢这样说。"很显然,我没有错过这出好戏:"你真是个懦夫。"妈妈边说边将抹布抛到洗碗槽里。她每次生气,很奇怪,都会扔东西,有一次她甚至把宪法都给扔了,"和我一样你也不想这么做。"她拣起抹布继续说道,在爸爸鼻子底下走来走去,"不管怎么说,这是事实。"爸爸说道。这是十倍于懦夫的话。

我呢,我很满意奶奶没有和我们一起住。然而,在四百平米的大房子里,这可能不是问题的真正关键。我觉得老年人,他们还是有权得到些许尊重的。而住进养老院,很肯定,这预示着尊重的终止,只要一住进去,这就意味着:"对我来说一切都结束了,我什么都不是了,所有,除了我自己,除了一件事情,其他的一切不再有任何期待,那就是死亡,这痛苦的悲惨结局。"不会的,我不希望奶奶跟我一起住的原因是我不喜欢奶奶。她是一个坏老太太,而在这之前她是坏女人。而且,我发现这里还有特别不公平的事情:举个例子,一个善良的暖气设备修理工,一个一生都在为他人造福,懂得创造爱、给予爱和接受爱的人,当他老了,他的妻子死去,他的孩子们身无分文,但却要照顾培养自己一大堆嗷嗷待哺的孩子们。再者,他们住在法国的偏远地区。有时不得以把自己的父亲送到临近村子的养老院,在那里,他的孩子们只能一年去看他两次——

因为那是为穷人开设的养老院,在那里,必须共同分享一张床,在那里,饭菜令人作呕,在那里,工作人员虐待老人,为的只是让自己不去想到有一天自己也会遭受同样的命运。现在来看看我奶奶吧,在她的残烛之年从来没有做过什么,除了一系列的宴请贵宾,逢场作戏,策划阴谋,把钱花在无关紧要的事情上,虚伪自私的事情上,细想一下,她有权利独自享有一间精心布置的房间,一个私人客厅,以及中午还能吃上扇贝么?为了爱所付出的代价,是否就是在肮脏不堪的杂乱环境下毫无希望地度此残年?而那毫无感情所得来的报酬,是否就是能够住在配有大理石浴缸的昂贵房间里?

所以,我不喜欢奶奶,她也同样不喜欢我。跟我相比,她更喜欢对自己很好的科隆布,也就是怀着这种"不窥视遗产女孩"的真实冷漠窥视着遗产的科隆布。因此我相信去沙图旅行根本就是去服无法想象的苦役,就是一场博弈:科隆布和妈妈依然非常喜欢大理石浴缸,爸爸的样子像是要吞掉整个雨伞,卧床不起的干巴老人们被推着在走廊里到处转悠,胳膊上还挂着个吊瓶。"一个疯女人,"("她得了阿尔茨海默老年痴呆症,"科隆布很博学地说道——没有笑!)她叫我"克拉拉小乖乖",立刻她又开始想要只小狗,接着狼嚎了两秒钟,她的大钻戒差点弄瞎我的眼睛,她甚至有逃跑的企图!身体还硬朗的寄宿老人手腕上都会佩戴着一只电子手镯:每当他们企图从被圈起的养老院里翻墙逃跑时,在接收端就会发出"哔哔"的声音,工作人员便冲出来去追赶逃逸者,很显然,逃逸者在艰难跑出一百米后便会被逮住,他们拼死抵抗,嘴上还不时大喊大叫着,类似于这里不是政治犯集中营、要求和负责人谈谈这样的话,还会指手画脚地做出奇怪的动作,直到被摁到轮椅上才会安静下来。一个想要在午饭后以百米赛跑的速度冲出去的女士换了身

123

衣服：她穿上了她的越狱衣装，一条点子花纹、镶边饰的裙子，想来这很方便翻越围墙。总之，在下午两点，在看过浴缸，吃过扇贝，欣赏过蔚为奇观的埃德蒙·当太斯①越狱过程后，我成熟到足以对如此这般的人生死心了。

但是，我突然想起我曾经做过的决定，那就是要构建而不是破坏。我观察着周围的世界，试图寻找到某个积极向上的东西，同时避免看到科隆布。我什么都没找到。都是一些等待死亡、只懂得闷头苦干的人……接着，奇迹出现了，又是科隆布为我解决了难题，没错，是科隆布。当我们亲吻奶奶，向她保证会很快来看她，便离开后，姐姐说道："奶奶似乎住得很舒服的样子。至于其他的……我们将很快忘记。"不用无端指责"很快"这几个字，这可能会显得自己褊狭，单单集中注意力在"很快忘记"这几个字上就足够了。

正相反，这是特别不应该被忘记的。不应该忘记身体衰弱的老人，他们濒临年轻人不想去想的死亡（而他们带他们的父母到养老院接受照顾，免去吵闹和烦恼），本应该利用的最后时光却白白逝去，毫无快乐可言，最终只会在忧郁、苦闷、唠叨中认命。不应该忘记您会老去，朋友的身体也会衰老，所有人都会忘记您，在孤独中度过一生。也不应该忘记，这些老人也曾年轻过，生命是如此短暂，我们在今天是二十岁，可是第二天就八十岁了。科隆布相信我们能够"很快忘记"，因为对她来说年老是如此遥远，似乎绝不会降临到她身上，而我，我很早就知道人生苦短，看看我周围的人，如此忙碌，面对死亡感到如此紧张，贪婪享受着现在，只是为了不去想

---

① 法国作家大仲马的小说《基督山伯爵》的主人公，越狱后成为基督山伯爵。——译注

明天……但是我们害怕明天，这是因为我们不懂得构建现在，而我们不懂得构建现在，就告诉自己明天将能做到，真是不可救药，因为明天终究会变成今天，您看呢？

于是，不应该忘记所有这些。应该抱着我们终归会老去的态度去生活，那不会很美，不会很好，也不会很快乐。对自己说重要的是现在：构建某种生命状态，就在此刻，不惜代价，竭尽全力。经常把养老院放在心中，时刻想着每天超越自我，使生命成为不朽。一步一步攀登自己心中的珠穆朗玛峰，使自己的每一步成为片刻的永恒。

未来，它的作用就是：用充满活力的真正计划来构建现在美好的生活。

语　法

1. 一 刹 那

今天早上,雅森特·罗森向我介绍了阿尔登房子的新主人。

他叫什么格郎。我没有听清楚,因为罗森太太说话总像嘴里含着一只蟑螂,并且刚好电梯门打开,衣着讲究、狂妄自大的帕利埃从里面走出来。他短促地向我们打了声招呼,便以他工业巨子所特有的急促脚步离去。

房子的新主人是一位六十来岁的先生,举止文雅,很有日本人的味道。他比较矮小、瘦弱,脸上布满皱纹,但轮廓分明。他散发着个性魅力,同时,我也能感受到他的坚定、开朗和热情。

好一会儿,他都能泰然自若地忍受雅森特·罗森那像患癔病的母鸡般咕哒咕哒叫个没完的声音。要知道,她那副德性还真是像极了一只站在稻谷堆前的老母鸡。

"您好,太太,"这是他的第一句话,只有那么一句,还用没有口音的法语来说。

我穿上我半痴半傻的门房伪装服。在我面前的是一个新住户,习惯性的力量还没有在他心中打下我是个愚蠢的门房的烙印,因此,为了让他相信,我必须采取特殊措施。于是,我仅仅毫无底气地连着说了几个好,好,好,以此来回应罗森太太连环炮似的攻击。

"您指给某某（卷心①?）先生看车库在哪儿吗?"

"您可不可以给某某（焦心?）先生解释一下邮件、信件的分发情况?"

"室内设计师将在周五来,您可不可以在十点到十点半之间为某某（小心?）先生留意一下?"

等等。

某某先生没有表现出任何的不耐烦,而是礼貌地等待着,并微笑着友善地看着我。我原本认为一切都会很顺利。只要等罗森太太说累了,我便可以再度钻进我的洞穴里。

然而事情总不会如事先想象的那样发展。

"阿尔登先生门前的门毡子还没有擦过,你去暂时应付一下②?"母鸡问我。

为什么喜剧总会变成悲剧? 诚然,我有时也会使用错误的语法,因为一直以来它都是我防卫的武器。

"是心肌梗塞的一种么?"这句话我过去曾问过沙布罗,为的是让他的注意力从我可笑的说话方式上转移开来。

于是,我还没有敏感到一个细微的过失就让我失去理智的地步。我深知应该给别人做自己想做事情的权利;再说了,雅森特·罗森和她嘴里的蟑螂出生在邦迪③有着肮脏楼梯笼子般的贫民

---

① 雅森特·罗森太太发音不清,她把小津（Ozu)先后说成 Chou、Pschou、Opchou,故译之。——译注

② 罗森夫人所用动词 pallier à 习惯上被认为是语法错误,正确用法应去掉 à。——译注

③ 邦迪,法国东北部市镇。——译注

窟,所以,我对她,要比对"您能否—逗号—接收一下"夫人那可是仁慈得多了。

然而,悲剧发生了:听到"随便应付一下"之后,惊跳起来的并非我一个人,还有某某先生,他也是如此,当我们四目相对时。从这一刹那起,我确信我们都是语言的志同道合者,在对待语言的共同痛苦中,揭穿我们自己,使我们的身体颤抖不已,并使我们心里的恐慌不安昭然于天下。某某先生用异乎寻常的眼神看着我。

一种窥伺的眼神。

这时他对我说道。

"您认识阿尔登一家吗? 有人对我说这是一个不同寻常的家庭。"他对我说。

"不是的,"我小心翼翼地回答道,"我并不是特别了解,这个家庭和住在这里的其他家庭一个样。"

"是的,一个幸福的家庭,"罗森太太说,她明显有些不耐烦了。

"您知道,幸福的家庭都是相似的,"我嘴里嘟囔道,为的是尽快脱身,没有什么可说的。

"不幸的家庭各有各的不幸。"他对我说,并用奇怪的眼神看着我,突然我又打了个冷颤。

没错,我发誓,我颤抖了——不过似乎是不自知的,是一种不由自主,这种感觉超出我的想象,使我无法应付。

祸不单行,列夫选择在这个关键时刻在我们的腿边穿梭往来起来,并友善地在某某先生的腿上蹭来蹭去。

"我有两只猫。"他对我说道,"我能知道您的这只叫什么吗?"

"列夫。"雅森特·罗森替我说了,她的讲话到此为止,她的胳膊从某某先生身边掠过,向我道谢,没看我一眼,就要带着某某先生到电梯里。他极为优雅地将手放到她的前臂上,轻轻制止了她的动作。

"谢谢太太,"他对我说完后,便任由那只母鸡把他领走了。

2. 在恩赐的时刻

您知道不自知是什么吗？精神分析学家把不自知看作是隐藏在无意识中的狡诈手段所得来的结果。实际上，这是多么空洞的理论，在我看来，不自知是我们自觉意志力量最显著的标志，当我们的情感和意志背道而驰时，意志便利用所有的智慧来达到目的。

"应该相信的是，我其实是想被戳穿的。"我对刚刚重新回到家的列夫说道。我可以发誓，列夫与全天下的人密谋想要完成我的心愿。

"幸福的家庭都是相似的，不幸的家庭各有各的不幸。"这是《安娜·卡列尼娜》中的第一句，像所有出色的门房一样，我本不可能读过这本书，也不会在听到这句话之后的句子做出一个出人意料的惊跳动作，在这恩赐的时刻，是不会知道这句话是来自托尔斯泰的作品，因为，即便是小人物对这本书很敏感，并且知道这书属于伟大文学作品中的一部，即便如此，也万万不会参透这高级知识分子才能企及的高深莫测的内涵。

我花了一天时间试图说服自己不要庸人自扰了，某某先生，一个钱多得足够买下这五楼的人，他一定会有其他需要操心的事情，怎么可能将一个智力发育迟缓的门房这帕金森氏病似的一跳放在眼里。

不过后来,快到晚上七点时,一个年轻人按响我的门铃。

"您好,太太,"他操着一口标准的法语对我说道,"我叫保罗·居扬,是小津先生的特别秘书。"

他伸手递给我一张名片。

"这是我的手机号码,装修师傅等会儿到先生家里来装修,我们希望这不会给您带来额外的工作负担。因此,要是出现问题的话,打我电话就行,我会尽快赶过来。"

您可能注意到这一点,这是一出缺少对话的短小喜剧,按理说,通过小破折号①便能知道对话的多少。

本应该再说些像这样的话:

"认识您很高兴,先生。"

然后:

"很好,我一定不会忘记。"

事实上却没有这样说。

在无须被逼迫的情况下,我变成了个哑巴。我意识到我是张着嘴的,不过没有发出任何声音,我很同情这个漂亮的年轻人,因为他正强迫自己注视着一个名叫勒妮的体重达 70 公斤的笨重青蛙。

在相遇的一幕出现时,在通常情况下,戏剧的主角会问:

"您会说法语吗?"

但保罗·居扬只是冲我笑笑,并耐心地等着。

尽了最大的努力,我最终还是说了点什么。

---

① 法语中通常用小破折号来表示对话。——译注

事实上,我首先说的话是:

"嗯……"

但是他还是牺牲自己等着我的回话。

"小津先生?"我勉强地说道,声音像极了尤尔·伯连纳①。

"没错,是小津先生,"他对我说,"您不知道他吗?"

"是呀,"我费劲地说道,"我没弄清楚,要怎么拼?"

"O,z,u②,"他对我说道,"但是要把"u"读成 ou。"

"啊,"我说,"很好,是日本人吗?"

"没错,太太,"他对我说,"小津先生是日本人。"

他和气地跟我道别,我精神恍惚,有气无力地跟他嘟囔着道晚安,重新关上门之后,我一下子栽到了椅子上,差点把列夫压扁。

小津先生。我思忖着自己是否正在做一个荒唐的梦,伴随着悬念,加入为达目的不择手段的情节和一系列巧合事件,最终以我穿着睡衣,一只肥猫在脚边,以及收音机拨到法国国际广播电台时发出一阵喀啦喀啦声响的闹铃而收场。

但是我们很清楚,归根到底,梦和醒并不相同,通过我的感官的感知,我很肯定此刻我是清醒的。

小津先生! 他是小津导演的儿子? 他的外甥? 还是他的远房表弟?

哇!

---

① 尤尔·伯连纳(Yul Brynner,1920—1985),俄裔美国戏剧和电影演员,常以光头形象示人,演技精湛,声音低沉浑厚,曾获奥斯卡奖。——译注

② 小津名字的法文为 Ozu。——译注

深刻思想之九

如果你为一个女情敌上了
一道拉杜蕾饼店①的杏仁小圆饼
不要相信
你能看见
另一个世界

买下阿尔登家房子的先生是个日本人,他叫做小津格郎!我真是幸运,没想到在我死之前还能等到今天的到来!十二年半生活在文化匮乏的地方,当一个日本人搬进来,我却要卷起铺盖卷……这真是太不公平了。

但是我至少看到了事情积极的一面:他来了,是真真切切地来了,而且,昨天我们还有很精彩的对话。首先,必须要说的是,这里住着的所有居民都十分迷恋小津先生。我妈妈只说他的事情,而爸爸居然也破天荒地听妈妈说,这要是在平时,当妈妈啰里巴嗦说大楼里发生的那些陈芝麻烂谷子的破事时,他总是在想其他事情的。科隆布偷走了我的日文教材,在格勒内勒街里最不可思议的事情也发生了,德·布罗格利夫人到我家里来喝茶!我们住在六

---

① 是坐落在香榭丽舍大街上享有盛名的百年饼店,杏仁小圆饼是拉杜蕾饼家最著名的产品,有近 20 种的丰盛口味可供挑选,一公斤要卖 62 欧元。——译注

楼，正好在阿尔登家的楼上，这最近几天，楼下在做装修——那真是巨大的工程！很明显，看来小津先生是决定全面翻新了，所有人都殷切希望看到房子重新整修后的样子。在这个守旧的世界，悬崖上小小的石子滑坡就已经足以造成一系列的心脏病危机——何况现在某个人要炸一座山！总之，德·布罗格利夫人拼死也要看一眼五楼的房子，于是，当她上周在大厅里碰见妈妈，她便成功地得到妈妈的信任，邀请她到我家里来做客，您想知道她的借口是什么吗？真是让人啼笑皆非。德·布罗格利夫人是德·布罗格利先生的妻子，而这位德·布罗格利先生则是住在二楼的国会议员，是在吉斯卡尔①执政时期进入国会议院的，他是个保守派，甚至不愿意跟离过婚的女人打招呼。科隆布叫他"老法西斯"，那是因为她从来没有读过关于法国右派的书，爸爸把他当作政治思想僵化的完美典型。他的妻子也是一副保守形象：套裙、珍珠项链、紧绷的双唇，后面跟着一群男的就叫格雷Elva、女的就叫玛丽亚的小孩子。在这之前，她几乎不跟妈妈打招呼（因为妈妈是左派社会党，还染了头发，穿着尖头皮鞋）。但是，上个星期，她扑向我们，仿佛她的生命与此相关。我们那时正购物回家走到大厅，妈妈心情不错，因为她买了条240欧元的亚麻色桌布。当时，我甚至不相信自己的耳朵。德·布罗格利夫人说"您好太太"这样的惯用语后，她接着跟妈妈说："我有些事情想请您帮忙。"这足以使她的嘴疼痛难忍。"别客气。"妈妈微笑着说道（桌布和抗抑郁药共同作用的结果）。"好吧，是这样的，我儿媳妇，艾蒂安的妻子，她身体不太好，我想她需要接受治疗。""啊，是吗？"妈妈笑嘻嘻地说，"没错，嗯，您

---

① 吉斯卡尔·德斯坦(1926—)，1974年至1981年任法国总统。——译注

知道,需要借助精神分析法。"德·布罗格利夫人的表情就像撒哈拉沙漠里的一只蜗牛,不过她还是把持得很好,"是的,我对这个还是略知一二的。"妈妈说,"我能给您什么帮助呢,亲爱的女士?""嗯,是这样的,我听说您懂这个……我是说……您很在行这个,所以我想向您讨教一下,没错,就是这样。"妈妈还没从她的好运中走出来:不仅得到一张亚麻桌布,还能细述关于精神分析法的见解,不光如此,连德·布罗格利夫人也在她面前献媚讨好——啊,没错,真的,真是美好的一天!她还是没能坚持住,因为她知道对方是无事不登三宝殿。我妈妈思想诚然简单,却也不会利令智昏。她非常清楚,要是德·布罗格利一家对精神分析学感兴趣,那戴高乐主义者就去唱《国际歌》了,她突然的成功只是因为"六楼正好在五楼的上面"。然而,她决定表现出她的大度,向德·布罗格利夫人证明她的心地善良,以及社会党人思想宽容的一面——但是事先要小小地戏弄她一下。"我很乐意,亲爱的太太,如果您愿意,我可以今天晚上到您家里去,我们再好好探讨一下,您看怎么样?"她问道,德·布罗格利夫人的样子看起来像便秘,她没预料到妈妈会有这么一招,但是她马上又恢复过来,像世界上所有的女人一样,她说道:"不用了,不用了,不好意思让您下来,还是我上来看您吧。"妈妈有些心满意足了,没再坚持,说道."嗯,好吧,我今天下午在,晚上五点钟您过来,我们一起喝杯茶?"

五点钟的茶话会很不错。妈妈把一切都弄得井井有条:奶奶送的上面有玫瑰红色和绿色蝴蝶的涂金茶具、拉杜蕾饼店的杏仁小圆饼、还有红糖(左派的把戏),都派上了用场。在楼梯平台上整整站了十五分钟的德·布罗格利夫人看起来有点尴尬,但还是很满足的样子。不仅如此,还有一点点惊喜。我想她一定把我们家想成另外一副模样。妈妈在她面前展示了自己优雅的举止和上流社会的谈吐,这也包括对出自名家的咖啡进行一番专业点评,接着她歪着头,一副很同情的表情,说道:"那么,亲爱的太太,您为您的儿媳妇感到担忧了吗?""嗯,啊,是的。"德·布罗格利太太回答道,几乎忘记了她此行的借口,她竭力思考,没话找话说,"是的,她最近很沮丧。"这是她唯一冒出来的一句话。于是,妈妈全副武装。既然接受这所有的施予,也该是算账的时候了。德·布罗格利太太有权享受一堂弗洛伊德课,其中包括关于救世主和他的使徒的性习俗的风流轶事(还有梅兰妮·克莱茵①的情史),以及引用妇女解放运动和法国教育与宗教分离性质方面的例子。总的来说。德·布罗格利夫人的反应像个虔诚的基督教徒。凭借着令人羡慕的坚忍一边忍受着这种侮辱,一边深信自己不需花多少钱便可补赎她好奇心的罪过。两个人都带着心满意足感告别对方,不过却有着不同的理由,晚上吃饭时,妈妈说:"德·布罗格利太太可真是个虔诚的使徒,没错,她是个不错的女士。"

长话短说,小津先生真的是一位令所有人都着迷的先生。奥林匹斯·圣-尼斯对科隆布(科隆布讨厌她,叫她"假正经的圣母猪")说小津先生有两只猫,她死都想看到这两只猫。雅森特·罗森没完没了地评论着五楼的来来往往,而每一次,这都会使她惶恐不已。而我呢,我对他也很感兴趣,不过,和别人不一样。以下是事情发生的经过。

我和小津先生一起搭的电梯,在十分钟的时间里电梯在三楼

---

① 梅兰妮·克莱茵(1882—1960),奥地利精神分析学家,儿童精神分析的先驱。——译注

和四楼之间突然停下，因为一颗螺丝松动使得栅栏门没有关上，于是他放弃乘坐电梯，改走楼梯。在这种情况下，只得期盼着有人发现我们，如果时间太长，人们一般会一边怂恿对方大声呼救，一边试着保持自身的优雅，这并不容易。我们呢，我们没有叫喊。于是，我们便有时间自我介绍，并互相认识一下。想来我现在的处境可是所有女士梦寐以求的。而我，我很满意，因为我强大的日本一面必然很满意能和一个真正的日本人说话。不过，尤为让我满意的是谈话内容本身。首先，他对我说："你妈妈曾跟我说你在学校里学日语，你达到怎样的程度了？"自此，我顺便了解到妈妈的大嘴巴、好出风头的毛病又犯了，接着我用日语回答道："是的，先生，我懂一点日语，不过不太好。"他对我也同样用日语说道："你想让我给你纠正下发音吗？"随即，他又翻译成法语。而这，足以令我欣赏。大部分的人可能说："哦，你说得真是太好了，好极了！真是不可思议！"即便我的发音有如朗德①的母牛一般难听。我用日语说道："不用客气先生。"他纠正了我的发音的声调，并依然用日语对我说道："叫我格郎吧。"我用日语说："好的，格郎先生。"我们两个人都禁不住笑起来，接着，从那时开始，我们的谈话（用法语）开始变得引人入胜了。他直截了当地对我说："我对我们的门房米歇尔太太充满了好奇，我想听听你的看法。"我想来清楚，一些想从我这里打听到消息的人，一般看起来都是一副无所谓的样子。但是他却如此坦率，便说道："我相信她不是人们所认为的那样。"

其实，他的问题让我想到，曾经有段时间，我对门房也有着同

---

① 朗德，法国西南部地名，西临大西洋沿岸比利牛斯山脉南麓，经常举行斗牛竞赛。——译注

样的怀疑,远看的话,她也确实是个门房而已。不过靠近……并仔细揣摩……有些地方确实奇怪。科隆布讨厌她,认为她是人类的垃圾,无论如何都不符合她的文化标准,而科隆布的文化标准是社会权力加上比格尼斯牌衬衣。米歇尔太太……怎么说呢?她是个聪敏的女子。然而,她总是竭力掩饰,嗯,可以看得出来,她尽可能地扮演自己门房的角色,使自己看起来符合自己身份的愚蠢形象。但是我呢,当她跟让·阿尔登说话时,跟戴安娜背后的涅普顿说话时,当她看见大楼里的女士从她跟前路过却没有问候时,我就已经开始观察她了。米歇尔太太,她有着刺猬的优雅:从外表看,她满身都是刺,是真正意义上的坚不可摧的堡垒,但我的直觉告诉我,从内在看,她不折不扣地和刺猬一样的细腻,刺猬是一种伪装成懒洋洋样子的小动物,喜欢封闭自己在无人之境,却有着非凡的优雅。

好吧,是这样的,我承认,我并不是有超乎常人的洞察力。如果不是发生某件事,我可能还是跟所有人想法一样,认为她是一个在大部分时间都情绪不好的门房。不过,在不久之前发生了某件事,很奇怪小津先生居然也正是那时提到同样的问题。两周前,安托万·帕利埃弄翻了正在开门的米歇尔太太的草制提包,安托万·帕利埃是七楼的工业巨子帕利埃先生的儿子,而这老先生总是给爸爸上关于治理法国方面的道德课,却又同时卖武器给国际犯。相比之下他儿子就没那么危险了,因为他是个纯粹的傻瓜,不过这还是个未知:危害性,这通常是家族的资本。还是言归正传吧,安托万·帕利埃那天弄翻了正在开门的米歇尔太太的草制提包。甜菜、面条、浓缩调味汤和马赛香皂散落一地,从掉下来的东西里,我瞥见一本书。我之所以说瞥见,是因为米歇尔太太立马把散落在地上的东西统统捡起来,并且生气地瞪着安托万(很明显,他不打算动任何一根手指头来帮忙捡一下),同时还伴随着一丝焦虑。而他,他什么都没看到,不过我不需要太多时间便能知道那本是什么书,或者说是知道米歇尔夫人提包里的那本书到底是哪一类的书,因为在科隆布学习哲学期间,我曾在她书桌上看过同种类型的书。这是一本文翰出版社出版的书,是大学哲学专业的指定教材,一个门房在提包里放一本文翰出版社①出的书干什么?这显然是我需要自问的问题,安托万·帕利埃可没这样想过。

"我也是这么认为的。"我对小津先生说道,就这样,我们的关系立刻变得更加亲密,那是一种战友之间的关系。对于米歇尔太太,我们互相交换着看法,小津先生对我说他打赌米歇尔是一位隐姓埋名且学识渊博的公主,在道别时,我们互相约定要调查清楚米歇尔夫人。

这就是我一天的深刻思想:这是第一次我遇到了一个能够如此深刻探究他人心理、并且能够打破世俗偏见的人。这看来微不足道的事情,在我看来却极具深度。我们从来都是局限在自己根深蒂固的感知之中,却不能放眼看待周遭的世界,而更严重的是,我们放弃认识他人,而认识的仅仅是我们自己,然而却无法在这些永恒的镜子上认清我们自己。如果我们认识到这一点,意识到我们在别人眼里只看到了自己,我们是大漠中的孤影,也许我们可能会发疯吧。当妈妈拿出拉杜蕾杏仁小圆饼给德·布罗格利夫人品尝时,她是对自己讲述自己生命的故事,只是在玩味自己的味道;

---

① 法国一家专门出版哲学书籍的出版社。——译注

当爸爸一边喝咖啡,一边读报纸时,他是用库埃疗法①来凝视着镜子中的自己;当科隆布提到马里安的讲座时,她是在跟自己的倒影过不去;而当人们在门房面前走过时,他们看到的只是空空如也,因为那不是他们自己。

　　而我,企求命运赐予我机会,让我看到我以外的事物并且认识他人。

---

　　① 一种病人自我暗示的心理疗法,在睡前及起床后对着镜子说二十遍自我强化的话。——译注

3. 外 壳 下

接连几天过去了。

像每个星期二一样,曼努埃拉来到我的小屋,在她关门之前。我不小心听到雅森特・罗森和小默里斯夫人在《阿莱城的姑娘》①上演前的电梯谈话。

"我儿子说中国人很执拗!"

口齿不清的罗森夫人没说:中国人②,而说的是冲国人。

我总是梦想着访问冲国。那可能比去中国还有趣。

"他辞掉了男爵夫人,"曼努埃拉向我宣布道,脸蛋绯红,双眼有神,"而且把其余的人也一并辞退了。"

我的样子甚至可以称得上是幼稚。

"被谁?"我问。

"是小津先生!"曼努埃拉大声叫道,并用责备的眼光审视着我。

---

① 《阿莱城的姑娘》是法国作家阿尔封斯・都德(Alphonse Daudet,1840—1897)根据其同名小说改写的戏剧,法国作曲家比才为其配乐。故事表现一位小伙对阿莱城的姑娘的迷恋。参见本书《世界运动日志之二》中的故事。——译注

② "中国人"法文原文是 les Chinois,罗森夫人却说成 les Chunois。——译注

应该说明的是,两个星期以来,大楼里的居民们都在悄悄谈论着小津先生即将搬进已故的皮埃尔·阿尔登家的事情。在这个禁锢在权力与清闲的冰封之中的僵化社会里,一个是新住户的乔迁,一个是在小津先生指导下众多专业人士共同效力的荒谬的巨大工程、参与的人数多得连涅普顿都放弃用鼻子一个一个嗅闻——于是,小津的到来引来了一股兴奋异常但却有点张皇失措的风潮。因为对维持传统的憧憬以及提及新财富或多或少所带来的终极指责——如此庞大的装修风格纯粹出于虚荣,购买高保真成套音响设备,或是次数频繁地叫外卖——这种憧憬可以与铭刻在所有这些被厌倦生活麻痹了的灵魂内心深处的那份渴望相匹敌,也就是这种对新鲜事的憧憬。因此,在两个星期中,整个格勒内勒街七号都随着油漆工、木工、铅工、厨房用具制造商、家具送货员、地毯送货员、电器送货员,以及最后还有搬家工人来来往往的节奏而沸腾起来,很显然,小津先生是想彻底翻新人们死都想来看一眼的五楼。若斯一家和帕利埃一家不再搭乘电梯了,而是发现了一种新式的精力充沛法,那就是全天都在五楼的走廊上转来转去,这很正常,因为他们出门一定会经过五楼,因此,回家也同样要经过同一个地方。他们成为所有人觊觎的对象。贝尔纳黛特·德·布罗格利施展花招,好有机会到索朗热·若斯家里去喝杯茶,可是若斯夫人却是左派社会党人,雅森特·罗森则自愿把一个包裹带给正好在屋里的萨比娜·帕利埃,我很高兴能躲过这项苦差役,便装模作样地给她了。

因为,我是所有人中唯一的一个,很小心地避免遇到小津先生的人。我们在前门大厅见过两次,但是每次他都有他人陪同,他只是向我礼貌地打招呼,我也同样礼貌地向他打招呼,他很懂礼节又很友善。如同在礼节的外壳下就能洞察出人类真实才能的孩子一样，我的内心雷达突然失控，直觉告诉我小津先生正用坚定的目光审视着我。

可是，他的秘书承担着他所有和我接触的工作。我打赌小津先生的到来受到整个街区的人的追捧跟保罗·居扬有着很大的关系。保罗是一个非常英俊的年轻人。他父亲是越南人，因此他有着亚洲人的雅致高贵感和从容神秘感。他的母亲是白俄罗斯人，因此他又有着欧洲人的高大身材、斯拉夫人的颧骨，以及单眼皮的清澈明亮的双眸。他身上结合了男子气概和女子的文雅细腻，综合了西方的阳刚美和东方的阴柔美。

那是一个闹哄哄的下午，我知道了他的出身。那天，他依然在为工作奔走忙碌着，他按响我的门铃，通知我送货员会很早送来新的一批家具，我提议一起喝杯茶，他很爽快地答应了。我们聊得很轻松。谁能想到一个年轻的小伙子，英俊迷人并且能力出众——我对天发誓，他真的是相当出色，只要看看他的组织工作能力、对局面的掌控能力、从不知疲倦的身影，以及在平静中把每件事情安排得井然有序的能力，便能判断出来——却并没有附庸风雅的习惯呢。当他热情地向我道别之后，我才意识到，原来和他聊天，我完全忘了掩饰自己。

还是回到今天的新闻吧。

"他辞掉了男爵夫人，而且把剩下的其他人也一并辞退。"

曼努埃拉没有隐藏她的喜悦。安娜·阿尔登在离开巴黎之前，向维奥莱特·格勒利耶保证，一定会把她推荐给新的住户。小津先生，非常尊重因卖给他房子而痛苦万分的寡妇的意愿，同意接受她，并和他们见面，因为安娜·阿尔登的帮助，格勒利耶一家原本能够在一个高档住宅中找到一份不错的工作的,但是维奥莱特向她表示强烈希望留在,用她自己的话说是,那个让她度过一生最美好时光的地方。

"离开,那跟死亡没什么两样,"她曾这样对曼努埃拉吐露心扉,"最终,我没能为您说话,我的姑娘,您必须自己解决。"

"我自己解决?哼!"曼努埃拉说道,自从她在我的建议下看了《乱世佳人》那本书后,她就把自己当作阿让特伊①的郝思嘉了,"可是最终,她离开了,留下的却是我!"

"是小津先生雇佣你的吗?"我问道。

"您肯定想不到。"她对我说道,"他请我每周做十二小时的工,像对待公主似的付给我工钱!"

"十二个小时!"我说道,"您想怎么做呢?"

"我将要离开帕利埃夫人了,"她兴奋异常地回答说,"我将要离开帕利埃夫人了。"

因为应该去享受真正美好的事物。

"没错。"她又接着说道,"我将要离开帕利埃夫人了。"

我们平静地享受着这一串好事所带来的美好时刻。

"我去泡壶茶。"我说道,不再沉醉于怡然自得当中。"上名贵白茶,来庆祝这一重大事件。"

"哦,我忘了。"曼努埃拉说道,"我带这个来了。"

她从提包里取出一个奶油色丝线纸制的钱包。

我立刻解开蓝色丝绒带。里面是像黑色钻石一样闪闪发光的黑巧克力果仁。

---

① 阿让特伊:法国市镇,在巴黎西北。——译注

"他付给我一小时 22 欧，"曼努埃拉说着，摆上茶杯，又重新坐下，并礼貌地把列夫请出去发现世界。"22 欧！您相信吗？别的住户只付给过我 8 欧、10 欧、11 欧！这个小气的帕利埃家女人，她只付给我 8 欧，不光如此，她还把她那恶心的内裤随意扔到床下面。"

"他也可能把脏内裤随意扔到床下面的呀。"我笑着说道。

"哦，他不是那样的人，"曼努埃拉说，突然她若有所思起来，"不管怎样，我希望自己能够胜任。因为他家有好多奇形怪状的东西，您知道。还要给那些名叫'君子'的植物浇水。"

曼努埃拉说的是小津先生家里的中国盆栽。那些植物都是非常庞大、细长的样子，却没有给人平时让人看起来不舒服的扭曲的感觉，而当盆栽被放到大厅时，它们给我的感觉就好像是来自另一个世纪，沙沙作响的叶丛，如同瞬息消失的遥远森林一般。

"我怎么没想到室内装饰师会有这么一招，"曼努埃拉接着说道，"全部取消，全部重做！"

对曼努埃拉来说，室内装修师是在昂贵的沙发上放上坐垫，接着退后两步来欣赏一下效果的天上的神仙。

"他们把墙都给砸了，"早在一个星期前她就对我这样说道，她气喘吁吁，快步爬着楼梯，手上还拿着一把超大的笤帚——"您知道，现在他家真的很棒。我真希望您能去看看。"

"他那两只猫叫什么？"我不得不这样转移她，为的是避免并打消曼努埃拉头脑里这个危险的怪念头。

"哦，它们真是太讨人喜欢了！"她一边说，一边悲哀地看着列夫，"它们都很瘦，走起路来连一点声音都没有，就像这样。"

她边说边做出两只手摆来摆去的奇怪动作。

"您知道那两只猫叫什么名字吗?"我又重复一遍。

"母猫的名字叫吉蒂,公猫的我就不太清楚了。"她说。

一滴冷汗以破纪录的速度随着我的脊柱流淌下来。

"是叫列文吗?"我暗示道。

"没错,"她对我说道,"就是这个名字,列文。您是怎么知道的?"

她皱着眉头。

"难道是那个革命家?"

"不是啊,"我说道,"那个革命家叫列宁。列文是一部俄国伟大小说的主人公。吉蒂是他深爱的女人。"

"他把所有的门都换了,"俄国伟大小说并不能吊起她的胃口,曼努埃拉继续说道,"现在,那些门都能滑动了,真的,您要相信我,这方便多了,我自己在想我们为什么不把门做成跟他一样的,这样既能得到更大的空间,还会变得没那么吵闹。"

她说得很对。不止一次,曼努埃拉的概括使我不由得为之赞叹。但是这几句平淡无奇的评语也同样引起我一种微妙的感情,这种感情与另外两个原因有着密切的联系。

4. 断 与 续

这两个原因,同样与小津先生的电影有关。

第一个原因在于滑门本身。早在看电影《茶泡饭之味》时,我便对日本人生活的空间,以及在未将空间割断,并且还能在看不见的轨道上轻轻滑动的滑门倍感兴趣。因为,当我们打开一扇门。我们其实就是以一种狭隘的方式改变了我们的空间,首先,我们会触碰上这扇门,接着再用不均匀的比例将门推开一条缝。要是我们仔细揣摩一下的话,便会知道,没有什么比打开一扇门更丑陋的了。如果在这个门所在的房间里看的话,这扇门像极了一条断裂带,或又像是外省的破坏空间整体感的障碍物。如果在隔壁房间里看的话,这扇门便像是形成了个洼地,打开一个既宽大又愚蠢的裂缝,并消失在原本完整的墙壁上。在这两种情况下,门干扰了宽阔感,没有其他的作用,除了通行的作用外,而通行的作用也会用其他方式来取代。滑门,避免了障碍,美化了空间,不仅没有改变空间的平衡,而且还使空间发生了变形。当滑门被拉开时,两个空间相互沟通,互不冒犯。当滑门被关上时,每个空间又恢复完整。此种分割和汇聚都无须僭越。如果说和我们生活息息相关的推门是一系列撬锁的行为,那么拉门就是人生一次无声的漫步了。

"说得没错，"我对曼努埃拉说道，"这确实很方便，而且还没有噪声。"

第二个原因来自联想，滑门使我联想到女人的脚。在小津先生的电影当中，我们数不清电影里有多少次拉门、进屋、脱鞋这样的场景。女人，尤其是女人，她们在这些动作中有着卓越的才能。她们进屋，将门随着墙壁滑开，轻盈快速地迈了两小步，使得她们来到高出来的被他们认为是起居室的空间前，脱掉鞋子，不用弯腰解鞋带，一上台面，便做了一个流畅而优雅的驻足旋转动作。她们的裙子轻轻飘鼓起来，而那向上台面而微屈的膝盖是那么充满活力和精确无误，身体也毫不费劲地随着这个脚步画了个半圆，这脚步继续着奇怪的断续小碎步，仿佛脚踝被绳子捆绑上了一般。但是通常来说，动作的羁绊都会让人有约束的感觉，那无法理解的顿挫活跃的小碎步给那些走动着的女人的双脚打上了艺术品的烙印。

当我们在走动时，也就是我们这些西方人在走动时，鉴于我们文化的影响，我们总是试图在构思出的连贯动作中参透人生的真谛：毫无障碍的效率、象征性的流动表现和延续的生命动力是一切成功的保证。在这里，狩猎的豹子是我们的标准；所有的动作都和谐地融合起来，我们根本无法区分接下来的动作，猛兽的奔跑对我们来说是唯一和漫长的象征生命完满成就的动作。但是当日本女人凭借她们的小碎步击破了自然动作强有力的展示时，当看到违反自然的场面时，我们可能会感受到灵魂被踩躏般的痛苦，其实正相反，我们会产生出一种奇怪的幸福感，仿佛隔断会带来心醉神迷，一粒沙子会带来高尚美丽。在生命神圣节奏的被亵渎中，在行动的被制约中，我们找到了艺术的范例。

那么，原本是想要继续的被推到了自然之外，原本是想要继续的,由于它的间断性,故而一方面变成自然的叛徒,一方面又变得更引人注目,动作造就了美学创作。

因为艺术,就是生活,只不过是伴随着另一种节奏罢了。

深刻思想之十

语法
意识层
那是通向美的途径

早上，一般来说，我总是会花些时间在房间里听听音乐。音乐在我的生活中有着举足轻重的作用。音乐是唯一能让我忍受得住的……好吧……我需要忍受的是：我的姐姐、我的妈妈、学校、阿喀琉斯·格朗-费尔耐等等。如同美食不仅仅是味觉的享受，画作不仅仅是视觉的享受一样，音乐，也不仅仅是听觉的享受。我之所以每天早上都听音乐，也并没有什么独特的地方：只是想用音乐来为一天定个调子，这很容易，同时还有些不好理解：我们之所以认为自己可以选择自己的心情，那是因为我们有十层意识，而且我们有办法进入到意识层当中去。例如，想要写出一篇有深刻思想的东西，我必须进入到意识层里，否则思想和词汇就出不来，我必须有忘我精神，同时又高度集中。但这无关乎"意志力"，这只是我们行动与否的机械反应，像是自己给鼻子抓痒或是向后翻跟头一样。要是提到机械反应，没有什么比听一段小曲更令人惬意的了。比如说，当我们想自我放松一下时，我就会放某些能让我达到所有事情都无法触及的一种超脱世俗的心境下欣赏的音乐，就像看电影：这是一种"超然"的意识层。一般来说，如果要进入到这个意识层，我会听爵士乐或是产生效果更慢但持续时间更具实效的恐怖海峡乐队①(Mp3 万岁)。

　　于是,今天早上,在我离家上学之前便听起了格兰·米勒②的音乐。必须相信的是,这并没有持续很长时间。当那个意外发生后,我丧失了所有的超脱感。那是在上迈格尔夫人的法语课时(她本人却和她的名字正好相反③,因为她身上鼓出了赘肉)。而且,她还穿了一件粉红色的衣服。我喜欢粉红色,我发现这是一种受到不公正对待的颜色,人们把粉红色当作幼稚和浮华的玩意儿,而粉红色是一种非常微妙细腻的颜色,这是在日本诗歌中很多见的一句话。不过粉红色和迈格尔夫人,就像果酱和母猪。总之,今天早上,我有她的法语课。这堂课本身就是一项苦差使,不管是做语法还是文章阅读的练习,迈格尔夫人和她的法语课可以被概括为一系列技巧的练习。在她的课上,似乎写文章只是为了能让人们辨认其中的人物、叙述者、地点、情节、故事节奏等等。我认为她从来都没有想过文章首先应该用来阅读并引起读者的共鸣。您能想象到她从来都没有问过我们这样的问题:"你们喜欢这篇文章/这本书吗?"然而,这恰恰是唯一能让我们了解分析叙述或故事结构的意义……更不用说,在我看来,初中学生的文学思想要比高中生或是大学生的文学思想更加开放,让我来解释一下:在我们这样的年龄,老师们只要向我们提及一点点关于激情或是拨动我们心弦

----

　　①　恐怖海峡乐队,是一支 1977 年成立于英国纽卡斯尔的四人摇滚乐团,其主要风格是经典摇滚(Classic Rock),曾获得过格莱美等多项奖项,而 1984 年的畅销单曲《金钱无用》(Money For Nothing)是其巅峰之作。——译注
　　②　40 年代的美国著名摇摆爵士乐鼻祖。——译注
　　③　迈格尔夫人名字法文为 Maigre,意为:瘦。——译注

的事情(像爱情啊、叛逆啊、新鲜事物啊),只需这些便能有机会达到他们的目的。我们的历史老师雷尔密特先生,只用了两堂课就使我们赞赏不已,他给我们展示了一些断手或是切唇的照片,而这些人是因为偷窃或是抽烟根据《古兰经》的戒律被处以极刑的。然而,他并不是以恐怖电影的形式放给我们看。这真的很激动人心,在接下来的一堂课我们注意力都很集中,而接下来的内容主要是让我们提防人类的疯狂,却并不是要特别提防伊斯兰教。那么如果迈格尔夫人费心用颤音给我们念上一首拉辛的诗(日升日落/提图斯告别贝雷妮丝),她可能会发现我们这些乳臭未干的少年对待爱情悲剧会如此的成熟。不过对于高中生来说,这可能就困难得多:他们接近成人年龄,并且已经有了大人的道德意识,他们会问自己,在这出戏剧中自己继承的角色和地位到底是什么,接着随着某些事情的变质,金鱼缸便不再遥远。

于是,今天早上,当我跟往常一样上完一堂苦闷的法语课,一堂毫无文学的文学课,一堂毫无语言智慧的语言课后,我便有了一种莫名的感觉,我无法控制自己。迈格尔夫人特别讲解了一下品质形容词定语,借口是我们在作文里完全没有用这个,"这个东西你们小学二年级时就应该学会用的,""真想不到还会看到语法这么差的学生,"她补充道,特别看了一下阿喀琉斯·格朗-费尔耐。我不喜欢阿喀琉斯,但是在这一点上,当他提问题时,我跟他有着共同的观点。我认为这是非提不可的。再说了,一个文科老师忘记否定词,就如同一个马路清扫工忘掉扫灰尘一般不可思议。"语法有什么用啊?"他问道。"您应该知道的。我可是高薪雇来教你们的。"夫人回答道。"可我不知道。"阿喀琉斯回答道,这是他第一次说老实话,"从来没有人花费精力向我们解释这个。"迈格尔夫人长长叹了口气,以一副"我非得回答这个愚蠢问题吗"的表情回答道:"那是用来为了让人们很好地说和很好地写。"

这句话一出,我感觉自己得了心脏病。我从来没有听过这么荒谬的话。我不想说这是"错误"的,我想说的是,这是"确确实实荒谬"的。对一个懂得说和写的青少年说语法是用来做什么的,这简直就是在对一个人说,只有读过厕所这几个世纪以来的历史才能顺利地进行大小便。无稽之谈!如果她举些例子给我们解释一下,告诉我们需要了解某些语言上的东西才能很好地使用语言这样的话,或许会好点,可她为什么偏不这样做呢,可以说,语法是一项准备工作。打个比方,如果我们学会动词变位,就会避免在社交晚宴上犯因不会动词变位而颜面尽失的大错误(例如在"我原本可以来得早些,可我却走错了路"的句子中将 j'ai pris 说成 j'ai prenu),或是写一封准确无误的邀请函,通知朋友在凡尔赛宫将举行一个小型家庭聚会,这时懂得品质形容词定语的配合规则就派上大用场,我们省略了这些话:"亲爱的朋友①,今晚请大驾光临凡尔赛宫,我将不胜感激。格朗-费尔耐侯爵夫人敬上。"可是迈格尔夫人认为语法的作用只在于此……在我们懂得什么是动词之前,我们便已经懂得如何使用动词并能够进行动词变位了。就算是了解语法对我们有帮助,但我还是不认为它具有决定性。

而我,我认为语法是达到美的途径。当我们说,当我们读,当我们写时,我们能很好地感受到自己是否做了一个漂亮的句子,或者,自己是否正在读一个漂亮的句子。我们有能力辨认出句子结构或是文章风格的美丽之处。但是当我们分析语法时,我们便进

---

① 原文是 Chers ami,形容词未配合,正确写法是 Cher ami。

入到语言的另一种层面的美。分析语法需要抽丝剥茧的过程,就是要看看句子是如何形成的,就是要看句子赤裸裸的样子。这正是文学作品神奇之所在:因为我们会说:"写得真好,怎么写得这么好!""真是文笔扎实、富于创新、内容丰满、思想微妙啊!"而我,只要了解到有许多不同字的种类,了解到人们必须认识到这一点才能很好使用字,并且了解到字与字之间兼容性的程度,便会激动不已。我认为没有什么比语言的最基本结构,以及名词和动词更美的了。当您说出名词和动词时,您就已经做到了很好的陈述。这很棒,不是吗? 名词、动词……

也许,想要达到只有语法才能揭开的语言之美,是否也必须让自己处在特殊的意识状态下呢? 对我来说,我觉得自己可以毫不费力地做到。我想,在我两岁那年听大人讲话时,就一下子明白语言是如何形成的了。对我来说,语法课其实只是后天的总结,或许是一些术语的准确应用,对于那些没有像我这样受到启示的小孩来说,是否只要学会分析语法就能达到教会孩子们很好地说和很好地写的效果呢? 这是个谜。暂且不提这个,倒是地球上所有的迈格尔夫人该考虑一下向学生传递哪一支心曲才能让他们对语法感兴趣。

于是我对迈格尔夫人说:"不是这样的,这样说语法的作用真是太肤浅了!"教室里顿时鸦雀无声,因为一方面,在平时,我一直是个沉默寡言的人,另一方面,因为像我这样的人竟然顶撞老师。她惊异地瞪着我,脸色变得很难看,像所有的老师一样,当他们感觉到事态不对,他们的品质形容词定语的语法课就会变成他们教学方法的法庭,"那么您对语法怎么看呢,若斯小姐?"她用尖酸刻薄的语气问我。所有人都屏住呼吸。当全班的第一名不满意时,这对老师的身体会带来伤害,尤其是当这个老师很肥胖的时候,于是今天早上,花一样的钱不仅能看到恐怖电影,还能看上一场马戏表演:所有的人都期待着看到争斗的结果,他们甚至希望更血腥一些。

"那么好吧,"我说道,"当我读过雅各布森①的书之后,肯定会认为语法是结束,而不只是目标:语法是让人们认识到语言的结构和美妙,而不仅仅是社交场合用来摆脱困境的玩意儿。""一个玩意儿! 一个玩意儿!"她睁大眼睛重复着,"对于若斯小姐来说,语法就是一个玩意儿!"

如果她仔细听我说的话,她就会理解,事实上正好相反,对我来说,语法并不是一个玩意儿。但是我相信提到雅各布森会让她大惊失色,更不用说全班同学都在冷笑了,包括卡奈尔·马丹在内,他们根本不懂我说的是什么,但却能感觉到一小片西伯利亚乌云正笼罩在肥胖的法语老师头顶上。事实上,我从来也没看过雅各布森的书,这您一定想到了。我就算才智超群也是枉然,我还是喜欢漫画或是文学作品。只不过是昨天,妈妈的一个朋友(一个大学教授)谈到了雅各布森(在五点和妈妈一起吃卡芒贝尔干酪、喝红酒)。因此,今天早上我想起了这个。

这时,我感觉到我那群同学都翘起嘴唇来,我很可怜他们,也很可怜迈格尔夫人。而且我不喜欢残暴施虐的行为。这对任何人都没有好处。更何况我不希望别人拿我对迈格尔夫人学识的挑战说事,甚至怀疑我的智商。

因此,我妥协了,不再说话。我被罚课后留校两小时,迈格尔

---

① 雅各布森(Roman Jacobson,1896—1982),俄裔美国语言学家、文学批评家。——译注

夫人保住了她作为老师的颜面。但是,当我离开教室,我感觉到她用她那一双焦虑的小眼睛盯着我直到门口都没有离开。

　　在回家的路上,我在想:思想贫乏的人真是不幸,他们既认识不到语言的魔力,也认识不到语言的美妙。

5. 惬意之感

不过曼努埃拉,不在乎日本女人的小碎步,她在意的另有他物。

"罗森那女人小题大做,因为她没有成对的灯,"她说道。

"真的吗?"我愣了一下,接着问她。

"没错,是真的,"她回答我道,"不过什么都是成双成对的,因为他们害怕缺失,您知道太太最喜欢的一个故事吗?"

"不知道,"我说道,并痴迷于我们谈话内容的高深观点。

"在二战时期,她的祖父,把很多东西都储藏在地窖里,他为一个德国人寻找钉制服上一颗纽扣的线轴提供了方便,由此他保住了全家人的性命。如果当时没有这个线轴的话,可能不光是他自己在死前发出一声后悔的叹息了,他的家人一个不少都会跟着送命。不管相不相信,在她家的壁橱和地窖里,所有东西都是成双成对的,这能给她带来好运吗?""因为有两盏相同的灯,我们难道就能在房间里看得更清楚吗?"

"我从未想过这些。"我说道,"说实话,我们太过于注重室内装修。"

"怎么说?"曼努埃拉问。

"无数次的重复,像阿尔登家一样。成双成对的灯和花瓶陈列在壁炉上,沙发的两侧放上完全相同的扶手椅,床头一边一个相同的床头柜,还有厨房里各种相似的瓶子……"

"你这一说让我想起一件事情,不仅仅是灯,"曼努埃拉接着说道,"事实上,在小津先生家里没有两个相同的东西,好家伙,我要说的是,那种感觉真是惬意。"

"怎么惬意了?"我问。

她思考片刻,皱起眉头。

"惬意得就如同节日过后,我们吃太饱的感觉。我想到了所有人都离开的时光……我丈夫和我,我们来到厨房,我准备了一小份新鲜蔬菜汤,把未加工的蘑菇切了一下,然后把切后的蘑菇放到汤里一起吃。我们有种风暴袭过后一切又恢复平静的感觉。"

"我们不再惧怕缺失,我们享受当前片刻的幸福。"

"我们觉得这很自然,吃,不就是这么回事?"

"我们可以利用我们拥有的东西,没有什么可以与之竞争,一个感觉接着一个感觉来。"

"没错,我们拥有的东西少,而我们却能利用上很多。"

"谁能一次吃下各种不同的东西呢?"

"就算是可怜的阿尔登也做不到。"

"我的两张相同的书桌上摆放着两盏相同的台灯,"我突然想到这事,便对她说道。

"我也是。"曼努埃拉说道。

她点了点头。

"也许我们有病,因为什么事情都做得太过。"她站起来,亲吻了我一下,便到帕利埃家做她的现代奴隶劳工去了,她走之后,我独自一人坐着。对面是空空的茶杯，桌上剩下拼盘中果仁的残渣，由于嘴馋，便大硕鼠一样用前门牙嘎吱嘎吱地咀嚼着。改变嘴里咀嚼的式样，就像品味一道新颖的菜肴一般。

我默默思考着，细细品味着这段不适时的对话，有人曾经试图了解一个女仆和一个门房，在休息的间歇闲聊时，在谈论室内装修所提升出的文化内涵吗？您可能会惊讶于小人物能说出这样的话。她们喜欢讲故事而不是大道理，喜欢奇闻轶事而不是概念定义，喜欢图像而不是思想。但这并不能阻止她们成为哲学家，因此，我们的文化是否因空无而倍受折磨，使得我们生活在缺失的烦恼当中？每当我们确信还能享受更多时，我们是否能够好好享有一下财富和进行一些感官享受呢？或许日本人明白，人们品尝快乐，是因为人们明白快乐只是昙花一现，也是唯一的，除此之外，他们能够编织自己快乐的人生。

哎，沉闷无聊和亘古不变的反反复复的生活再一次将我从沉思当中拽了回来——千篇一律的一天产生的忧虑——，有人在按我的门铃。

6. 佗

一个送信人大嚼着为大象准备的口香糖,这可以从他的颌骨使劲的强度和咀嚼幅度上来判断。

"是米歇尔太太?"他问道。

他把一个包裹随意地放在我手上。

"没有什么需要签收的吗?"

但他已经消失得无影无踪了。

这是个长方形的包裹,用牛皮纸包裹着,用一根细线紧紧地捆绑着,这种绳子是用来束上马铃薯袋口,或是用来绑在软木塞上的,以便在公寓里逗猫玩,逗猫是唯一的运动。其实,这用细绳绑上的包裹让我想到了曼努埃拉的丝线包装,因为虽然纸张有些乡土味道,缺少精致感,但是却在细心中带给某种相似和恰当的事物包装的真诚性,最崇高观念的设计都是从最粗俗的小事开始。美,是一种中庸。这一崇高的思想出现在反刍的送信人的双手上。

美学,如果我们稍微严肃地沉思一下的话,便会发现美学不过是中庸之道的传承,类似的还有武士道精神。中庸的认识在我们心中根深蒂固。在生命的每时每刻,这种中庸的认识使我们去明白何谓生命的品质,在万事万物都很和谐的时刻,凭借强烈的需要去享受人生。我并不单是谈到专属于艺术领域的美。凡是像我这样去追求细小事物中之伟大的人，都会追求美，知道挖掘出内心的本质，在日常服装美化下，美以某种平凡的方式显现出来，使人相信美就该如是，甚至坚信美即如是。

我解开细绳，撕开包装纸。原来是一本书，海蓝色封皮装订而成的精装图书，封面粗糙，非常侘。在日本语中，侘的意思是"一种平凡之美"。我还不算太清楚我理解得是否正确，不过这本精装书的封面是毫无疑问的侘。

我带上眼镜，解读起书名来。

深刻思想之十一

桦树

教会我，其实自己什么都不是

亦教会我，我的生命有继续延续的价值

　　昨晚妈妈在吃饭时宣布，她做的"心理分析"已经有十个年头了，似乎这是一个很大的值得用香槟庆祝一下的动力。家里所有人都会附和着说，真是不可思议啊！而我只看到心理分析有着和基督教一样的、关于永无止境痛苦的爱好。而我母亲并没有说到，她吃抗忧郁药物也正好有整整十个年头了。不过显而易见的是，她没有把两件事联系到一起。我认为她吃抗忧郁症药物不是为了要缓解焦虑，而是为了能够忍受心理分析所带来的压力。当她讲述完心理治疗过程之后，我真有去一头撞墙算了的感觉。心理医生那家伙，隔一段时间就会冒出一句"嗯"的声音，接着不断重复着妈妈语句的结尾部分（"我跟母亲一起去勒诺特尔。""嗯，您母亲？""我很喜欢巧克力。""嗯，巧克力。"）。就这样还心理医生？那我明天也可以自称是心理医生了。除此之外，他还会拿有关"弗洛伊德学说的起源"的报告会笔记给妈妈看，与人们所想象的正好相反，这个笔记上记载的并不是一个个难识的字迹，而是记载着某些丰富的内容。对领悟力的迷惑是最能诱惑人的。对我来说，这并不是它自己的价值。聪明的人多得可以堆成山。这世界上有很多笨

165

蛋,但也有很多头脑发达的人,我想说的是,其实智慧本身并没有任何价值,同时也没有任何的意义。比方说,有些很聪明的人倾其一生只是为了研究天使的性别。不过许多聪明人都有同一个毛病:那就是他们把智慧当成是一个结果。他们头脑里只有唯一的想法:那就是,要变得聪明,这真是愚蠢。当智慧本身变成了目标,表现出智慧的行为就会变得异常奇怪:智慧存在的标志并不在于智慧产生得多么巧、多么容易,而是在于晦涩不明的感情。您要是听到妈妈对"心理疗程"的转述就好了……它有象征意义,它冲破禁忌,它用一大堆心理分析公式和奇奇怪怪的句法来归纳现实。简直是一派胡言!甚至连科隆布读的文章(她在研究纪尧姆·奥卡姆,十四世纪的神学家)都没有这么怪异,应该像这样:宁可做一个有思想的修士,也不去做一个后现代思想家。

再说,昨天是弗洛伊德日。那天下午,我在吃巧克力。我很喜欢吃巧克力,这大概是我跟妈妈和姐姐的唯一共同点了。我大嚼着榛子巧克力,突然感觉我的一颗牙裂开了。我立马跑到镜子前一看究竟,发现实际上是有一颗门牙掉了半边。记得去年夏天在坎佩逛街的时候,我绊到一根绳子,摔倒在地,当时我的这颗牙就摔掉了一半,从那之后,这颗小小的牙齿随着时间渐渐变得越来越小。总而言之,这颗掉了半边的牙齿让我觉得非常好笑,因为我想起妈妈讲述的关于她经常做的一个梦的内容:她的牙掉了,然后变黑了,最后一颗接着一颗都掉光了。这就是她的心理医生为她解析这个梦的原话:"亲爱的夫人,弗洛伊德学家告诉您,这是有着死亡征兆的梦。"这很可笑,不是吗?这甚至不是因为解释的幼稚性(掉牙 = 死亡,雨伞 = 男性性器官,等等),仿佛文化并不是一种与事物的真实性毫不相干的巨大的暗示力量。而是因为使用了一种停滞不前的方法，将人类智慧的优越性建立在所谓的飘渺的学识理论之上（"弗洛伊德学家告诉您"），这让我觉得像是一只学人说话的鹦鹉。

幸运的是，为了忘掉这些，今天，我到格郎家里去喝茶，吃美味又细腻的椰果糕点。他是亲自上我家来邀请我的，并对妈妈说："我们在电梯上认识的，并且互相之间很谈得来。""是真的吗？"妈妈听了之后感到很惊讶地回答道，"好的，您运气可真好，我的女儿几乎不跟我们说话的。""要不到我家里喝杯茶？我好给你介绍一下我的猫。"格郎问我，当然，因为我是接下来一系列故事发生的诱饵，妈妈立刻毫不犹豫地替我答应下来。她已经在设想自己就是一个被邀请到日本富人家里的现代艺妓。应该说明的是，小津先生之所以这么受欢迎是因为他真的很有钱（好像是）。总之，我到他家里喝茶，并认识了他的猫。好吧，说实话，我不认为他的猫有我的猫好，不过最起码比我的猫在装饰作用方面要好得多。我向格郎表达了我的观点，他回答说他认为橡树是有朝气和灵性的，这更有理由说明猫也有同样的特性。我们继续着关于智慧的确切表述，他问我是否允许把我这句话记到他的漆皮本里，那句话是："这不是上天的恩赐，只是灵长类动物唯一的武器。"

接着，我们的话题转移到米歇尔太太身上。他认为她的猫叫列夫，是因为列夫·托尔斯泰的缘故，我们都觉得一个门房去读托尔斯泰的小说、有文翰出版社出版的图书是一件超乎寻常的事情。他甚至还有确切的证据证明她喜欢《安娜·卡列尼娜》这本书，并决定送给她这本书，"我们可以看看她的反应。"他说道。

但是，这并不是我今天的深刻思想。今天的深刻思想来自格郎提到过的一句话。我们谈论俄国文学，这我可一点都不了解。格郎向我解释，他之所以喜欢托尔斯泰的作品，是因为他的小说是

"全世界的小说"，除此之外，还因为小说的背景都发生在俄国，在这个国家里，田野上的每一个角落都会看到桦树，在拿破仑战争时期，俄国贵族不得不重新学习俄语，因为他们一直以来只会说法语。好吧，这都是大人话，但是和格郎聊天好就好在他会自始至终都很有礼貌，即使是不在乎他讲话的内容，听他说话依然是一件很惬意的事情，因为他是真正在对您说话，而您是他唯一说话的对象。这是我第一次碰到一个关心我的人，当他对我说话时：他不等我同意或是反对，他看着我，好像在说："你是谁？你想跟我交谈吗？我很高兴能和你谈话。"这就是我想说的礼貌了，一个人的态度可以让另外一个人感觉到他就在那里。好吧，提到他说话的内容，大俄帝国的俄国人，我根本不在乎。他们说法语？真是太好了！我也会说法语，而且我还不压迫农奴，但是话又说回来，我起初并不理解为什么，我会对桦树这么在意。格郎提到俄国乡下到处都是适应性很强的、沙沙作响的桦树，我觉得自己轻飘飘的，轻飘飘的……

后来，稍微想了一下，我有点理解当格郎说到俄国的桦树时这突如其来的愉悦感。当人们提到树木时，我都会有同样的感觉，不管是什么树：农场庭院里的椴树呀，古老粮仓后面的橡树呀，现在早已消失的大榆树呀，背风向而长弯的松树呀，等等。表现出对树木喜爱是件多么有人情味的事情，我们初次的赞叹是多么让人怀念，人类的力量在自然界中是多么的渺小……没错，就是这样：对所有树木，他们冷漠的庄严感，以及对他们的爱的追忆，让我们一方面认识到我们这些在大地的表面苟延残喘的丑陋寄生虫是多么微不足道，一方面又让我们的生命有延续的价值，那是因为我们有能力认识到大自然的美妙。

格郎说到桦树,让我忘记心理分析法和所有只懂得使用他们智慧的聪明人,我突然感觉自己长大到足以领会出桦树的非常伟大之美了。

夏　　雨

1. 隐 居 者

我戴上眼镜破解书名。

列夫·托尔斯泰,《安娜·卡列尼娜》。

附带着一张卡片,上面写着:

> 亲爱的夫人,
>> 向您的猫致以崇高的敬意。

>>> 小津格郎

发现自己并不是妄想狂真是一件令人快慰的事。

我想的没错。我被揭穿了。

我心中惊慌不已。

我机械地站起来,又坐下。我重新读了一遍卡片。

某样东西在我的身体里翻腾——没错,我无法解释的奇怪感觉,好像身体里一个部件替代了另一个部件的位置,这种感觉您从来都没有过吗?那是一种身体内部产生的,自己却无法描述的一系列整理过程,但那同时又是心理也是空间的整理过程,就像搬家一样。

向您的猫致以崇高敬意。

难以置信的是，我居然听到了一声轻微的笑声，那是从我喉咙里发出的咯咯的笑声。

这很令人担忧，不过却很可笑。

有一种危险的冲动感——对于过着遁世生活的人来说，冲动是危险的——，我找出一张纸、一个信封和一支圆珠笔（橘色的），写下一句话：

谢谢，本不必客气。

门房

我带有苏人①般小心翼翼的特质走到前门大厅——一个人也没有——把信悄悄塞进小津先生的信箱里。

接着，我踮起脚尖回到我的小屋——还好没有人——我筋疲力尽地整个人瘫到沙发上，就像自己完成了一项艰巨的使命一样。

一种莫名的强烈感觉完全占据了我的心。

莫名。

这愚蠢的冲动非但不能结束他对我的围捕，反而会百倍地鼓励他。我失策了。这个不知不觉的错误开始让我寝食难安。

白痴一点地说吧：我不明白，然而署名门房就很合适了。

又或者写成：您搞错了吧，我把包裹重新还给您。

干脆简短而清晰地说：搞错收件人了。

巧妙而肯定地说：我不识字。

---

① 北美大平原印第安民族或民族联盟，讲苏语。——译注

拐弯抹角地说:我的猫不识字。

狡猾地说:谢谢,不过新年礼物是在一月份才送。

或是行政用语:请接收退回信件。

我都没有这样做,我却矫揉造作,仿佛我们在文学沙龙中碰面一样。

谢谢,本不必客气。

我一下子从扶手椅上跳起来,向门冲去。

哎,我连着叹了三声哎。

透过门房的玻璃门,我看到保罗·居扬,手里拿着信,往电梯里走去。

我完蛋了。

唯一的选择:就是不理不睬。

不论发生什么事情,我不在这里,我一概不知,我什么都不回答,我什么也不写、没有做任何事情。

接连过了三天,我告诉自己只要决定不去想一件事情,这件事情就不会存在,但是我还是不停地想,以至于我都忘记给列夫喂食,此后,列夫是猫类无声的指责。

然而,到了十点钟,有人按响了我的门铃。

2. 伟大的感官作品

我打开门。

站在我面前的，是小津先生。

"亲爱的太太，"他对我说道，"我很高兴我的包裹没有使您感到不快。"

这个吃惊之余、尚未听清他说话的我，答道：

"有啊，有啊，"汗水便是这样产生的，"嗯，不是，不是，"我带着迟来的感动接着说道，"啊啊啊，非常感谢。"

而他，友善地对我笑了笑。

"米歇尔太太，我不是来听您说感激话的。"

"不是?"我再次施展了自己"拉长音后让声音慢慢消失"的绝招，这项技能可与拉辛的费德尔、贝蕾尼丝和可怜的狄多匹敌。

"我来是想请您今晚和我共进晚餐的。"他说，"这样，我们就有机会谈论一些我们共同的爱好。"

"哦，"这句话说得相对干脆。

"邻居之间的晚宴，一切从简。"他接着说道。

"邻居之间? 但我只是个门房呀。"尽管脑子里一团糨糊，稀里糊涂的，终于还是找到了一个借口。

"要知道，每个人都有可能同时拥有两种身份。"他答道。

玛利亚，圣母啊，我该怎么办？

人生不免有便捷之路，尽管我反感走这条路。我没有孩子，不看电视，同时也不信仰上帝，所有的小径都是人类为了使他们的生活变得更便捷所选择走的。孩子能帮助我们推迟面对自己的痛苦，接着就是孙子辈接替儿子辈。电视是我们疲于奔命的一生的消遣，并使我们从虚无人生中规划出许多计划；将双眼局限于小小的框框之内，减轻感官的伟大作品的精神负担。上帝能够安抚我们这些哺乳动物的恐惧感，抚平快乐终会结束的那份对未来的难以忍受的恐惧感。因此，没有未来，也没有后代，没有电视去麻痹荒谬的人类意识，在一个结局能够确定、空虚能够预料的世界里，我敢说我没有选择便捷之路。

然而，我很想试试。

不，谢谢，我还有事，这是最合适的说法。

还有许多种礼貌用语。

您真客气，不过我的时间表已经排满了（不太可信）。

真遗憾，我明天要去梅杰夫（异想天开）。

很抱歉，我还有家人（瞎掰）。

我的猫病了，我不能把它单独留下（多愁善感）。

我病了，我想在家卧床养病（恬不知耻）。

我正准备要说：谢谢，不过我这个星期有客人来。就在这时，就在刹那间，站在我面前的彬彬有礼而又和蔼可亲的小津先生在时间的长河中打开了一个时光隧道。

3. 时 间 之 外

看着玻璃球里飘零的絮片。

放在小学老师办公桌上的那个玻璃球,曾是我内心最深的记忆。而那个控制这个小小玻璃球的小学老师,直到我们上高年级班,由塞尔旺先生教之前,一直都是我的老师。每当我们值得奖赏一下的时候,我们便有了翻转玻璃球的权利,我们会将它捧在手心,感受着四处飘零的絮片,直到最后一片缓缓落在铬制艾菲尔铁塔的脚下。我当时还不到七岁,但却明白小小絮片那悠远绵长的旋律预示着那孩子们心中激荡的巨大喜悦,持续的时间逐渐放缓、扩大,没有时间的局限,漫天飞舞的絮片瞬间变为永恒,当最后一片飘落下来,我们便会清醒地意识到,我们刚才不就是生活在时间之外嘛,那是伟大启蒙的标志。那时还是孩子的我,心中经常会思忖着未来的我是否也能享受到这相同的时刻,将自己置身于这悠远庄严片片飘零的雪花之中,最终从沉闷急促的时间轨迹中脱身而出。

是否会有这样的感觉?自己全身赤裸,就算身上的所有衣服都脱掉,然而心灵的枷锁依然存在。但是小津先生的邀请却将心灵的华丽枷锁完完全全地打开,孤独的灵魂被赤裸裸地解脱出来,这种感觉就像火一般,烧灼我的内心。

我看看他。

接着,我将自己抛到了漆黑、冰凉、精妙的深潭之中。

4. 发　胶

"为什么？谁能告诉我是为什么？是上帝的宠爱?"当天下午我问曼努埃拉。

"怎么了?"她一边说，一边摆着茶具，"这很好啊！"

"开玩笑吧！"我呻吟道。

"现在，最主要的是想些实际的东西。"她说，"您总不能像这样就去吧，发型不怎么样啊。"她接着说道，并用专家的眼神上下打量着我。

您知道曼努埃拉对发型的观点吗？这个有着贵族心的家伙却留着无产阶级的发型。按照她的理论，头发要先弄成卷，再吹成蓬松的样子，最后再打上发胶，要么有棱有角，要么就是什么发型都不算。

"我去理发店打理一下吧。"我说道，不着急不上火的。

曼努埃拉用不信任的眼光看着我。

"你打算穿什么衣服?"她问我。

除了平时穿的衣服，门房的工作服之外，就只有一件放在樟脑球下面的白色婚纱，还有一件乌七八黑的很少穿的丧葬袍。

"我就穿那件黑色衣服得了。"我说道。

"丧葬服?"曼努埃拉吓了一跳,并问我。

"我没有其他的了呀。"

"那还是买一件吧。"

"可这只是一顿晚饭而已啊。"

"我当然知道了,"变成西班牙严厉女傅的曼努埃拉说道,"难道您去别人家都不好好打扮一下的吗?"

5. 花边与花饰

困难从这里开始出现：上哪去买衣服呢？要是平时的话，我都靠邮购的方式买衣服，包括裤子、内裤、内衣在内都是这样。一想到要在身材苗条的年轻店员面前试衣服而效果像只大口袋，对服装店我就只能敬而远之了。不幸的是，在这么短的时间内订购一件似乎又太晚。

朋友不需要多，只需一个就够了，不过却要对的。

次日上午，曼努埃拉匆匆忙忙来到我的门房。

她带着胜利的微笑递给我一件用罩子罩好的衣服。

曼努埃拉整整比我高了十五厘米，体重却比我轻了十公斤。我知道她家里只有一个女人和我身材相仿：那就是曼努埃拉的婆婆，恐怖的阿玛丽雅，她不是一个心血来潮的人，却偏偏对衣服上的花边和花饰情有独钟，葡萄牙风格的花边像洛可可式：缺乏想象力，缺少轻盈感，只是把花边聚拢在一起，她的衣服看起来都是镂空花边的紧身衣，像是由花和枝叶编成的节日服装一样。

您可知道我是多么担心，这个对我来说是活受罪的晚宴同样也可能变成一出闹剧。

"您看起来像个电影明星，"曼努埃拉恰恰在这时说道。接着，她有些于心不忍，于是便说道："我是开个玩笑。"她从罩子里拿出一件看起来没有任何花饰的浅灰色长外衣。

"您从哪儿弄来的？"我一边问，一边仔细审视着这件衣服。

光用眼睛看看，就知道这件长外衣很适合我的体型。也是光用眼睛看看，就知道那是羊绒的，样式简单，还带领子和纽扣，非常朴素、非常雅致，跟德·布罗格利夫人的衣服是一个类型。

"我昨天晚上去了玛丽亚家里。"曼努埃拉激动地说道。

玛丽亚是正好住在我救星隔壁的葡萄牙裁缝。不过她们两个不单单是同胞关系。玛丽亚和曼努埃拉从小一起在法鲁长大，后来又分别嫁给了洛普家兄弟六个中的两个，成为妯娌关系，之后，她们两个人都跟丈夫一起来到法国，在这里她们几乎是同时生下了孩子，也就相差了几个星期。她们甚至共同拥有一只猫，对美味的糕点也有着彼此相似的品味。

"您的意思是说这是另外一个人的衣服？"我问道。

"是的，"曼努埃拉微微撅起嘴唇说道，"可是您要知道，这件长外套没有人会再要回去的。因为衣服的主人上个星期就已经过世了。直到那时才有人发现她还有件长外套放在裁缝那里……您有的是时间跟小津先生吃饭，吃上十次晚餐都没关系。"

"难道这是死人生前穿的外衣？"我惊恐地重复着，"不，我不能这么做。"

"为什么？"曼努埃拉皱着眉头问我，"这总比衣服的主人还活着要好得多吧，想想看啊，如果您弄上了一个污点，就得立马冲到洗衣店，还得找借口和各种各样的麻烦事。"

"道德上我这么做就过不去了。"我抗议道。

"道德？"曼努埃拉说。她发音的时候似乎这是很令人不齿的，

"这跟道德有什么关系？您偷东西了吗？还是您做了什么坏事？"

"但这确实是别人的东西，"我说道，"不属于我的东西我不能据为己有。"

"但她已经死了啊！"她大声说道，"而且您没有偷，只是借一晚上。"

当曼努埃拉开始在语义的异同上夸张渲染时，我也就没有继续抗拒的必要了。

"玛丽亚跟我说过那是一位很友善的太太，这个太太送过一些衣服给她，还有一件很漂亮的帕尔帕加外套，因为她长胖了，穿不上这些衣服了，所以她对玛丽亚说：这些东西可能对您有用吧？您看，她真的是个好人。"

帕尔帕加是羊驼的一种，皮毛极为珍贵，而且头上长有肉瘤。

"我不知道……"我说道，不过语气也缓和多了，"我有种偷死人东西的感觉。"

曼努埃拉真的恼了，她看着我说道：

"您是借的，不是偷的，您想想看，那个死去的可怜夫人，那长外套对她还有什么用？"

我无言以对了。

"到了该跟帕利埃太太摊牌的时刻了，"曼努埃拉说道，她转移了话题，看起来很兴奋。

"我会和您分享这个时刻。"我说道。

"我去了，"她边说边往门那边走去，"在这个间隙，试试衣服吧，再去理个发，我等会儿回来验收啊。"

我注视着这条裙子，犹豫不决，除了不想穿一个死人的衣服外，我还害怕自己穿上之后会有跟本人不协调的效果，维奥莱特·

格勒利耶与抹布相配,正如皮埃尔·阿尔登与丝绸相配,而此刻的我,正穿着烫有淡紫色和海蓝色印花的工作围裙。

我还是回来后再试吧。

走后才发现,我甚至还没有向曼努埃拉道声谢谢。

世界运动日志之四

美的享受，合唱团

　　昨天下午，学校举行合唱团表演，在这个高档住宅区的中学里，有一个合唱团；没有人觉得这老掉牙，每个人都争先恐后进入合唱团，不过这是需要经过严格挑选的：因为合唱团的成员都是音乐老师特里亚农先生精心甄选出来的。要知道，合唱团成功的真正原因在于特里亚农先生本人。他年轻、帅气，不管是过时的爵士乐还是新出的流行音乐，他都能让团员们吟唱得行云流水一般。合唱团里的所有成员都盛装打扮，在学校师生面前演唱，只有合唱团团员的家长才能参加，否则的话，人就太多了。尽管如此，体育馆还是爆满了，气氛也相当热烈。

　　于是昨天，在迈格尔夫人的带领下，所有人都加快脚步往体育馆方向赶去，然而像往常一样，每周二下午第一节都是法语课，所以说在迈格尔夫人的带领下这句话成了一句空话：她尽她可能跟着节奏走，喘气的声音像一只年老的抹香鲸。没错，我们最终到了体育馆，所有人都勉勉强强找到了位置，我不得不忍受着前面、后面、旁边和上面（在台阶上）的立体声的愚蠢谈话（手机，流行的东西，手机，谁和谁在一起，手机，知识匮乏的老师，手机，卡奈尔的晚宴)。接着,合唱团在欢呼声中缓缓进场,他们穿着红白相间的衣服,男生系着蝴蝶领结,而女生穿着吊带长款连衣裙。特里亚农先生则站在四条腿的凳子上,背对着观众,他将闪烁着红光的小小指挥棒举过头顶,全场顿时安静下来,表演就此开始。

每一次,都是一个奇迹。所有这些人、所有这些烦恼、所有这些仇恨和欲望、所有这些慌乱,所经历的一年来的粗俗生活、大大小小的事件、老师们、杂七杂八的同学,在我们得过且过的、充斥着叫喊声、眼泪、笑声、斗争、破裂、失望以及意外机会的生活中:只要合唱团一开始高歌,一切都会不复存在。生活中的一切印迹都会被歌声抹去。我突然产生了一种兄弟般的、团结一致的、甚至是相亲相爱的感觉,这种情感的相互沟通冲淡了日常生活的丑陋。就连歌者的面孔都变美了:我看到的不再是阿喀琉斯·格朗-费尔耐(他有着男高音的美妙嗓音),不是德博拉·勒默尔,不是塞戈莱纳·拉谢,不是夏尔·圣-索弗尔,我看到的只有全心全意唱歌的人。

每一次,都是一样。我想哭,喉咙很堵,我尽可能地控制住自己,但是很多次,这不是说控制就能控制得住的:我勉强控制自己不哭出声来。而当轮唱时,我看着地面,因为与此同时有太多的情感:这真是太美了、太团结了,这是让人不可思议的相通的感情,我不再是我自己,我是这个崇高整体的一部分,这个整体也包括着其他人,这时候我总会问自己,为什么这不是日常生活的规则,而只是在这个合唱团演唱的特别时刻呢。

当合唱结束,所有人都欢呼喝彩起来,都容光焕发起来,合唱团团员个个神采奕奕。这一切真是美极了。

最终,我自忖,真正的世界运动,难道不是歌声吗?

6. 焕 然 一 新

　　您相信么,我从来都没有去过发廊。当我从乡村来到城市的时候,我曾经发现过有两种职业在我看来都是一样反常的,因为这是每个人都可以自己完成的工作。我到今天还是很难理解花商和理发师不是寄生虫的观点,花商以剥削属于所有人的大自然而生,而理发师则是凭借假装使出的力气和制造香气来完成我自己在浴室里用一把锋利的剪刀就能完成的工作。

　　"谁把您的头发剪成这样?"理发师义愤填膺地问,要知道这可是我鼓起好大的勇气,才决定来到发廊,期盼着理发师能将我长而密的头发变成由她随意摆布的作品。

　　她随便从我的耳朵两边拽出两股头发。

　　"其实,不问您我也知道。"她说道,露出一副厌恶的神情,这倒避免了揭发自己得来的尴尬,"人们之间不再有什么尊重之说,这种事情每天都能见到。"

　　"我只是想剪下头发。"我说道。

　　我并不太明白这是什么意思,不过这是电视剧里的一句经典台词,这个电视剧每天中午一开始就有,那里面都是些非常会打扮的年轻女子,而且那些女子不是在发廊就是在健身房里。

"随便剪一下？没有什么可剪的！"她说道，"一切只能重剪，夫人！"

她用责怪的眼神望着我的头，发出一声短促的口哨声。

"您的发质还不错，已经这样了，看来还能整出个样子。"

事实上，我的理发师表现成一个好女孩的样子，通过合理的生气只是为了把我留在她的店里——因为重复着说自己的职业用语是没有什么错的——于是，她和蔼而又愉快地为我剪起头发来。当一头乌黑浓密的秀发除了长长时不得不剪掉，我们还能对它们做什么呢？而这只是我剪发前的信条，现在却不同了，把头发做成各式各样的造型才是美发界流行的新理念。

"您的发质可真好，"理发师剪完后说道，并且欣赏着她的杰作，很显然，她是满意的——"您的头发又浓密又柔软，真不该随便找个人剪。"

一个发型能够将一个人完全改变吗？我简直不敢相信镜子中的人竟是自己，过去那张装着一副不讨喜脸孔的黑色盔甲顿时变成了脸孔四周嬉戏玩耍的轻柔的波浪，就连面孔都变得不再丑陋，这个发型带给我了一种……很值得尊重的模样，我甚至觉得自己就是罗马帝国的贵族仕女。

"这……真是难以置信，"我一边说一边暗自思忖如何避开大楼居民在看到我这种轻率的疯狂之举时的眼神。

没想到这么多年延续下来的不被关注，却在白色沙滩贵族仕女发型上彻底失败。

我贴着墙皮偷偷溜回了家。运气还不错，路上竟然没有碰到一个人。不过列夫看我的眼神似乎变得很奇怪。只要我靠近它，它的耳朵便会向后摆，那是生气或是困惑的信号。

"来吧，"我对它说，"你不喜欢？"说完，发现它疯狂地在我四周嗅来嗅去。

是香波的问题，我全身都是鳄梨和杏仁的味道。

我用一条方巾裹住头，开始干些极无趣的活儿来，最无趣的就是要仔细地把电梯间里的黄铜把手擦得锃亮。

接下来到了下午一点五十分。

再过十分钟，曼努埃拉就会出现在空无一人的楼梯上，到我这边检查我的最终作品。

我没有时间去思考。我解下方巾，赶快脱下衣服，穿上那件死人生前的羊毛原色长外衣，这时有人在敲门。

7. 打扮得像个桂冠少女

"哇,该死,"曼努埃拉说道。

一个拟声词加上一个相同的通俗语竟然能从曼努埃拉的嘴里蹦出来,我从来也没有听过曼努埃拉说过一句脏话,这有点像忘我的神甫在对红衣主教们说:"他妈的,皇冠在哪?"

"别笑我了。"我说道。

"笑您?"她说,"可是勒妮,您真是太漂亮了!"

她激动不已,接着一屁股坐了下来。

"您真的是个不折不扣的贵妇人,"她接着说道。

而这正是我担心的。

"这样去吃晚饭太可笑了,我打扮得像个桂冠少女。"我边说边煮着茶。

"才没有呐,"她说道,"这很自然,要赴晚宴的话,当然会打扮得漂漂亮亮的啦,这是很正常的啊。"

"说得没错,不过这个,"我一边说,一边拿手摸着头顶,感觉就跟触摸到一个软绵绵轻飘飘的东西一样,有种异样的感觉。

"您做完头发之后在头上放什么东西了吧,您看看,后面全都压扁了,"曼努埃拉皱起眉头,并从她的提包里拿出一个红色丝质的小纸包。

"是油煎白菜松饼，"她说道。

好的，我们还是换个话题吧。

"那又怎么样？"我问道。

"唉，您要是亲眼看到就好了！"她叹息着说道。"我以为她会得心脏病的，我对她说：'帕利埃夫人，我很遗憾，不过以后我不能再替您工作了！'她眼睛滴溜溜地瞪着我，不明白我的意思，我不得不又重新跟她说了两遍！她坐下来，对我说：'那我该怎么办啊？'"

曼努埃拉停顿了片刻，一副生气的表情。

"她要是说：'没有您，我该怎么办？'她可能还有机会把我留下来，不过还算她运气好，我让萝丝代替我了，要不然的话，我就会对她说：'帕利埃夫人，您想怎么样就怎么样吧，我无所谓……'"

"真他妈的，破皇冠。"神甫说道。

萝丝是曼努埃拉众多侄女中的一个，我知道这意味着什么，曼努埃拉是想给自己留条后路，能够在格勒内勒街七号得到收入颇丰的肥缺怎么可能留给外人——因此，她把萝丝推荐过去，以备自己今后的出路。

上帝啊，没有曼努埃拉，我该怎么办。

"没有您的话，我该怎么办？"我笑着对她说道。

我们两个人顿时稀里哗啦泪如雨下。

"您知道我在想什么吗？"曼努埃拉问道，她用一条斗牛士用的那种非常大的红手帕擦拭着满是泪水的脸颊，"离开帕利埃夫人，这是一个征兆，到了小津先生那里会有新的转变吧。"

"她问您原因了吗？"

"这是最有趣的地方，"曼努埃拉说道，"她不敢问我，受过良好教育的她是不敢问我的,这是问题之所在。"

"不过她很快就会知道的,"我说道。

"没错,"心中甚是喜悦的曼努埃拉叹了口气,"不过您知不知道?"她接着说道,"一个月之后,她就会对我说:'您的侄女萝丝可真是个宝,曼努埃拉,换她接替你真是个明智的选择,'哎,这些有钱人……真能装啊!"

"操,皇冠。"神甫恼火了。

"无论发生什么,"我说,"我们都是朋友。"

我们两个人相视而笑。

"没错,"曼努埃拉说道,"无论发生什么。"

深刻思想之十二

这次是一个问题
有关命运
早熟的文章
是给某些人的
而不是给另一些人的

真是头疼啊：我如果放火烧房子的话，这同样有可能会波及格郎的房子。把一个到目前为止在我看来是唯一值得尊敬的成年人的生活搞乱，这可不是件合情合理的事情。尽管如此，放火仍然是我坚持要实施的计划。今天，我认识了一个令我感兴趣的人。我到小津先生家里喝茶。碰巧小津先生的秘书保罗·居扬也在。是这样，小津先生在大厅碰到我和玛格丽特，还有妈妈，他便邀请我和玛格丽特到他家里做客。玛格丽特是我最好的朋友。我们当了两年的同班同学，在我们第一次见面时，便有种相见恨晚的感觉。我不知道您对现今巴黎高档街区的中学是否有点概念，不过坦白说，这种学校并不比马赛北部平民街区的学校更令人向往。也许还更糟糕也说不定，因为只要是有钱的地方，就都会有毒品——而且不仅仅是一点，也不仅仅只是一种那么简单。每当妈妈六八运动①时期的朋友们回忆起他们过去放鞭炮和叼着旱烟袋的有趣经历时，我便觉得很好笑，在现在的学校里可全然不同（我读的依然是公立学校，因为我父亲曾经担任过部长），我们什么都能买到：迷幻药、"灵魂出窍"、可卡因、快速丸，等等。当我想到那个年代的学生只会躲在厕所里嗅胶水气味，那蜀葵的味道闻起来还真是香得很。我班上有些同学吸灵魂出窍就跟吃焦糖巧克力一样，更糟的是，有毒品的地方，自然也少不了性。不必大惊小怪：在今天的社会上，人们很小就跟别人上床。有些六年级的学生（其实，不是很多，但毕竟还是有那么几个）已经有过性关系。这很令人痛心。第一，我认为性，和爱一样，是件神圣的事情。我并不是古板守旧的德·布罗格利，但是我要是能活到青春期以后，我会用心把性当作是绝美的宗教圣事来对待。第二，模仿成年人的年轻人再怎么折腾他依然只是年轻人。以为在夜总会吸毒以及和别人上床就会突然把自己提升为真正的成年人，就好比以为化装成印第安人就以为自己真是印第安人一样。第三，模仿成年世界中坏透了的事情来让自己相信自己变成大人，这实在是很可笑的人生观……而我，看着母亲每天如饥似渴地吃着抗忧郁症药物和安眠药，这也同样使得我注射了一剂对抗此类东西的生活免疫针。最后，年轻人以为装出成年人的样子就可以让自己变成大人了，却不曾想过，大人们的心智却依然只是孩子，他们面对生活的苦难只会抱头鼠窜。这真是令人伤感。注意了，如果我是班上的性感美女卡奈尔·马丹的话，想想看，我除了吸毒外，还会干什么呢？她的命运已经写在额头上。十五年后，一门心思想跟有钱人结婚的她已经如愿嫁

---

① 指1968年5月法国发生的学生和工人运动。——译注

给一个有钱人,她被丈夫背叛,因为她丈夫要在其他女人身上寻找他冷漠、无趣的正牌妻子永远都不能给他的东西——那就是人情味和性生活。于是,卡奈尔会全身心投入到家庭和孩子身上,并且在不知不觉的报复心理驱使下,将她的孩子变成自己的克隆体。她会把自己的女儿打扮成高级妓女的样子,随意把她们抛到富翁的怀抱,唆使自己的儿子像他们的父亲一样去征服世界,与不三不四的女人搞到一起欺骗他们的妻子。您以为我在胡说八道吗?当我看着卡奈尔·马丹,看着她那金黄色柔顺飘逸的秀发、蓝色的大眼睛、苏格兰迷你裙、紧身 T 恤衫和她那诱人的肚脐时,我向您保证,我对她的未来一清二楚,好像这些事情现在已经发生了一样。目前,班上所有的男生都对她垂涎三尺,而她却以为这些青春期男生对她这个性幻想对象的崇拜是承认了她的个人魅力。您觉得我很恶毒吗?当然不是,看到这些我是真的很难过,我为她感到难过,真的为她感到难过。而我第一次看到玛格丽特时……玛格丽特有非洲血统,她叫玛格丽特,不是因为她住在奥特耶,而是因为这是一种花的名字①。她母亲是法国人,父亲是尼日利亚人。她父亲在外交部工作,可是他跟我们认识的外交官根本不一样。他为人单纯。看起来是个做自己喜欢做的事情的人。这一点都不像犬儒主义者。而且,他有一个漂亮的女儿:她叫玛格丽特,是个不折不扣的美人胚子,肤质光滑圆润,笑容憨态可掬,还有一头梦幻般的秀发。她总是笑呵呵的。记得开学第一天的时候,阿喀琉斯(全班女生的白马王子)便为她唱了一首歌:"梅丽莎,伊维萨岛上的混血儿,总是不穿衣服。"她立刻带着灿烂的笑容回答说:"你好,

---

① marguerite,意为雏菊。——译注

妈妈,我难过哦,你怎么把我生得好丑哦。"这就是玛格丽特的性格,也是我喜欢她的地方,这不是观念或是逻辑上的挖苦,但是她有种了不起的答辩敏捷的能力。这是一种天赋。论天资,我具有超常天赋,论应变力,玛格丽特则是个高手。我真希望自己能像她那样;而我,我总是觉得自己在辩论时,自己的反应总会慢个五分钟,因为我总是习惯性地把句子在心里反复组织好。玛格丽特第一次来我家的时候,科隆布对她说:"玛格丽特这名字,很好听,不过是奶奶们才会起的名字。"她未加思索地回答道:"最起码,这不是个鸟名。"科隆布一听,愣得嘴巴张得大大的①,那真是令人愉快的瞬间!她不得不反复玩味着玛格丽特这句话,并对自己说,那大概只是个巧合吧——不过还是困惑。同样的事情,当妈妈的密友罗森夫人对玛格丽特说:"像你这样的头发应该不好打理吧。"(玛格丽特有着美洲草原的狮子般蓬松卷翘的头发。)她回答她说:"我可不懂白种夫人讲这话是啥意思。"

爱是我和玛格丽特两个人最喜欢聊的话题。爱是什么?我们怎么爱?爱谁?什么时候爱?为什么爱?对此,我们两个人持不同的看法。奇怪的是,玛格丽特对爱有着知识分子式的看法,而我则是个不可救药的浪漫主义者。她认为爱是理智选择的结果(像"雅趣网"里说的那样),而我认为爱是那令人陶醉的冲动感觉,但是我们都一致同意:爱不应该是手段,爱应该是目的。

与命运有关的未来是我们喜欢聊的另一个话题。卡奈尔·马丹:被丈夫抛弃欺骗后,把自己的女儿嫁给了一个富翁,鼓励儿子背叛他的妻子,最后在沙图一个月八千欧元的房间里了此一生。

---

① 科隆布名字的法文是 Colombe,意为鸽子。——译注

阿喀琉斯·格朗 费尔耐:他变得喜欢吸毒,二十岁就进了戒毒所,接管了爸爸的塑料包制造厂,与一个把头发染成金色的女子结婚,生下一个患有精神分裂症的儿子和一个有厌食症的女儿,变成个酒鬼,在四十五岁时死于肝癌,等等。如果您想知道我的想法,最可怕的并不是我们玩这个游戏;而是这并不是一个游戏。

回到正题,小津先生在大厅碰到玛格丽特、妈妈和我时,说道:"我有一个外甥孙女今天下午到我家玩,你们想不想也一起来?"之前我们还没有时间说"哦",妈妈就一口答应说:"好啊,好啊,当然了。"同时也觉得接近下楼的时间了。于是,我和玛格丽特就去了小津先生家。他的外甥孙女叫洋子,是他的外甥女爱丽丝的女儿,爱丽丝是他姐姐真理子的女儿。洋子五岁了,是地球上最漂亮的小女孩!非常讨人喜欢。她喜欢说话,牙牙学语,还喜欢咯咯笑,看人的样子就跟她的舅公一样友善和开朗。我们玩捉迷藏,当玛格丽特在厨房里的橱柜里找到她时,她笑得前仰后合,以至于把尿都撒到裤兜里去了。接着,我们吃巧克力蛋糕,和小津先生谈天说地,她听我们说话,一双大眼睛友善地看着我们(眉毛上还沾着巧克力呢)。

每当我看着她时,就会暗自心想:"她是不是也会变得跟其他人一样?"我试着想象她十年以后的样子:麻木不仁,脚上蹬着双长统靴,嘴里叼着根烟,又过十年,在一个消毒房间里等她的孩子们回家,扮演一个日本好母亲和好妻子的角色。可是这些想象行不通。

这时,我有一种很幸福的感觉。这是我平生第一次遇见这样一个人,她的未来无法推测,她未来的人生道路还很平坦宽敞,她的人生充满着新鲜感和可能性。我对自己说:"哦,没错,洋子,我想看着她长大。"我知道这并不是因为她的年幼才让我产生了这种幻想，而是因为我父母朋友们的孩子当中从来没有一个能让我产生同样的感觉。我也经常会想，格朗小时候大概也是这个样子吧，在那个时候，是否也有一个人正看着他，正如我现在看着洋子一样，带着喜悦和好奇心，等待着蝴蝶的破茧而出，一方面不知道蝴蝶翅膀上的图案颜色，可是一方面又对她充满信心。

于是，我问自己：为什么？为什么是这些人而不是另一些人呢？

而另一个问题：那我自己呢？我的命运是不是也已经写在自己的额头上了呢？我之所以想死，那是因为我相信我的命运就是如此。

可是，如果是这样的话，在这个世界，就存在着将自己变成尚未变成的模样的机会……我是否能抓住这个机会，让我的生活变成一个和我祖先完全不同的花园呢？

8. 穿越地狱

晚上7点,生不如死,我往五楼走去,紧张得关节都好像要爆裂开来了,祈求不遇到任何人。

大厅里空无一人。

楼道里空无一人。

小津先生门前空无一人。

这空荡寂寥的感觉原本是我所向往的,而此刻充斥在我心中的是一种不祥的预感,我抑制不住自己逃跑的渴望。在我看来,那阴暗的小屋瞬间也变成了温暖舒适的避难所,一想到列夫趴在电视机前,我竟然产生了怀念的感觉,电视本身也变得不再那么罪恶了。说到底,我会失去什么呢? 我可以立马扭转脚跟,走下楼梯,再回到我的房间。没有什么比这更轻松容易的了。也没有什么比这更合情合理的了,与这顿近乎荒谬的晚宴正好相反。

六楼传出的一个声音,恰好在我头顶,打断了我的思路。恐惧当中的我顿时沁出汗来——真是个上帝的恩惠啊——没想太多,我便使劲按门铃。

甚至没有留给心脏跳动的时间:门开了。

小津先生面带笑容出现在我面前欢迎我。

"您好,太太!"他大声表示着欢迎,似乎他是真的很高兴。

穿越地狱的感觉,六楼传来的声音变得清晰起来:那是有人关上门的声音。

"啊,您好,"我刚一说完就径直走进房间,差点撞到房子的主人。

"让我帮您拿吧。"小津先生说道,并依然如故地笑逐颜开。

我把手提包递给他,环视了四周宽敞的门厅。

眼睛瞬时集中到一个东西身上。

9. 褐金色

正好在前门对面的位置，在一丝光线的照耀下，有一幅画。

当时的情形是这样的：我，勒妮，五十四岁，脚上布满老茧，出身贫贱，而且一生注定都要维持这样的原状，因为听到《安娜·卡列尼娜》中的一句话就惊跳起来这个唯一的错误，便来到一个日本富人家里吃晚餐，而我只是他所住的这栋高档住宅的门房，我，勒妮，则是倍感惶恐不安以致深入骨髓，并意识到在此地出现是这般的不合时宜和亵渎神明，虽然我的脚已然踏上这个未知的世界，但这并不意味着这里就是属于我的世界，并且这不是门房该来的地方，我，勒妮，不经意间将目光投向小津先生身后在一丝阳光下展现出来的一副镶着深色木框的小型画作上。

只有艺术的伟大才能解释我卑微身份的瞬间消失，眼前的美妙画作使我顿时迷失自我。我不再认识自己。我绕过小津先生，完全陶醉在那画作之中。

那是一副静物画①，呈现在我眼中的是一张摆放好餐具的桌子，上面放着牡蛎和面包这些清淡的小点心。近景中，在一个银质盘子里，放着一半柠檬和一把在刀把上精雕细琢的餐刀。远景中，两个未被启开的牡蛎，一个有着明显珍珠质的贝壳碎渣，以及一只大概是放胡椒的锡质盘子。在近景和远景之间，是一只倒放在桌子上的杯子，一块被撕开的空心小面包，画作的左面，是一只盛有半杯浅黄色液体的大酒杯，凸起的杯肚活像个倒过来的圆拱屋顶，底部较宽的圆柱形杯座，还装饰着玻璃圆片图案。颜色的过渡是从黄色到乌木色。画作的背景色则是褐金色，还有一点点发浊。

　　我是静物画的一个忠实爱好者。我曾到图书馆借来了所有与之相关的图书，并想要从中涉猎到这类作品的相关信息。为此，我参观过卢浮宫、奥塞博物馆、现代艺术博物馆，不光如此，我还看过——带有由衷的启迪和赞叹之情——1979 年在小皇宫举行的夏丹②作品展。不过夏丹所有的作品加起来都不如十七世纪荷兰画作大师的一张画值钱。彼得·克莱兹③、威廉·克莱兹－赫达④、威廉·卡尔夫⑤，以及奥萨斯·比尔特⑥的静物画作都是同

---

　　① 指没有生命的物象，主要描绘与人有关的物品的美感，画家着力描绘它们形体的质感、量感、空间感，而物品之间的组合所呈现的形象同样体现一定的时代精神和画家的审美情趣，在静物画中只见物、不见人，但是我们观赏静物画时，有见物如见人之感，因为从物象中我们看到它主人的生活、思想感情和审美趣味。——译注
　　② 夏丹（Jean-Baptiste Chardin, 1699—1779），法国画家。——译注
　　③ 彼得·克莱兹（Pieter Claesz, 1597—1661），荷兰静物画画家，擅于运用光线效果。——译注
　　④ 威廉·克莱兹－赫达（Willem Claesz-Heda，约 1593—1680 年），荷兰 17 世纪最富诗意的静物画家。——译注
　　⑤ 威廉·卡尔夫（Willem Kalf, 1619—1693），荷兰画家。最杰出的静物画家之一。——译注
　　⑥ 奥萨斯·比尔特（(Osias Beert, 1580—1624），荷兰静物画家，以擅长画荷兰与威尼斯的玻璃器皿以及中国的瓷器著称。——译注

类作品中的佼佼者——干脆说，就是杰作，倘若能看到这些画作，我会毫不犹豫拿意大利文艺复兴时期的所有作品去交换。

而此时此刻，对于眼前的这幅画作，我也能毫不犹豫地认出这是克莱兹的作品。

"这其实是幅复制品。"在我后面被我完全忽视了的小津先生说道。

这个男人非要让我再次惊跳起来才肯罢休。

我还是被吓着了。

我立马恢复镇定，准备像这样说：

"这画真是太漂亮了，"随便应付艺术就是随便应付语言美。

我重新找回自己的自制力，准备重新扮演愚蠢门房的角色，像这样说：

"现在的人什么不能做啊。"（回答这句：是复制品。）

同时我还准备给予致命的一击，让小津先生对我不再有任何怀疑，让他永远相信我是一个低贱女人的事实。

"真奇怪，这些杯子。"

我考虑了一下。

像这样说：

"是什么的复制品？"最合适的话却突然卡在我的嗓子眼里说不出来。

取而代之，我说的是：

"这画，真美。"

10. 何谓艺术的共通性?

当我们面对某些作品时,心中油然而生的那份赞叹之情从何而来?第一眼,我想那是仰慕之情,接着,要是我们固执地偏要从中得出一个理由的话,便会发现这种美其实是画师高超技艺的成果,而这种精湛的技艺也只有在探究画家作品风格之后才能显现出来,这种风格则是通过制造明暗对比、勾勒线条与纹理才能表现出来——玻璃的透亮、牡蛎的凹凸、柠檬的柔滑感——,但这尚不能解释看一眼便会产生赞叹之情的奥秘。

这是一个不断更新的谜团:伟大的作品是一种直观的形式,而这种形式在我们心中产生了一种超越时间的恰当感。事实上,在艺术家为他们的作品所注入的特殊风格当中,一方面,某些创作的形式横跨了艺术的历史长河,另一方面,这些隐约可见的个人天才构成了世界天才的多面风格,这是令人感到困惑的事情。那么,克莱兹、拉斐尔①、鲁本斯②和霍珀③之间的共通性到底是什么？尽管主题、绘画工具和技巧花样翻新，各不相同，尽管只是唯一的时代和唯一的文化所产生的生命的瞬息万变和微不足道，尽管每个人的眼光都是独一无二的，而这样的结果往往使人们眼光变得贫乏而极具个人化，只有伟大的绘画天才才能对这个奥秘了然于心，以各种不同的表面功夫挖掘出一种同样的、从艺术品中探寻的、并且是令人赞叹的艺术形式。那么，克莱兹、拉斐尔、鲁本斯和霍珀之间的艺术共通性到底是什么？我们不必刻意寻找这种产生恰当感的形式，因为恰当感令每个人都能感到那是美的本质，没有变化，也没有保留，没有背景，也无需努力。然而，就在画着柠檬的静物作品中，艺术技巧淋漓尽致的表现使得这种恰当感迸发出来，这是一种"就该这么摆放"的感觉，让人们感到物体的力量和他们之间的相互关联，以及在人们眼中物体之间保持的紧密联系性，以及相互吸引和相互排斥的磁场性，将静物交织在一起并产生一种"力量"的难以形容的关系，这种神秘的令人无法理解的震波产生于轮廓的平衡和紧张状态——使得恰当感迸发出来，于是，物体和食物的摆放符合在独特情况下的这种普遍性：那是超越时间的恰当感。

---

① 拉斐尔(Raphaël, 1483—1520)，意大利著名画家，和达·芬奇、米开朗琪罗并称文艺复兴时期艺坛三杰。擅长绘画圣母像，其代表作有《西斯廷圣母》、《雅典学院》等。——译注

② 彼得·保罗·鲁本斯(Peter Paul Rubens, 1577—1640)，佛兰德斯人文主义画家，是巴洛克画派早期的代表人物。——译注

③ 爱德华·霍珀(Edward Hopper, 1882—1967)，美国20世纪最著名的写实画家之一，最受欢迎的通俗画家。——译注

11. 无限之存在

　　艺术用来干什么？它带给我们急促但却是闪电般的山茶花幻象，在时间的长河中打开一个激情的空间，而这似乎是动物逻辑所不能及的。艺术是如何诞生的？它来自灵魂在感官方面的雕塑能力。对我们而言艺术又有什么用呢？它赋予我们的情感以外形，让我们的情感变得触手可及，将人类的作品永远印刻在情感的帆布之上，凭借特殊的外形，所有的作品才将人类共同的情感具体化。

　　"永恒"的印章……怎样的生活能缺少得了这些菜肴、盘子、桌布、酒杯呢？在画作之外，那大概只有生活的喧嚣和烦恼，以及为生计而疲于奔命的永无止境和徒劳无功——可是在画作之内，那是从人类的贪婪中解脱出来的圆满。人类的贪婪！我们无法停住欲望的脚步，它赞美了我们，也谋杀了我们。欲望！它承载了我们，也折磨了我们。每天，它都引导着我们来到一个个的战场，在那些个战场上，也许昨日败下阵来，可是当黎明将至，我们会再度赴死沙场，即便明知等待自己的未来只有死亡，也会在所不惜地建设那注定灰飞烟灭的帝国，仿佛迟早都会土崩瓦解的帝国无关乎我们正在建设的欲望，欲望会想方设法让我们得到从未拥有的东西，在一大早就将我们抛到尸横遍野的战场之上，直到我们死的那天还不依不饶地赋予我们立马要完成又立马会重生的一系列计划。可是，不停的渴望换来的就是玩命……很快我们开始憧憬起无须寻觅便可得来的快乐，我们梦想着无始无终的幸福状态，那种状态下的美，不再是死亡，也不是计划，而是变成了人类本性的真实写照。然而，这个状态便是艺术。因为，画作中的桌子，我必须得将它摆放好才行吗？这些道菜肴，我只有觊觎它们才能看得到吗？在某个地方，在其他地方，某人想到享用这顿美餐，喝口这饮料，接下来要品尝腌制的柔软鲜滑的牡蛎加上柠檬的味道。必须有这个计划，插到其他一百个计划当中，接着再让一千个计划出现，这种准备和品尝牡蛎盛宴的意图——这是另一个人的计划，真正的计划，如此一来，画作才能真正成形。

但是，当我们看到一幅静物作品时，当我们无须追寻作品之美，便能被静物带来的美感所折服时，我们是在享受我们没去觊觎过的事物，我们是在注视我们未曾想过的事物，我们是在珍惜我们未曾苛求过的事物。而静物画，因为它画出了和我们内心欲望沟通的美，但是这种美是来自另一个人的欲望，因为它无须进入我们任何一个平面，便符合我们的快乐欲望，因为它可以无须努力便能将艺术的精髓和对超越时间的肯定呈现在我们面前。在默不作声、没有生命也无法动弹的作品中，体现了不包括计划在内的时间，挣脱时限和贪婪束缚的完美——那就是无欲之快乐，无限之存在，无意愿之美。

因为艺术，本就是无欲之情感啊。

世界运动日志之五

动，还是不动

今天，妈妈带我去看她的心理医生，理由是：我总是躲起来。这就是妈妈对我说的话："亲爱的，你知道吗，你都快把我们逼疯了，你总像这样躲起来也不是办法啊，尤其是上次你还说过那些话之后。我一直觉得你应该去跟泰德医生好好谈谈。"一方面。泰德医生只有在我妈妈紊乱的小脑袋里才是一个真正的好大夫，但其实，他和我一样既不是什么大夫，也根本不是获得什么博士学位称号的人。但是显而易见，这所谓的"医学博士"引起妈妈一种巨大的满足感，这明显跟医治好母亲的远大抱负有关，但却是急惊风撞着慢郎中（十年了啊）。他本来只是一个左派分子，在南泰尔平静地读了几年书之后，机缘巧合，他认识了一位弗洛伊德派的先驱，从此一心投奔精神分析学。另一方面，我不知道问题出在哪儿。"我总是躲起来"这句话并不正确：我只是喜欢独处在其他人找不到的地方。我只是想安心地写我的《深刻思想》和《世界运动日志》，而在这之前，我只想安静地思考，避免受到我姐姐说话或是听广播或音响这些幼稚事情的干扰，也不想受妈的打扰，她会经常过来低声对我说："奶奶来了，亲爱的，去吻吻奶奶"，这是我所知道的最没有吸引力的句子。

当爸爸恶狠狠地瞪着我,并问我说:"好吧,告诉我,你为什么总是躲起来?"一般而言,我都不回答,我能说什么呢?"因为你们让我觉得烦,因为我有一部伟大作品要在死前完成。"显而易见,我不可能这么说。而爸爸最后一次问我,我试着幽默地,让他觉得这件事没有那么夸张的方式。我装作精神失常的样子,看着爸爸,有气无力地说:"因为我的脑海中有各种各样的声音。"做梦也没想到,这句话会引来不小的骚乱!爸爸听后目瞪口呆,立马去找妈妈和科隆布,两个人又匆忙地跟爸爸来到我面前,三个人同时对我说道:"亲爱的,这没什么大不了的,我们会共同为你解决的。"(爸爸),"我马上打电话给泰德医生。"(妈妈),"你听到了几个声音?"(科隆布),等等。妈妈像是有重大日子来临的样子,既担心又兴奋:我的女儿会不会成为医学界的一个案例呢?太可怕了!但是却很光荣啊!好家伙,看到他们担惊受怕的那副德性,我说道:"才不是呐,我是开玩笑的!"但是我不得不重复好多次才能让他们相信我说的话。恐怕还不到这个程度,我不敢确定他们是不是真的相信我说的话。简单地说,妈妈给我和泰德医生订了个约会,今天一早,我们就一起去见他。

我们先是在非常气派的候诊室里等着,那里还可以翻阅各种不同时期的杂志:有十年前的《地理》,在架子最上面摆着一本非常显眼的《她》,接着泰德医生来了。他和照片上一模一样(在妈妈展示给所有人看的一份杂志里见过),不过是真的,也就是说是有颜色和有气味的:栗色和烟味。五十来岁的样子,潇洒从容,衣着讲究,不过,头发、胡茬、皮肤(跟塞舌尔居民的肤色一样)、毛衣、裤子、鞋子、表带:全都是栗色的,与真正的栗子几乎没有什么不同。

也可以说就像是真的栗子一样，或者说是像枯叶，而且，他身上散发出高档香烟的味道（金色烟丝：蜂蜜和干果味）。好吧，我心里想，既然如此，那么聊聊好了，就像秋天大家围坐在炉火旁谈天说地一样，谈一些文雅、有建设性、甚至可能是如丝般柔软顺滑的（我喜欢这个形容词）话题吧。

妈妈和我一起进去，我们在他办公桌前两张椅子上坐下，而他坐在桌子后面带着两个奇怪扶手的旋转椅上，有点像《星际旅行》里的太空椅。他两手交叉在胸前，看着我，对我说道："很高兴能看到二位。"

受不了，这个开场白太烂了。这使我立刻生气起来。那不是超市里的推销员向站在手推车前的太太们和她的女儿们推销双面牙刷所使用的开场白嘛，这还不是我们期待的医生该说的话。但是当我意识到一个可以写《世界运动日志》的有趣题材时，便不再那么生气了。我仔细观察着，全神贯注注视着，并对自己说："不，这不可能。但确实如此！这居然是可能的！真是不可思议啊！"我被迷住了，因此妈妈在讲述她那些陈芝麻烂谷子的小事时（我的女儿总是躲起来，我的女儿不跟我们说话，我们很为我们的女儿担心），张口闭口地就是两百次"我的女儿"，要知道我就在她旁边十五厘米呀，可是当泰德医生对我说话时，我差点吓得跳起来。

我必须向您解释一下。我知道泰德医生是活人，因为他在我前面走过，他坐下来并且跟我说话。不过除此之外，他也可以说是个死人：他一动不动的，一旦他在他那太空椅上坐稳了，最多只有一个动作：那就是说话时动动嘴皮子，但这也是相当节省体力的。至于身体的其他部位：一动不动，纹丝不动。平时，当我们说话时，我们不只是动动嘴唇,我们必然还会牵动身体其他部位的运动:面部肌肉、手、脖子、肩膀都会引起轻微的运动;当我们不说话时,也很难立刻保持纹丝不动;身体的某个部位总会有些许的轻微动作,比如眼睛眨一下,脚上不易察觉地动一下,等等。

可是呢,什么都没有!什么都没有!什么都没有!一个活雕像,仅此而已!"好吧,年轻的姑娘,"他突然对我说道,吓了我一大跳,"你说说看吧?"我没办法集中思想,因为我完全被他的静止不动所吸引,因此,我在回答他的问题上用了一些时间。妈妈坐在扶手椅上动来动去,仿佛屁股上长了痔疮,而泰德医生不动声色地看着我。我心里暗自想着:"我一定要让他动,我一定要让他动一下,总有些事情能让他动吧。"于是我说:"我只想在律师面前张嘴说话。"并希望这会变得顺利,不过结果却失败了:他依旧是一动不动。妈妈哀叹着仿佛受到折磨的圣母玛丽亚,而另一个依旧是纹丝不动,"你的律师……嗯……"他动也不动地说道。这时,挑战变得有趣了。动,还是不动?我决心全身心投入到这场战争当中,"这不是法庭,"他又接着说道,"你很清楚,嗯。"而我,我在想:"如果我能让他动一下,这很值得,没错,我不要任凭一天的美好时光白白流淌走!""好吧,"雕像说道,"我亲爱的索朗热,我想和这位小姑娘两个人单独谈谈。"我亲爱的索朗热站起身来,向他投去长毛垂耳猎狗般泪汪汪的眼神,她做了很多没用的动作(大概是为了作为补偿)后,离开了房间。

"你妈妈真的是为你感到很担心,"他发起攻击,同时还完成了一项甚至不动下嘴唇的壮举。我思考了片刻,觉得这个挑战战略成功的几率不会很大。您想在控制力的确定性方面鼓励您的心理医生吗?那就惹毛他,就像一个小伙子惹毛他的父母一样,于是我选择对他说得更严肃一些："您认为这和父亲姓名被放弃使用有关吗？"您认为这句话会让他动一下？一点也没。他还是在那儿无动于衷，面不改色心不跳的。但是我似乎能看到他眼里的某些东西，那似乎是种颤抖。我决定乘胜追击。"嗯？"他说道，"我认为你根本不懂得你刚才说的话。"——"啊，我懂啊，懂啊，"我说，"不过拉康①的某些理论我就不懂了，它和结构主义之间的关系的本质我不太懂。"他张大嘴想要说些什么的，但我要更快些，"啊，哦，没错，然后数学也是个问题，所有的难题，搞得我有点混乱了。您呢？这个您懂吗？长久以来所有人都认为这是一场骗局，不是吗？"就这么一会儿，我又往成功大大迈了一步。他没有时间把嘴闭上，而且一直是张着。接着，他恢复正常，他那张一动不动的脸上出现了一个不带任何动作的表情，像是在说："你想和我玩这套，小丫头？"不过没错，我就是要和你玩这一套，我的糖葫芦。于是，我等待着。"你是个非常聪明的姑娘，我很清楚这一点，"他说道（这个由我亲爱的索朗热传递的消息的价值是：半小时 60 欧元），"不过，我们可以很聪明，同时又很贫乏，你懂吧，非常精明，可却非常不幸。"他没有笑。你是从《精致小商品》②里找到这句话的吗？我险些这样问他。突然，我决定使出最后的绝招。这十年来，坐在我面前的家伙每个月都要花掉我家 600 欧元的钞票，得到的效果显而易见：我妈妈每天三个小时喷洒她的绿色植物，还得吃用大把钞票换来的药片。我觉得有一个坏小孩爬到了我的鼻子上。我将身子往桌子方向靠，用低沉的声音对他说道："给我听好，现场冷冻先生，我们之

---

① 拉康（Jacques Lacan，1901—1981），法国医生、心理分析学家。——译注
② 1969 年 2 月创刊的连环画刊物，原为周刊，1993 年至 2004 年休刊，后以月刊形式复刊。——译注

间来做个交易。你别找我麻烦,作为对此的交换,我不会在整个巴黎的政界和商界散布关于你的恶毒谣言,不会毁掉你这个小人物的小买卖。相信我,至少如果你能看出我有多聪明,就会明白我可以让你永远都逃不出我的手掌心。"在我看来,这是行不通的。我也相信这不会有什么效果。只有哪个蠢蛋才会相信我这些鬼话。但是不可思议的事情发生了,我居然真的成功了:担忧的阴影掠过善良的泰德医生的脸庞,我想他是相信我了,真是神奇:如果有一件事是我决不会去做的,那就是造谣去伤害他人。我父亲的共和主义思想让我感染了义务论的病毒,就算我觉得这和其他事情一样都很荒谬也是枉然,我还是要严格遵守父亲的规定。不过善良的泰德医生,一个只能从妈妈身上来评价一个家庭属性的人,很明显能确定这种威胁是真实存在的。啊,真是神奇:他做了一个动作!他的舌头发出清脆的声音,打开交叉的双臂,一只手伸向桌子,用他的手掌打在带有吸墨纸的山羊皮垫板上。接着,他站起身,所有温柔和友好一并消失,他来到门口,跟妈妈交谈起来,用他那惯用伎俩来欺骗妈妈说我心理非常健康,一切都会恢复正常,让我们从他秋天的炉火旁立马滚蛋。

一开始,我倒是满心欢喜。没想到自己居然能成功地让他挪动。但是随着一天时光的推移,我愈发感到沮丧。因为他挪动时所发生的事情,并不是很美很纯洁的。虽然我知道有些成年人带着既甜言蜜语又温文尔雅的面具,但是他们的内心是丑陋而冷酷的。虽然我知道只需要在面具上刺破一个小洞,面具便会掉下,但当这一切是以这么一种残酷的方式发生时,我觉得很痛心。当他击打那个垫板时,就像是说:"很好,你把我看透了,看来没什么必要再继续演戏了,咱们一言为定,我接受你的条件,你立马从我眼前消失。"好吧，我是真的很痛心，真的很痛心。我虽然知道世界是丑陋的，不过我却不想面对那份丑陋。

离开这个凡是能动的东西都是丑陋的世界吧，没错。

12. 一股希望的暖流

指责现象学家是心中无猫的自闭症患者是件令人快慰的事情;我把生命都用在对永恒的追寻上。

但是追求永恒的人注定孤独。

"是的,"他边说,边伸手拿我的手提包,"我也是这么想的。这幅画是所有画中最朴实无华的一幅,然而,却也是最协调的一幅。"

小津先生家非常宽敞、非常气派。不过曼努埃拉的描述已让我有了心理准备,那是一个日式风格装修的家,一个的确有着滑门、盆景和镶着灰边的黑色厚地毯,以及许多产自亚洲的器皿的家——一张深色天然漆茶几,一连串的窗户上挂着不同样式的竹帘,为房间平添了一股东方色彩——,同时也有欧洲风格的长沙发、扶手椅、蜗形腿桌子、灯具、书架。这真的是……相当雅致。然而,与曼努埃拉和雅森特·罗森夫人所说的一样,他家里没有一件东西是多余的。也不是像我以前认为的那么精练和空荡,如果跟小津安二郎电影里的日本家庭位置调换一下,就会发现这里更多了一分奢侈,但是却仍然保留着这种独特文明的朴质特征。

"请跟我来,"小津先生对我说道:"我们不要总是站在这里,太拘谨了，我们到厨房吃晚饭吧，另外，我来下厨哦。"

我发现他身上穿着一条苹果绿的围裙，里面身上穿的是浅栗色圆领套头毛衣，腿上穿着一条浅羊毛色的麻裤，脚上穿的是一双又老又旧的皮鞋。

我跟在他后面一溜小跑来到厨房。好家伙。在这样一个"珠宝匣"里，我天天做饭都行啊，包括为列夫做饭也心甘情愿。在这样的厨房里做任何事情都会变得不再平凡，就连去打开一个猫罐头看起来都会弥足珍贵。

"我很为自己的厨房骄傲，"小津先生很爽快地说道。

"您是该为此而骄傲，"我不带任何挖苦地对他说道。

一切都是白色和浅色木制的，长长的料理台，还有装满着蓝、黑、白三色陶瓷碗的大碗橱。在厨房中间，摆的是烤炉、烤板、带三个水槽的洗碗槽和一张周围是一圈舒适高脚圆凳的吧台，我坐到其中一张高脚圆凳上，面对着在火炉旁忙活着的小津先生。他在我面前放了一小瓶热清酒和两只极美的蓝色碎纹陶盅。

"我不知道您是否了解日本菜，"他对我说道。

"了解得不太多，"我回答道。

一股希望的暖流在我心中翻腾激荡。事实上，您可能都没发现，直到现在为止，我和小津先生没有说到超过二十句，然而我却好像和那个身穿苹果绿围裙忙着做菜的小津先生曾是久违了的朋友，而在荷兰画和为此着迷的插曲之后，关于这些事情似乎也没有人会横加指责，而且从今以后，想必也会被永久搁置到遗忘的章节当中。

这个晚上大概只是亚洲菜的启蒙。远离了托尔斯泰以及所有一切的怀疑：对阶级地位不感冒的新居民小津先生，邀请他的门房吃一顿具有异国情调的晚餐。他们谈论的是生鱼片和豆面。

还能找到比这更平凡的状况吗?

就在这时,灾难发生了。

13．小 膀 胱

首先,我必须坦白我有一个小膀胱。否则的话,怎么解释即便喝一点点茶就让我频频往厕所跑呢? 又怎么解释随着添杯次数的增多,一个茶壶就让我反复做一件事情呢? 曼努埃拉是一个真正的骆驼。她可以将长达数小时里喝下去的茶水安然无恙地保留在体内,一步不离地大嚼特嚼她的干果,而我却要来来回回去厕所数次。但是我那是在家里,在我六十平米的家里,厕所绝不会太远,而且我很早就确定了厕所的位置。

然而,就在这时,我的小膀胱向我示威,在当天下午喝的满满几升茶的意识下,我明白了这种信号的意思:自主排尿能力降低。

在人们面前这种话如何出得了口?

厕所在哪? 在我看来奇怪的是,这句话并不适合。

用相反的方式说:

您能告诉我那个地方在哪吗? 不明说是很有分寸的表现,但却要背负听不懂的尴尬。

我想尿尿。这句话朴实易懂,不过却不能在吃饭时说,也不能对陌生人说。

盥洗室在哪? 要是有人这样问我,我会觉得这是一个冷漠的

219

请求,在乡下饭店才这么问。

我更喜欢这样说:

"卫生间在哪?"因为"卫生间"这个词会让我想到童年,想到花园深处的小窝棚,但也有一个不可言喻的含意,那就是让我想到了一股难闻的臭味。

就在这时,我灵机一动。

"拉面就是中国面条和汤料配在一起,日本人平时中午就吃这个,"小津先生一边说,一边从冰水里捞出好多的面条。

"请问在哪里可以方便?"这是我唯一觉得还能开口对他说的话。

我承认这话说得有点生硬。

"啊,很抱歉,我没有事先指给您看,"小津先生用非常自然的口吻回答了我,"从您身后的那个门出去,走廊里右手边第二个门就是。"

其实这一切都是很容易的事情?

应该不是吧。

世界运动日志之六

内裤或是梵·高?

今天,我和妈妈一起上圣奥诺雷街去大扫荡。简直是地狱。在某些商店门前还排着长长的队伍。我想您能看出圣奥诺雷街上的商店都是什么样:用足够有韧性的排队去抢购一些打折的围巾和手套,尽管打折了但价格却和梵·高画作一样价格不菲,这真是令人感到吃惊。不过这些女士们带着超乎异常的热情去做这件事情,甚至连仅剩不多的优雅也搭上了。

尽管如此,我依然不能对今天抱怨什么,因为我注意到一个很有趣的动作,尽管,怎么说呢,这动作实在是缺少美感。不过从另一方面来说,是相当的震撼,没错,就是这样!也很搞笑。或者可以说是很悲怆,我说不清楚。在开始这篇日志以来,我的标准一降再降。刚开始我是想发掘世界运动的和谐之美,却没想到竟会碰到高贵夫人们为了一条花边内裤大打出手。不过好吧……尽管如此,我自觉不敢奢望能见到和谐之美。既然都这样做了,那么就小小地消遣一下好了……

这就是事情的经过:我和妈妈两个人来到一个卖轻薄内衣的专卖店里。轻薄内衣,光看名字就已经觉得很有趣了。否则,要怎么称呼呢？难道叫厚重内衣不成？好吧，实际上，那叫做性感内衣；在这个店里，您是找不到奶奶们穿的那种老式棉质内裤的。也正因为这里是圣奥诺雷街，显而易见，内衣裤一定会是性感精致的，有手制花边的女用内衣，丝质丁字裤，开司米精纺羊毛的连体内衣。人们不需要排队便可进店了，不过还是排队好，因为在店里，人们摩肩接踵。我感觉像是进入了一个离心干燥机。好事接踵而来，妈妈立刻晕头转向了，在一大堆颜色蹊跷（不知是黑红还是蓝黑）的女式内衣里挑来拣去。在妈妈找到一件绒布睡衣之前（希望渺茫），我就在想到哪里可以躲一下，我在人群中蒙头乱撞，直到来到更衣室后面才停了下来。看来我并不是独自一人：一个男的也站在那里，唯一的男人，表情看起来就像涅普顿没有嗅到雅典娜屁股时的表情一样不幸。这是"亲爱的，我爱你"的坏策略。这个可怜的家伙是被他的女友架过来，陪她试穿内衣的，却深陷敌人领地，任由身边穿梭往来的三十多个女人把他撞来撞去，不管他试着让他庞大的身躯固定在哪个地方，总会招来横眉冷目。至于他那温柔的女朋友，早就变身为一个复仇女神，正蓄势待发，为了一条海棠红的三角裤大开杀戒呢。

我向他投去同情的眼光，他也向我以困兽的眼神。从我站的地方，可以非常清晰地看到整个商店和正在为一件胸罩而垂涎三尺的妈妈，那件胸罩真的是非常非常的小，还镶着白色的花边（至少有这个），而且上面也还带有淡紫色的大花图案。我母亲四十五岁了，身上也多了好几斤赘肉，不过淡紫色的大花图案没有让她感到畏惧；倒是朴素而典雅的浅灰色反倒备受冷落。总之，妈妈好不容易地，一边从橱窗里挑出一件和她身材还算相称的迷你胸衣，一边寻找着和这件胸衣相配的内裤，在橱窗下三层里，她信心十足地挑出那条她期盼已久的内裤,突然,她眉头紧锁:在内裤的另一端,另一个女士,也在挑这条内裤,也同样是眉头紧锁。她们互相怒目而视,接着又都看了一眼橱窗,觉察到这条内裤是一整天下来这些库底仅存的处理货中仅剩的一条,于是一场战争便蓄势待发,她们互相较起劲来。

这就是有趣动作的开端:一条就值 130 欧元的破内裤,估计也就几厘米的精致花边料子。为这,就必须一边向对方笑一笑,一边用手紧紧攥着内裤的一角,往自己这边儿拽,还要确保不撕破内裤。让我说得更清楚一些吧:在我们的宇宙当中,物理定律是恒定的,要是两个力共同作用,不把内裤撕破是不可能的,几分钟的僵持之后,这两位女士都向牛顿喊阿门,不过谁都不肯善罢甘休。因此,必须通过其他的方法,也就是用外交策略(爸爸喜欢引用的话之一)继续战斗。这产生了接下来有趣的动作:必须一方面装作不知道自己紧紧拉着内裤的动作,一方面又要装作礼貌地去运用花哨的句子来争取这条内裤。这时,妈妈和那个女士突然之间没了右手,就是拽着内裤的那只手。仿佛那只手根本不存在,仿佛那位女士和妈妈正在安静地讨论着一直放在橱窗里的内裤,没有人试图用武力将它据为己有,她在哪,右手? 逃跑了! 飞走了! 消失了! 外交的地盘听外交的!

正如所有人都知道的那样,当两方的实力相当,外交总是失败的。我们从来没有看见过最强大的一方会接受另一方的外交条件。与此同时,达成一致的会谈双方都会以这个句子作为开场白:"啊,亲爱的太太,我觉得我比您快一步",到最后也不会有什么卓有成效的结果。当我走到妈妈身边时,交战双方都会说:"我是不会屈服的。"很容易相信交战双方都会说这样的话。

很显然,妈妈输了:当我走到妈妈身边时,她幡然醒悟,记起自己的身份是一个值得尊敬的家庭的崇高母亲,而且她也不可能伸出左手在对方的脸上留下一道五指山,否则就难免在我面前失去尊严。因此,她的右手又有个其他作用,松开了内裤。战斗最后的结果是:一方带走了内裤,一方带走了胸衣。妈妈吃饭时心情糟透了。当爸爸询问今天发生的事情时,她回答说:"你是国会议员,你应该更关心一下城市道德风化的问题。"

还是言归正传到这个有趣的动作上来吧:两位精神状况完全健康的女士不再知道自己身体上一个部位的存在。这看起来非常奇怪:仿佛跟现实世界脱轨,如同一个在空间—时间中打开的黑洞,就像是科幻小说里描述的那样。一个负极动作,一种空洞动作。

我对自己说:如果我们能够装作自己不知道有右手的话,那其他的事情我们是否也可以装作不知呢?我们能否有颗负极的心,以及一个空洞的灵魂呢?

14. 一卷手纸

行动的第一阶段进展得很顺利。

我找到了走廊右边的第二道门,由于我的膀胱很小,便没有了打开剩余七道门①的企图,我轻松愉快地解手,甚至连拘束感也变得无所谓了。如果向小津先生询问他的卫生间还真是放肆啊。卫生间不会是雪白的,在这里却是从墙壁到马桶清一色的白,甚至连马桶坐垫都是洁白无渍的,我几乎不敢往上面坐,唯恐给弄脏了。然而所有这些白色都很柔和——这样在里面方便就不会过于产生身处医院的错觉——一种厚重、柔软、顺滑、温和的阳光般黄色的地毯解救了厕所的这种医院白。通过这些观察,我对小津先生更加敬佩,简单明快的白色,没有大理石,也没有装饰——这都是喜欢把一切无关紧要的东西都弄得奢华无比的富人们所惯用的伎俩——以及阳光色地毯的柔和色调,对厕所来说,这是恰当感的再次体现。当我们进入厕所,我们会寻找什么? 寻找几缕光明,让我们不去想那结合在一起的所有阴深,寻找几分暖意,让我们完成任务后不会感到双脚冰凉,尤其当这件事情发生在晚上的时候。

---

① 按照民间故事和传说,必须经过七道门才能进入宝库。——译注

手纸,它本身也很渴望有朝一日能被列为圣品。我倒是觉得手纸作为财富的标志要比意大利高级跑车或者是英国顶级房车更具有说服力。那是因为用来擦屁股的手纸要比许多所谓的财富标志更能从广度上挖掘出等级地位之间的巨大差别。小津先生家的手纸结实、柔软、细腻,还带有香味,能够满足我们身体上那个比身体其他部位都更加贪婪的部位的需求,可是一卷手纸到底要多少钱呢?我一边心中思忖,一边手上按着抽水马桶的按钮,按的是两朵荷花的按钮,尽管我的小膀胱自主排尿能力不好,却有着庞大的容量。一朵荷花的水量对我来说似乎不太够,三朵花又未免太夸张。

这时发生了一件事情。

一阵袭击我耳朵的巨大的轰隆声差点没给我当场吓晕过去。令人恐惧的是,我并不能辨别声音的来源。那声音不是来自抽水马桶,因为我甚至没有听到水的声音,这声音是来自上面,后又掉到我头上。我的心脏狂跳不已。您知道面对危险时的三种抉择:战斗、逃跑或是发抖。最终我选择了发抖,我本来是要逃跑的,不过突然间我不知道怎么开门。一种假设在我心中孕育而生?或许吧,不过并不十分明白。我是不是按错了钮,结果导致对自己的排泄量估计不足的错误?——多么自以为是,多么骄傲自满啊,勒妮,就那么一丁点的排量就想用两朵荷花吗?——所以,我被上天惩罚,它让雷电击中我的耳朵?我是不是太过于享受——自甘堕落——当人们把方便当作猥亵之事时,我却在这里享受方便所带来的快感?我是不是过于任由欲望驰骋,觊觎这王子用的手纸,所以毫不含糊地被提醒犯了罪过?我这劳动人民的粗糙僵硬的手指是否在无意识的生气状态下,虐待灵敏的莲花按钮,导致了一场水管大灾难,让五楼遭遇倒塌的危险?

我试图想方设法逃离这里，可是双手却不听使唤。我疯狂扭转铜质门把手，如果动作正确的话，按理说应该能把我放出来，可是该发生的终归还是没有发生。

这时，我完全深信自己是疯掉了，或是到达了天堂，因为一开始很难分辨的声音开始变得清晰，难以置信的事情发生了，这声音似乎是莫扎特的音乐作品。

没错，这正是莫扎特《安魂曲》中的《羞惭无地》。

"你使该受指责的人羞愧无地，面对悲哀苦涩的地狱之火焰！①"那是天籁之音在吟唱。

看来我是真的疯掉了。

"米歇尔太太，您还好吗？"这时，从门后传来了一个声音，这是小津先生的，又或者是，更加真假难辨，是把守天堂之门的圣彼得的声音呢？

"我……"我说，"我不知道怎么开门！"

我用尽各种办法让小津先生对我是个蠢货深信不疑。

这下可真是如愿以偿了。

"您或许是转错了方向，"圣彼得用非常有涵养的声音向我提示着。

我想了片刻他提供的信息，这条信息在我脑海里艰难地开辟了一条道路才到达了应该达到的目的地。

原来真的是扭反方向了。

门终于开了。

《羞惭无地》顿时停止。美妙的宁静安详沐浴着我重获新生的

---

① 原文为拉丁文：Confutatis maledictis, Flammis acribus addictis! ——译注

躯干。

"我……"我对小津先生说道——因为只有他——"我……哦，是这样的……您知道，这放的是《安魂曲》吗？"

我本应该把我的猫叫做帕德森塔克斯①的。

"哦，我打赌您一定吓坏了！"他说道，"早知道我应该事先提醒您的。这是日本式的，我女儿想把这个带来到这里。每当拉一下抽水马桶，音乐就会自动开始，这非常……有趣，您觉得呢？"

我特别注意到的是，我们正在一种打破所有可笑规则的情况下站在厕所前的走廊里。

"啊……"我说道，"嗯……我当时是很吃惊（我把在这个重大日子里发生的一闪即逝的罪孽避而不谈）。"

"您不是第一个，"小津先生友善地说道，但却并没有取笑的意思。

"《安魂曲》……在厕所里……选择这首曲子……蛮意外的，"我回答他说，想再次掩饰自己的态度，马上又为自己刚才说那句话的句子结构感到十分不安，而且我们都还没有离开走廊，我们面对面，两臂前后摇摆着，对接下来即将发生的事情心中充满了未知。

小津先生看着我。

而我看着他。

我感到某样东西在我胸腔内断裂开来，还伴随着微弱而奇特的咔嚓声，就好像原本打开的阀门又立刻关上一样。接着，我无力地坚持着震动胸腔的轻微颤抖，似乎是一种巧合，我感觉到那个站在我面前之人的肩膀似乎也隐隐地颤抖着。

---

① 原文为 Padsyntax，影射 bad syntax（糟糕的句型）。——译注

我们对视着，两个人看来都是犹豫不决。

接着，一阵很轻很低的哈哈哈的声音从小津先生的嘴里传出来。

我意识到同样低沉但又肆无忌惮的哈哈哈的声音也从我的嗓子眼里偷偷溜出。

我们两人哈哈哈地笑着，怀疑地互相看着对方。

接着小津先生的哈哈哈声越来越响。

我的哈哈声倒像是拉响警报一般。

我们还是互相看着，同时胸膛里冒出来的哈哈声越来越放纵、越来越猛烈。每当笑声稍微平静下来，我们都会互相看上一眼，接着又开始新一轮笑声。我笑得肚子都痉挛了，而小津先生则是笑得眼泪直流。

我们站在厕所前面纵情大笑到底持续了多长时间？我并不知道。但是持续的时间肯定是相当长才会让我们耗尽了体力，整个人瘫倒在地上。我们最后有气无力地呵呵了几声后，与其说是笑够了，不如说是笑腻烦了，气氛又重新回到了严肃拘谨之中。

"还是回客厅吧，"回复平稳气息的小津先生最先说道。

15. 文明的野蛮人

"跟您在一起不会觉得很无聊，"这是我们重返厨房，舒适地坐在高脚圆凳上，小口品评在我看来很一般的温清酒之后，小津先生对我说的第一句话。

"您是个不平凡的人。"接着，他边说边将一个装满饺子的白色瓷碗悄悄放到我跟前，饺子看起来既没有炸，也没有蒸，而是两样都有点像。他还在瓷碗旁边摆上了一个装着酱油的碟子。

"我们吃饺子吧。"他说明了一下。

"我可不这么认为，"我回答，"我觉得自己是个再平凡不过的人，我就是一个门房罢了，而作为门房，我的生活就该是平凡的。"

"一个读托尔斯泰小说，听莫扎特音乐的门房，"他说，"我怎么不知道您的工作还有这种惯例。"

他向我眨巴眨巴眼睛，不拘小节地坐在我的右面，拿起筷子着手吃起他自己的那份饺子。

我的生活从来都没有感受到如此的美妙。怎么跟您说呢？我觉得自己很放心，虽然此刻我并非只有一人，即使是和曼努埃拉在一起，对她吐露心声时，也从未有过像这种互相理解的绝对安全的感觉。吐露生活的心声并不是托付心灵，是的，我喜欢曼努埃拉，与她情同姐妹,但我却不能跟她分享我那不适宜的和不为人知的生活所纠结的那份情感和不安。

我一边用筷子品尝包着韭菜馅儿和肉馅儿的饺子,一边和小津先生聊天,仿佛我们是久违的朋友。

"应该放松一下,"我说,"我经常去市政图书馆,能借多少就借多少。"

"您喜欢荷兰画派吗?"他问我,还没等我回答,又接着说道:"要是让你在荷兰画派和意大利画派之间作选择,您要拯救哪一个?"

我们唇枪舌剑地争辩了一会,尽管如此,我还是乐于疯狂地推崇维米尔的画作——不过很快便又证实,我们依然是志同道合的。

"您认为这亵渎神明?"我问道。

"一点都没有,亲爱的太太,"他一边回答,一边用筷子夹起饺子在盘子里上下左右地晃动着,"一点都没有,您相信我会复制一幅米开朗基罗的画作,把它展示在自己的门厅里吗?"

"应该把面条放到调味酱里蘸着吃。"说着,他把一只装满面条的柳条盘子和一个蓝绿色的奢华的碗放到我面前,那只碗里散发着……花生的香味,"这是蘸卤拉面,冷面上放了一层微甜的花生酱,尝尝后告诉我您喜不喜欢。"

说着他递给我一大片麻料餐巾。

"侧面有些破损,小心您的衣服。"

"谢谢。"我说道。

接着,我也不知道为什么,又加了一句:

"这不是我的衣服。"

我深深吸了一口气,说道:

"您知道，我好久以来都是独自一人生活，我从来都不出门，我担心自己有一点……像个野蛮人。"

"这么说的话，也是一位极其文明的野蛮人。"他笑着回答我。

蘸过花生酱后的面条真有种"此味只应天上有，人间哪得几回尝"的韵味。其实，我不能确保玛丽亚的衣服是否能保持原状了。要把一公尺长的面条拉长到半空后又放在半液体状的调味酱里，接着在保证衣服不弄脏的前提下，狼吞虎咽地大吃一顿，这绝非易事。跟我相比，小津先生吃起面条来可要麻利得多，不过却发出很多声音，我打消了顾虑，也开始起劲地吸起我的长面条来。

"说真的，"小津先生对我说道："您没觉得这很不可思议吗？您的猫叫列夫，我的猫叫吉蒂和列文，我们都喜欢托尔斯泰的作品和荷兰画派，都住在同一栋楼，这种事发生的几率有多大呢？"

"您本不应该送我那本精装本的书，"我说道，"您不必这样做啊。"

"亲爱的夫人，"小津先生回答道，"您为此而感到高兴吗？"

"当然，"我说，"这确实让我很高兴，但是也让我有点担忧，您知道嘛，我坚守着自己的秘密，不想让住在这里的人认为……"

"是嘛……您到底是怎样的一个人，"他打断我，"为什么要这样？"

"我不想自找麻烦，没有人需要一个自以为是的门房。"

"自以为是？可是您并没有自以为是啊，您有品味、有思想、有优点！"

"可是我只是个门房！"我回答道，"再说了，我没受过教育，我是活在不同的世界里。"

"有什么关系！"小津先生说，真不敢相信，他和曼努埃拉说得一样,这让我忍俊不禁。

他扬起怀疑的眉毛。

"那是我最要好的朋友的经典用语,"我向他解释。

"那您最要好的朋友,她怎么看您的……秘密?"

天啊,我什么都不知道。

"您认识她,"我说,"她就是曼努埃拉。"

"啊,洛普太太?"他问道,"她是您的一个朋友?"

"她是我唯一的朋友。"

"她是位优雅的女士,"小津先生说道,"是位贵族,要知道,您
不是唯一欺骗社会规范的人,何罪之有? 我们现在是在 21 世纪,
真是奇怪你现在还有这样的想法!"

"您父母是做什么的?"我问他,我对他无视阶级区别而感到有
些神经紧张。

小津先生大概是以为享有特权的人随着左拉的时代而消失
掉了。

"我父亲是外交官,我没有见过我的母亲,她在我出牛后不久
便过世了。"

"我很抱歉。"我说道。

他打了个手势,表示说:那是很久以前的事情了。

我继续着自己的思路。

"您是外交官的儿子,我是穷苦农民家的女儿,简直无法想象
我今晚能跟您共进晚餐。"

"然而,"他说道,"您今晚确实做到了。"

接着,他带着友善的笑容说道:

"我很荣幸。"

我们的谈话就在这种单纯而自然的氛围下继续着。我们会提到:关于小津安二郎(一个远房亲戚),关于托尔斯泰和陪伴着农民在草原上刈草的列文,关于放逐以及文化的延续,还有我们满怀热情、东拉西扯所谈论到的许多其他主题,我们还一起品尝最后剩下的面条,尤为特别的是,我们出人意料地有着同样的思维方式。

最后,小津先生对我说道:

"我喜欢您叫我格郎,这样不会那么拘谨,您介不介意我叫您勒妮?"

"当然不会介意了,"我说道——我心里也确实是这么想的。

我怎么与人相处突然变得容易了呢?

清酒让我身上软绵绵的,可怕的问题似乎回答起来也都变得没那么拘谨了。

"您知道红豆是什么吗?"格郎问。

"京都的山脉……"我说道,想到那遥远的回忆忍不住笑了出来。

"怎么?"他问道。

"京都山脉上有着和红豆糕一样的颜色,"我说,努力发音更清楚些。

"那是电影里面的片段,不是吗?"格郎问道。

"是的,在电影《宗方姐妹》的结尾处。"

"哦,很久以前我看过这部电影,不过我记不太清楚了。"

"您不记得庙堂青苔上的山茶花吗?"我问道。

"没印象,一点都不记得了,"他回答,"您让我很想重新再看一遍这部电影,要不哪天我们一起看看,明天怎么样?"

"我有录影带,"我说道,"还好我还没有把它还回图书馆呢。"

"这个周末怎么样?"格郎问。

"您有录像机吗?"

"有。"他笑着回答道。

"那么,就说定了,"我说道,"不过我的建议是:改到周末,这样我们可以在下午茶时间看电影,我再带来些小点心什么的。"

"一言为定。"格郎回答说。

夜幕降临,而我们聊得正起劲,甚至毫不顾及句子是否连贯,时间是否赶趟,我们饶有兴趣地小口品评着带有奇怪海藻味的药茶。无须惊讶,我再次和雪白色的马桶和阳光色地毯有了联系。不过这次我只选择了只有一朵荷花的按钮——信息被接收——带着内行人的从容,我抵挡住了《羞惭无地》的冲击。与小津先生在一起,令人既感到困惑又感到不可思议的是,他有着年轻人的热情和天真,又有着智者的胸怀和友善。我从未见过世界上有这样的待人处世风度;他似乎可以用宽容的方式去看待他人,对他人充满了好奇心,而他周围所认识的其他人,或是略带怀疑、亲切友好(曼努埃拉),或是天真无邪和友善待人(奥林匹斯),或是傲慢自大、残忍粗鲁(其他人)。猎奇心理唆使、聪慧过人、宽宏大量的形象表现出了前所未有的饶有趣味的混合体。

接着,我眼光落在了表盘上。

三点了。

我蹭地一下跳起来。

"天啊,"我说道,"您看过时间了吗?"

他看了下自己的表,接着,抬头看了看我,神情焦虑的样子。

"我忘了您明早还要很早工作,我退休了,不再关心时间,时间还行吗?"

"可以的,当然了,"我说,"不过我还是要回去睡一小觉。"

有件事我没说,尽管我是老年人了,而且都知道老年人睡觉少,但我至少八个小时内还是能睡着的,这样才能对世界保持领会力和判断力。

"周末见吧,"格郎站在公寓的门口对我说道。

"非常感谢,"我说道,"我度过了一个非常愉快的夜晚,很高兴认识您。"

"要说谢谢的应该是我,"他说道,"我好久没像这样笑过了,也好久没有像今天这么痛快地谈过话了,要不我送您回家吧?"

"不了,谢谢,"我说,"不用了。"

可能有帕利埃家里的人在走廊上不怀好意地转来转去。

"那么,周末见咯,"我说道,"我们或许会提前见面也说不定。"

"谢谢,勒妮,"他带着他那青春洋溢的笑容说道。

冲回家的我立马关上了门,靠在门上,发现列夫躺在电视沙发上睡得云里雾里的,并且察觉到一件难以置信的事情:那就是,我平生第一次,交到了朋友。

16. 于 是

于是,一场夏雨。

17. 一颗新生的心

这场夏雨，我记忆犹新。

时光荏苒，我们在生命的轨迹上大步流星地走着，就好像在走廊里大步流星地走着一样。

记得给猫咪买牛肝啊……您看到我的滑板车了吗，这可是我第三次被偷了……雨下得可真大，像黑天似的……时间正好，电影一点钟上映……雨衣脱下来行么……一杯苦茶……下午寂无声……我们大概是有病吧，做什么事都太过……所有这些家伙都要浇水……这些生活放荡的少女……啊，下雪了……那些花，都叫什么名字……可怜的猫咪，它尿得到处都是……秋日的天空好是伤感啊……现在天黑得真早……怎么垃圾的臭味都到了院子里……您知道该来的终究会来……我并不是特别了解，这个家庭和住在这儿的其他家庭一个样子……好像红豆糕呀……我儿子说冲国人很执拗……他那两只猫叫什么名字……您能否接受一下洗衣房送来的包裹……所有这些个圣诞节、这些歌曲、这些趟的奔波，真是累人……想吃核桃，先要铺上桌布……他一直在流鼻涕，天啊……天气已经变热了甚至还没有到十点钟……我把蘑菇切成薄薄的几片,然后放到汤里一起煮……她把肮脏发臭的内裤塞到床下……必须重新做挂毯……

接着,一场夏雨……

您知道这是什么吗,一场夏雨?

起先,那是划破夏日天空的纯净之美,这征服心灵的敬畏之情让人们在雄伟壮阔的景致之中感到自己如此渺小,如此无助,怎能不被事物的威严所鼓舞,被世界的豪爽所震撼、俘获和吸引呢。

随后,在走廊里大步流星地走着,突然之间进入到一个充满阳光的房间里。那是另一个空间,坚定的信念随即出现。身体不再是一个粗糙的空壳,灵魂则萦回在朵朵云层之上,那是雨水的力量,在获得新生时,美好的日子宣告来临。

接着,时不时地像雨水一样,圆润、有力、一连串,像是在它们后面划出一道长长的不规则痕迹,雨水,夏季,清除了静止不动的灰尘,使灵魂再生,像永不停息的呼吸。

因此,某些夏季的雨扎根在我们的心中,有如一颗新生的心与另一颗心一齐跳动。

18. 愉快的失眠

两个小时愉快的失眠之后,我安详地进入梦乡。

深刻思想之十三

谁相信

能产蜜

就不用遭受同蜜蜂一样的命运？

每天，我都会对自己说，我的姐姐不能在无耻的池沼里陷得更深了，可是每天，我都会惊奇地发现，她又比以前更无耻。

今天下午放学后，家里没人。我从厨房里拿出榛子巧克力，回到客厅里。我坐在沙发上，一边大口嚼巧克力，一边思考我近期的深刻思想。在我的脑海中，这是个和巧克力有关的深刻思想，更确切地说是与巧克力的咀嚼方式有关的深刻思想，中心论点是：巧克力好吃，在哪？是巧克力本身呢，还是啃嚼巧克力时的技巧。

即便我觉得这个思想相当有趣也是枉然，且不说姐姐比预计中回来得要早，而且一回家就立刻对我高谈阔论起她的意大利，使我的生活变得一塌糊涂。自从科隆布和蒂贝尔的父母（在达涅利）一起去威尼斯后，意大利威尼斯就没离过她的口。更不幸的还在后面呢，星期六，他们一起去葛林巴尔的一个朋友家里吃晚饭，这个人在托斯卡纳拥有庞大的产业。一提到"托斯卡纳"，科隆布便会如痴如狂，妈妈则会和她达成一致。我得让您知道，托斯卡纳并不是一片有着上千年历史的土地。它的存在只不过是为了满足像科隆布、妈妈或是葛林巴尔一家这些人对财富的渴求罢了，"托斯卡纳"是属于他们的,就跟文化、艺术一样,跟所有首字母都能大写的东西一样。

提到托斯卡纳,我已经听腻了有关驴子、橄榄油、夕阳、奢华生活的老一套,以及一些老生常谈的东西,所以这些我都撇开不提了。可是,我一旦悄然隐匿,科隆布便不能在我面前检验她最喜欢故事的效果,但要是发现我坐在客厅的沙发上,那可惨了,她会冲到我面前一刻不停狂侃不止,把我品评巧克力的雅兴和我未来的深刻思想的构思一并破坏。

在蒂贝尔父母朋友家的田地里有许多蜂箱,每年足以产出一百公斤的蜂蜜。住在托斯卡纳的一家人雇了一个全权负责的养蜂人,为的是将盖上"弗利巴吉产业"的品牌名字的蜂蜜商品化。显然,这不是为了钱。不过"弗利巴吉产业"产的蜂蜜被认为是全世界最好的蜂蜜之一,这使得物主(他们是食利者)的名声得以提升,因为许多大厨都用他们家的蜂蜜来做出各式各样的菜肴……科隆布、蒂贝尔,以及蒂贝尔的父母就像品酒一样品评着蜂蜜,科隆布则滔滔不绝地说着关于百里香蜂蜜和迷迭香蜂蜜之间的不同,随她讲吧,这时,我只会心不在焉地听她说,心里却想"在巧克力上咬一口",我寻思,她要是说到这里就可以停下的话,我便可以幸免于难了。

绝对不要奢望和科隆布在一起会碰到此等幸事。她突然面带愠色,开始跟我讲述起蜜蜂的习性来。很显然,他们还听了一堂完整的蜜蜂课程,思维混乱的科隆布对于蜂后和雄蜂的交配过程感到非常震惊。相反的,蜂群不可思议的社会结构却没有给她留有一点印象,然而我却觉得这有趣极了,尤其是当我们想到蜜蜂是拥有语言代码的昆虫,这使得只有人类才拥有语言天赋的定义相对化了。而这个一点也不能引起科隆布的兴致。可是她不是只为了得到职业资格证书，而是在预备读哲学硕士的人，让人想不通的是，这小动物的性行为居然使得她兴奋不已。

我来给您概括一下：每当时机成熟之时，蜂后便会飞起来征婚，身后跟着一大群雄蜂追求者。第一个追到它的雄蜂先和它交配，之后便死去，因为，交配完之后，雄蜂的性器官会被卡在雌蜂身体里。接着就折断了，这会置它于死地。接着第二只追上蜂后的雄蜂，为了和它交配，必须用触角取出蜂后身体里前一只蜜蜂的性器官，接着再和它交配，当然，接下来还会发生同样的事，这样依此类推直到第10只或是第15只雄蜂，将蜂后的精液袋装满，在四到五年内，蜂后可以每年下二十万颗卵。

这就是科隆布告诉我的故事，她一边用怨恨的表情看着我，一边说着淫秽的语言："蜂后除了这一次就再也没有机会了，哎，一次却要和十五个搞！"如果我是蒂贝尔，我绝不喜欢自己的女朋友到处给别人讲这个东西。因为是这样的，嗯，我们可以做一个很简单的心理分析：当一个女孩极度兴奋地说到 只雌蜂需要15只雄蜂才能满足，而且为了感谢它们，它会将雄蜂的性器官给折断，还要将它置于死地，这就有问题了。科隆布深信，这会让她突然提升为一个"自然地-看待-性行为的-开放的-不-拘谨的-女孩"。但是科隆布也恰恰忘记了她之所以讲这个故事只是为了让我反感，此外，这故事有着不可等闲视之的内容。第一，对于像我这样认为人类就是一种动物的人，性行为非但不是件荒淫无耻的事情，反而是一个科学事件，并且我觉得这极有趣。第二，我提醒大家，科隆布每天要洗三次手，而且因为在浴室里看不清是什么毛发的东西便神经质地大喊大叫（不可能会有真正看得见的毛发）。我不知道为什么会这样，但是我觉得这和蜂后的性行为最为贴切。

但尤其是，人类对自然进行诠释，并且相信自己能够摆脱自然的束缚，这简直是太荒唐了。科隆布之所以会用那种方式讲述这个故事，是因为她认为那个故事跟她无关。她之所以会嘲笑雄蜂的悲惨命运，是因为她深信自己不会遭受同样的命运。但是对我来说，蜂后的飞起征婚和雄蜂的悲惨命运既没有激起我的反感，我也不认为这是什么淫亵的行为，因为我深刻地感觉到我和那些蜜蜂的命运是一样的，即便我们的习性不同。生存、进食、生育，完成我们为之生为之死的分内之事；这确实毫无意义，但是要知道万物皆是如此。狂妄自大的人类自认为有征服自然的能力，可以逃脱如同弱小生物的命运之枷锁……生存、相爱、生育、与同类发生战争、按自己的方式活着的人类，是多么盲目自大，岂不知这盲目自大换来的只有残忍或暴力……

而我，我认为只需做一件事：找出我们为之而生的任务，然后尽我们所有的力量去完成它，不要舍近求远自寻烦恼，也不要相信我们动物的本性中有什么神圣可言。唯独这样，当死亡临近之时才能感受到自己确实是在做某项具有建设性的工作，自由、决定、意愿，所有这些，都是空想。我们以为我们能产蜜，便不会遭受同蜜蜂一样的命运；其实我们也会，我们注定都只会是一只牺牲自己完成任务、最终一死的可怜蜜蜂。

帕洛玛

1. 锐

当天早晨，七点钟，有人在按门铃。

过了好一会儿，我才从昏昏欲睡中清醒了过来。然而，两个小时的睡眠并不能使我感到十分舒服，我套上裙子和鞋，然后把手放在我那奇怪泡状的头发上，随之而来的又是不间断的铃声，可它并不能激发我的利他主义思想。

我打开了门，迎面碰见了科隆布·若斯。

她说："哎呀，您难道塞车了吗？"

听到这样的话，我感到不爽。

我说："才七点钟。"

她看了看我。

说："我知道。"

我极力指出说："门房室八点才开门的。"

她用不快的语气问道："怎么，八点钟？那还要过一阵吗？"

不行，门房室是一处被庇护的地方，它既不了解社会的进步也不了解工资法。

"是。"我能回答出的就只是这个字眼。

"哎，"她用慵懒的语气说道，"那好吧，既然我已经在这里了……"

我说道："您过一会再来吧。"随手冲她关上了门,急忙去拿水壶烧水。

隔着玻璃,我听到她叫嚷道："哼,太过分了!"然后她迈着急促的步子,走向电梯门前,狠狠地按下了按钮。

科隆布·若斯是若斯家的长女。她有一头金色的头发,穿得像一个一贫如洗的波希米亚妇女。如果刚好有一件让我痛恨的事情的话,那就是反常的富人们打扮得像穷人一样,褴褛奓拉,戴着毛线制的便帽,穿一双流浪人的破鞋,还有那破烂毛线套衫里的花衬衫。不仅奇丑无比,而且简直就是一种侮辱。像她这样的女士穿成穷人的样子,没有什么比这个更让人嗤之以鼻的了。

不幸的是,科隆布·若斯学习也同样出色,并在今年秋天,被高等师范大学哲学系录取了。

我正准备着茶点和涂有黄香李酱的面包片,并且试图控制我那气得发抖的手,然而一阵潜伏性的头痛侵袭着我的头。我烦躁不安地洗了个澡,穿好了衣服,给了列夫一些不起眼的吃食(一些馅饼和剩下的湿的猪肉皮),然后到院子里,倒了垃圾,让涅普顿蹲在角落里,八点的时候,我又重新回到了厨房,一点也没有平静下来。

在若斯家,还有个小女儿,叫帕洛玛,她为人非常内敛和低调,尽管她每天都上学,但我觉得似乎从来都没有看见过她。而现在,在八点钟准时,就恰好是她被科隆布派了过来。

多么卑鄙的方式啊!

可怜的孩子(她多大? 11 岁还是 12 岁?),她站在门毡上,身体笔直就好像一个站立的警察一样。我吸了一大口气,没有把我的愤怒凭空加在这个孩子身上,而是试着对她自然地微笑。

"你好啊,帕洛玛。"

她用手拧着她玫瑰色衬衣的下摆。

"你好。"她用纤细的声音说道。

我仔细看着她。我以前怎么没有注意到呢?一些孩子有让成年人们不知所措的才能,他们的言谈举止和他们的年龄毫不相仿,他们极其严肃、镇定,并且具有可怕的锐利感。没错,就是这种锐利感。我更加警惕地注视着她,我觉得有一种锋利的敏锐和冷漠的洞察力,之前我误以为这个是含蓄的表现,我自言自语道,因为对我来说,平庸的科隆布能有一个像人性判官的妹妹,这样的事情是极不可想象的。

"我姐姐把我派到您这儿来是为了通知您,马上有人要给她一个很重要的信封。"

"很好,"我注意到自己丝毫没有缓和的语气,此时我对她讲话充满着一种蔑视感,就如同我蔑视那些富人穿着穷人的衣服一样。

"她问您是否能把那个信封送到家里。"

"可以。"

"那好吧。"

然后她继续呆在那儿。

真有趣啊!

她站在那里,用一双明亮的大眼睛冷静地看着我,丝毫不动,双臂下垂,嘴略微半开着。她的发辫很细,戴着一副玫瑰色镜框的眼镜。

"要巧克力吗?"我一时想不到什么就问了这个。

她点了点头。并且仍然是那么镇定。

"进来。"当时我正喝茶呢。

随后我就没关门，以免让人以为我是在诱拐这个小女孩。

"我很喜欢茶，你也是吗?"她问道。

"是的，当然喜欢，"我有点惊讶了，我开始注意到，这个人类本性的判官用了个漂亮的转折——想要一杯茶。

她坐在椅子上，双脚在空中摆动着，我在给她倒茉莉花茶的时候，一直被她注视着。我把茶端到了她面前，然后我自己也坐下来。

她尝了一大口茶，然后接着说道:"我每天这么做就是为了让姐姐误以为我是个傻瓜。我姐姐认为自己的智慧从来不会受到质疑，她就像是城郊的青年一样，整夜和她那些朋友们吸烟喝酒毫无边际地聊天。"

这样的生活方式刚好适合居无定所的流浪汉。

帕洛玛一直用她那清澈的眼神注视我，然后接着说道:"我被派到你这儿来，就是因为她觉得我是个怯懦的胆小鬼。"

"也不错啊，刚好给了我认识你的机会。"我有礼貌地说。

"请问我可以再来吗?"在她的声音中透露出哀求的味道。

"当然，欢迎你随时再来，只是我担心你不太喜欢这里，因为这儿也没什么玩的。"

"我就是想自己静静呆着。"她这样反驳我说。

"你在自己房间里的时候不能静静呆着吗?"

"如果大家都知道我在哪儿，我就不能静静呆着了。以前我都是藏起来的，但现在，所有能藏的地方都被用栅栏围起来了。"

"你知道吗? 我在这儿也总是被打扰。我不知道你是否能在我这儿找到安静。"

"我能呆在那里吗（她指着电视旁的长凳,语气微弱地说道）,这样人来的时候看见的会是你,就不会打扰到我了。"

"好吧,但是首先需要征得你妈妈的同意才行。"

曼努埃拉,早晨八点半上班,她越过半开着的门向里面张望着,当她瞧见帕洛玛和桌子上的热茶的时候,嘴里准备和我说些什么。

"请进!"我说道。我们正在边聊边吃着小点心。

她笑了笑,这个动作至少在葡萄牙语里意味着她想说,"她在这里做什么呢?"我轻轻耸了耸肩。她撇了下嘴,让人感到不知所措。

"那么,我不能等了。"尽管如此,她这样问我。

"您一会儿再来吗?"我大笑着问。

"太对了,就是这么回事,我像往常一样一会儿就回来。"她看着我笑然后回答说。

然后我看看帕洛玛说:

"好吧,我一会儿就来。"

"再见。"

"再见。"帕洛玛略微笑了一下,这个不自然的笑容让我的心为之一振。

"现在你该回家了,家里人要担心你了。"

她起身,拖着步子走到了门口。

"您显然很聪明。"她对我说道。

我一时发愣什么也没说出,除了一句话:

"你找到了一个新的藏身之所。"

2. 那看不到的东西

送信人把信送到我的寓所,是给社会残渣科隆布大人的,只是信已经打开了。

是完全开着的,就好像从来都没有被封上过一样。通常信封的折叠部分都是有条白色的胶带附在上面,这开了口的信封就好像一只旧鞋里露出了一束被螺线系好的树叶。

为什么他们不把它封好呢?我不考虑是否信任门房和送信人的忠诚度,并且假设他们对信里的内容根本不感兴趣。

我向天上所有的神明发誓,这是我第一次请求他们考虑一下这一连串的事件(短暂的夜晚、夏雨、帕洛玛,等等)。

我小心翼翼地拿山里面的信。

科隆布·若斯的《论绝对潜力》,这是巴黎一大(索邦大学)的教授马里安先生指导的硕士论文。

在论文的封面上有一个用曲别针固定的卡片。上面写道:

亲爱的科隆布·若斯,

这是我给你的论文评注。感谢送此信的人。

我们明天在索勒史瓦见。

忠心地祝愿，

J·马里安

　　这是一篇关于中世纪哲学的论文，同样也是一篇关于纪尧姆·奥卡姆的论文，纪尧姆·奥卡姆是 14 世纪（天主教）方济各会①修士和逻辑哲学家。至于索勒史瓦，则是一座宗教哲学科学的图书馆，始建于 13 世纪，建筑者是当时的一些多明我会②修士。这座图书馆中关于中世纪的文学著作储量丰富，藏有全套拉丁文版本的纪尧姆·奥卡姆著作 12 卷。我怎么会知道这些呢？哦，我想是几年前知道的，知道这个是为了什么呢？哎，什么也不为吧。我曾在一幅巴黎的平面图上发现了这座图书馆，它对所有的人开放，那时我为了搜集材料去过那里。我曾穿梭于这里的每一条小路，有的人烟稀少，有的人头攒动，我也曾遇见过博学的老先生和神情傲慢的年轻学生，我总是对那样的忘我精神着迷，它能令我们全身心投入去追寻那些虚无和荒谬交融的想法。曾就希腊教会圣师著作研究的问题，我和一个正在准备博士论文的人讨论过，他还询问我为什么要花费如此多的青春浪费在这些虚无的事情上。事实上，当我们考虑到灵长类，首先关注的是性、领地和等级，那么对希波的奥古斯丁③的祷告

---

　　① 也被称为"灰衣修士"，是天主教托钵修会之一。提倡过清贫生活，衣麻跣足、托钵行乞，会士间互称"小兄弟"。他们效忠教皇，反对异端，中世纪时曾为替教皇出售赎罪券而到处游方。——译注
　　② 称为"黑衣修士"，天主教内势力最大的教派之一。以布道为宗旨，着重劝化异教徒和排斥异端。其会规接近奥丁会和方济各会，也设女修会和世俗教徒"第三会"，主要在城市的中上阶层传教。——译注
　　③ 希波的奥古斯丁（公元 354 年—430 年），也称为"圣奥古斯丁"、"圣奥斯定"，是古罗马帝国时期基督教思想家，欧洲中世纪基督教神学、教会哲学的重要代表人物。——译注

词进行研究就显得相对没有意义了。的确，我们将可能得出这样一种结论，那就是人类憧憬着一种超越冲动的意义，但是我要反驳说：这同时是极其正确的（否则，谁还去研究文学呢?），也是极其错误的：意义仍然是冲动，甚至是导向一种高度完成的冲动，为了达到最后目的，它运用这种冲动的最佳方式，即理解力。因为这种对意义与美的追寻并不是人类高傲本性的标志，这种本性脱离了兽性，这在思想启蒙中找到了对自身的解释：这是一把锋利无比的武器，为物质目的和粗俗无知服务。当武器被当成研究对象时，这只是人类所特有的神经元之间连接的一种简单结果，而这种简单的连接使我们与其他动物区分开来，也是通过这种有效的方式，才使我们的才智得以幸存下来，同样，这也使我们能够进行无关乎根据的复杂思考，产生无关乎用途的想法，以及创造出无关乎功能的美来。这就如同千年虫，是我们大脑皮层的精妙性所产生的一个没有结论的结论，也是所有可自由处理的方法都被白白消耗的一种多余的反常举动。

不过，就算追寻的过程并非如前面胡言乱语的那样，那却依然有不违背兽性的需要。举个例子吧，文学有着它实用的功能。如同所有的艺术表现形式一样，文学的作用就在于使人类去忍受这个完成生命义务的使命。对于人类这样一种凭借思考和反射性的力量来加工自己命运的生物来说，由此得到的知识都有让人完全清醒这一无法容忍的特性。我们自己心里很清楚，我们是有求生本能武器的野兽，而不是凭借自己的思想来构造世界的众神，因此我们需要某样东西来容忍这种洞察力，需要某样东西能将我们从生物命运的残酷性和永恒病态性中解救出来。

为此，我们发明了艺术，这是让我们更好地延续下去，这是作为动物的我们所发明的另一种求生方式。

真理的出现在于通俗易懂，简单明了，这本是科隆布·若斯在博览众多古籍后所应该懂得的道理。然而，借着胡乱搞出些别别扭扭的概念，去做一些无用功，这似乎是科隆布大人在从事学术研究过程中所得到的唯一收获。这篇论文则是科隆布无用功论文的其中一篇，同时这篇论文也是一种资源的无耻浪费，这其中也包括了送信人和我两个人。

我稍稍浏览了一下这个勉勉强强做了些评注的定稿后的论文。很让我惊讶的是，这位小姐文笔还算不错，虽然还是稍显稚嫩。可是每当想到中等阶级整日埋身于工作之中，用自己的汗水和税收来资助这自命不凡的研究，就着实令我生气。那么多的秘书、工匠、职员、基层公务员、出租车司机以及大楼门房，他们每天都要起个大早，在天还蒙蒙亮的时候便外出打工，为的就是让这些有房住和有钱拿的法国青年中的花朵儿们，将所有人一辈子的辛勤果实浪费在可笑的学术研究上面。

然而，乍一看，这个题目很有趣：《是共相存在，还是单一物体的存在？》，我知道这是纪尧姆花毕生精力所研究的问题。我对这个问题也还有很多不解：每样事物是否只是作为个别的实体呢——如果是这样的话，那么两个物体的相似性是否只不过是一种错觉，又或是借助于文字、概念和概括来表示并包含许多个个别物体的一种语言效果？——或是个别物体的确具有共相，而不仅仅只存在语言的效果呢？当我们在说：一张桌子，当我们说出桌子这个词时，当我们的脑海当中形成桌子这个概念时，我们仅仅是在指这张桌子吗？还是我们是在指桌子的共相实体，而这个共相实体让所有存在的个体桌子成为一种事实？桌子的概念是真实存在的？还是仅存在于我们的内心？如果是这样的话,为什么有些物体彼此之间是相似的呢？是运用语言人为地将物体集中起来,还是为了在共相范畴中方便人类知性的产生？还是所有的特殊形状都存在一个共相形状呢？

对纪尧姆来说,物体都是单一性的,共相性的实在论是谬误的。只存在个别的事实,概括性只不过是一种思维,是将简单的东西复杂化,是假设共相的存在。可是我们能够如此确定吗？我甚至在昨天晚上还在问自己,画家拉斐尔和维米尔的画作,它们之间的共通性到底是什么？只需用双眼观察,便会很快地发现两者之间具有共同的形式,那就是美的形式。在我看来,美的形式当中一定存在一个事实,而并非人类思维单纯地为了了解而分类、为了领悟而区分的权宜之计:因为我们无法对不能归类的归类,无法集中不能集中的,无法连接不能连接的。一张桌子绝对不可能是《代尔夫特之景》①:人类思维不能创造出相异性,同样地,它也不能产生出将一幅荷兰静物画和一幅意大利的《抱婴圣母像》交织在一起的相互关系。这就如同每张桌子都具有独特形状的本质一样,所有的艺术作品都具有能展现其特征的普遍形式。的确,我们能直接体会到这种普遍性:这也就是为什么那么多的哲学家都不乐意把本质当作事实的原因之一,因为我看到的只是这张桌子,而不是"桌子"的普遍形式,而我看到的是这幅画,而不是美的本质。然而……然而,美就在于此,就在我们眼前:荷兰绘画大师的每幅作品都是一种美的化身,我们只有对每一幅画作进行静观默想,它才

---

① 出自画家维米尔之手的名作,收藏于海牙毛利斯美术馆。代尔夫特坐落于威列(Vliet)河畔,如诗如画的运河贯穿于小城之中,这里曾是维米尔居住过的地方。也因中国学生众多,代尔夫特小镇被称为荷兰的"中国城"。——译注

能像闪电一般出现,但是它能带我们进入一种永恒的境界,进入一种微妙美感的无时间状态之中。

永恒,那就是我们在见中所不见的东西。

3. 正义的圣战

然而,您能相信所有这些都会让我们那位想要获得学术荣誉的师范大学生感兴趣吗?

当然不能。

科隆布·若斯,对于美或是对于桌子的命运,从未有过任何条理清晰的思考,只会凭借无关紧要的花哨语义来持续不断地研究奥卡姆的神学思想。而最让人感到不可思议的是她负责此课题的意图:她将奥卡姆哲学主题作为上帝行为观念的结论,将奥卡姆多年来繁重的哲学研究打发成神学思想的二类衍生的行列。这就如同劣酒般不可思议而令人如痴如狂,尤其是这非常明显地显示出大学的机制:若想获得某项成功,无须太多研究便可从中完成一篇边缘化而又别具风格的文章(纪尧姆·奥卡姆的《逻辑性概论》),也无须了解它的字面意义,便可从中寻找到连作者本人都未曾注意到过的意图(因为每个人都知道关于概念上的无知要比所有意识上的目的性更具有震撼性),将其中原有的论题曲解成为一个相似点(这是上帝的绝对权威,这种绝对权威形成了一种逻辑性分析,而这种逻辑性分析的哲学赌注却是不为人知的),不光如此,还烧掉你所有的宗教圣像(无神论,那是用"理性"的信仰来对抗信仰的理性,那是对智慧的热爱之情,并且对社会主义者来说是一种昂贵却并不值钱的东西),花费自己生命中的一年时间用在这项浪费公款的可耻游戏上,接着在七点钟叫醒并指派一个跑腿把信送给你的研究导师。

如果说智慧不是用来为人类服务的,那还有什么用处?我并不是在谈及这种错误的、且专属于国家高级官员的强制行为,而作为这些官吏来说,他们的工作被当作是他们道德的标志一般被极度炫耀:其实,在他们谦虚的外表下,隐藏着的是一颗自负而傲慢的心,艾蒂安·德·布罗格利每天早上都可以做出一副国家公仆般做作的谦虚之态,长久以来我都深信那只是他所特有的社会地位的骄傲优越感罢了。正相反,享有特权的阶层实实在在地尽到义务是他们的分内之事。被归于小团体中的精英们,应该对得起作为人民公仆所获得的那份荣誉感和由此带来的丰富物质条件。要是我像科隆布·若斯那样,是个未来一片光明的年轻师范大学学生会怎么样呢?那我就可能会更关心人类的进步,关心为了生存、安逸,以及人类自身的提升这些关键性问题的解决方法,关心世间之美的产生,或是关心为了哲学真相而进行的正义行动。这并不是一项圣职,但却具有广阔的选择性和领域。我们不会凭借军刀般的信条,经由命运为我们打开的唯一通道,像进入神学院一般去研究哲学。对于柏拉图①、

---

① 柏拉图(Platon,约前 427—前 347 年),古希腊哲学家,也是西方哲学以及西方文化最伟大的哲学家和思想家之一,他和老师苏格拉底、学生亚理士多德并称为古希腊三大哲学家。——译注

伊壁鸠鲁①、笛卡尔、斯宾诺莎②、康德、黑格尔③,甚至胡塞尔的哲学,或者,对于美学、政治、道德、认识论、形而上学,我们是否还有必要继续研究呢?我们是否有必要将自己的一生都奉献在教学、作品的构思、研究,以及文化的领域之上呢?这都无所谓。因为对于同样的问题,唯一重要的是意图:我们是要寻求思想境界的提升,为共同的利益而做出自己的贡献呢,还是采取以自己的永存为唯一目的,以大批量生产毫无用处的精英分子为唯一方式的经院哲学教育呢?——由此,大学变成了一个个狭隘的宗教团体。

---

① 伊壁鸠鲁(Epicure,前341—前270),古希腊哲学家、无神论者,伊壁鸠鲁学派的创始人。——译注

② 斯宾诺莎(Spinoza,1632—1677),荷兰哲学家,西方近代哲学史上重要的理性主义者,与笛卡尔和莱布尼茨齐名。——译注

③ 黑格尔(Hegel,1770—1831),德国哲学家,德国古典唯心主义的集大成者。——译注

深刻思想之十四

去安吉丽娜茶馆①
为了去知晓
为什么车子会被烧掉

今天，发生了一件很有趣的事情！我去米歇尔太太那里，并且向她提出了个请求，万一送信人将科隆布的信件送到她那里的话，请她再转送到我家里去。事实上，那是科隆布关于奥卡姆的硕士论文，也是她的初稿，她的导师耐着性子反复读过后附上简单的批注，遣人重又送还给她。可非常可笑的是，科隆布被米歇尔太太轰了出来，因为她在七点便按响了她的门铃，并要求她把自己的包裹送到家里去。米歇尔夫人肯定是斥责了她一番（门房八点才开门），因为科隆布像一头狂怒的狮子般冲回了家，嘴里还破口大骂门房是个自以为是的老家伙，她以为自己是什么人，真是活见鬼了，哦，这话她不止说过一次，而是多次没完没了地说，妈妈突然像是想起什么来的样子，没错，事实上，在一个既发达又文明的国家里，人们是不能白天黑夜都随心所欲地，想什么时候就什么时候地打扰门房的（如果她能在科隆布下楼之前就提醒到她这一点的话，

① 由奥地利人安东尼奥·伦波梅耶（Antoine Rumpelmeyer）于1903年在巴黎创立的百年甜点名店，而名作家普鲁斯特以及著名设计师香奈儿经常光顾。——译注

事情就不会像现在这么糟糕）。不过，即便是让姐姐知道这个道理也并不能让她安静下来，她还是继续大嚷大叫，在她的小脑袋里，并不能因为她一时搞错了时间，那个一无是处的小人物就有权利随意在她面前将门关上。而妈妈却任由着她耍小性子。如果科隆布是我的女儿的话（幸亏达尔文①保护了我），我可能会立马就赏给她两个大耳光子。

十分钟之后，科隆布带着甜美的笑容来到我的房间。天哪，我真是忍无可忍了。我甚至宁愿让她对着我歇斯底里地大叫。"帕洛玛，我的小乖乖，你愿不愿意帮我一个大忙？"她温柔地对我说。"不，"我回答道。她深吸了一口气，很后悔我没有成为她的专属奴隶——她本应该派人用鞭子抽我——这样她会舒服得多——这个黄毛丫头真是惹恼老娘我了。"我需要来一个谈判。"我接着说道。"你都还不知道我要你做什么呐，"她带着一点轻蔑的表情反驳我道。"你想要我到米歇尔太太那里去一趟对吧，"我说道。她顿时目瞪口呆。她总是把我当作笨蛋，最后她还是相信了。"好吧，只要你一个月之内不要把房间里音乐声开得太大。""一个星期吧。"科隆布讨价还价道。"那么，我就不去了。"我说道。"好吧，成交。"科隆布说："你去跟那个老废物说，马里安的包裹一到她那里，就立马给我拿来。"说罢便砰地将门一带，扬长而去。

于是，我来到米歇尔太太那里，而她却邀请我喝了一杯茶。

此时此刻，我是在考验她。我没有说什么大不了的话。她却用很奇怪的眼神看着我，仿佛这是她第一次看到我一样，她也没有

说任何关于科隆布的话,要是她是个彻头彻尾的门房,那她本应该会讲出这样一番话:"没错,好啊,你那个姐姐真是不懂事,总不能说风就是风说雨就是雨的吧。"她没这么说。正相反,她给了我一杯茶,并且还很有礼貌地对我说话,仿佛我是一个真正的人儿了。

门房室里,一台电视机正开着。她却没在看,电视里正在报道一群年轻人在郊区烧车子的事件。看着这些画面,我心中自忖道:是什么使得一个好端端的年轻人去烧毁车子呢?他的脑袋里到底出现了什么?接着,一个想法在我心中成形:我自己呢?我又为什么会想要烧毁自己的公寓呢?记者说是因为失业和贫穷的缘故,而我,则是因为家人的自私和虚伪。可是这些都是废话。人的一生总会难免失业和贫穷,以及毫无价值的家庭。然而,总不能整天都想着烧车子或是烧房子吧!我对自己说,所有这一切终归不过是个伪装的理由。那为什么有人会烧毁车子呢?而为什么我想放火烧毁公寓呢?

直到我和姨娘依莲娜(我妈妈的妹妹)、表妹苏菲一起逛街之后,我才真正找到了答案。事实上,我们一起上街购物为的是为下个星期即将过生日的妈妈选购生日礼物。我们装作是要一起去达佩博物馆参观,实则却是去第二区和第八区的装饰品商店,一方面是去寻一把伞桶,另一方面也是去给母亲挑选生日礼物。

提到伞桶,那说来话就长了。即便是花上三个钟头都说不清道不明,其实啊,在我看来,所有我们见过的伞桶严格意义上来说都差不多,不是傻了吧唧的滚筒状,就是镶有铁饰、貌似古董的玩意儿。唯有一点相同,那就是所有伞桶,价格都超乎想象。这难道不会引起您的任何遐想吗?见过一把 290 欧元的伞桶么?而这确实是依莲娜买下来的一把花里胡哨的以鞍具工方式缝制出来的

"旧皮革"伞桶的价格（在我眼中：那无非是用铁刷打磨过的，没错），那伞桶让我感觉自己就像是住在种马场里一般。而我呢，在一家亚洲商店里为妈妈买了一个专门装她的安眠药的黑色漆制小盒子。30 欧元。我觉得这已经够贵了，不过依莲娜问我是否还需要再买些其他什么东西，在她看来我没买到什么大不了的东西。依莲娜的丈夫是一个肠胃病专科医生，我可以向您保证，在以医生为荣的国家，肠胃病专科并不是最贫穷的职业……不过我还是很喜欢依莲娜和克洛德，因为他们……嗯，怎么说呢……他们很完整。他们对自己的生活感到很知足，我相信，他们一定是最终放弃了饰演那个并不是自己的另一个自己。他们有女儿苏菲。我的表妹苏菲是个患有小儿麻痹症的孩子。我不是一个在小儿麻痹症患者面前会表现得欣喜若狂的人，而在我家里人看来，如果这样做的话是非常有风度的表现（甚至连科隆布都这样），每个人都说着同样的话，那就是：他们虽是残疾人，不过，他们却是如此可爱，如此富有感情，如此令人感动啊！不过在我看来，我觉得和苏菲相处是一件很令人头疼的事情：她流口水、大嚷大叫、赌气、任性、什么也不懂。不过，这并不是说我不赞成依莲娜和克洛德。他们自己都说了，带她真的很难，有个患小儿麻痹症的女儿真的是件苦差事，但是他们还是爱她，并很好地照顾她。我认为，从这一点，再加上他们的完整人格，没错，这就是我喜欢他们的原因。只需看看饰演慈母的现代女性形象的妈妈，或是饰演"自摇篮里起就是个资产阶级"的雅森特·罗森夫人，依莲娜和她们比起来，她无须造作地饰演他人，她便是她，对自己所拥有的感到知足的她，这很能使人产生好感。

言归正传吧，我拿着伞桶在街里转了几圈之后，来到了里沃利街区的安吉丽娜茶馆，吃了一块蛋糕，喝了一杯热巧克力。您可能会说,这跟郊区青年人烧车子的主题根本没有什么关系嘛!当然有关啦!在安吉丽娜茶馆看到的一些事让我明白了某些其他事情。在我们餐桌旁的一张桌子上,有一对夫妻带着他们的宝宝。这对夫妻都是白种人,而宝宝却是亚洲人,小孩子名叫泰奥。依莲娜和夫妇两人彼此都留下了很好的印象,聊了一会儿。产生好感的原因是作为都有个不同寻常的孩子的父母,显而易见,他们由此注意到对方,并且开始交谈起来。据说泰奥是个被收养的孩子,从泰国被带过来的时候才只有十五个月,他的父母和兄弟姐妹都是在海啸中遇难的。我,看着周遭的一切,对自己说:他的未来该怎么办呢?我们还是在安吉丽娜茶馆里:所有这些衣冠楚楚、矫揉造作,将大部分时间都浪费在奢侈蛋糕房里的人,他们在这里只是为了……哎,为了这个地点所表示的含义,附属在一个确定的世界之中,他们的信仰、他们的法则、他们的计划、他们的历史,等等。这些具有象征性的东西,当我们在安吉丽娜茶馆喝茶时,我们是在法国,在一个富裕的、有等级观念的、理智的、笛卡尔式的、开化的世界之中。小泰奥,他的未来该怎么办?他生命的前几个月是在泰国的一个小渔村度过的,在那个东方世界之中,被他自己的价值标准和情感所支配,在那个世界里,象征性的附属或许如同我们祭奠雨神时的乡村朝圣日,在那里孩子们都沉浸在迷信的信仰之中,等等,而他身处法国,在巴黎,在安吉丽娜茶馆,在无须转变的情况下,完全沉浸在完全不同的文化和地位之中:从亚洲到欧洲,从穷人的世界到富人的世界。

突然,我对自己说:泰奥,他的未来也许会想去烧毁车子。因为那是遭受愤怒和挫折后的必然行为,也许,最令人愤怒和最令人挫败的不是失业,不是贫穷,也不是对未来的不知所措,而是没有文化的感觉，因为当人们夹在两种不同的文化、两种不可调和的象征性之间时是多么的无所适从，如果连身处何地都不知晓的话，又如何生存呢？是否可以一方面接受着泰国渔民的文化，一方面又要同时接受巴黎大资产阶级的文化？是要做移民的儿子，还是要做古老守旧国家的子民？那么，还是烧车吧，因为当一个人失去了文化，就不再是开化的动物：而只是一头野兽。而作为一头野兽，他只会烧、杀、抢。

我自知这并无深度，不过此后我还是有了一条深刻思想，当我想到：我自己呢？我的文化难题是什么？夹在两种不可融合的信仰之间我所困惑的到底是什么？什么使我觉得自己像一头野兽？

这时，我灵机一动：回想起妈妈对自己的绿色植物那无微不至的照顾、科隆布的洁癖、爸爸因奶奶住到养老院而产生的担忧，以及许许多多类似的事情。妈妈认为只需往叶片上撒些水就可以让植物转វ，科隆布认为只需把手洗干净就可以消除烦恼，而爸爸则认为，因为对母亲的遗弃，他将是个会受到惩罚的坏儿子：最终，他们都有迷信的信仰、原始的信仰，不过泰国渔民正相反，他们并未接受这种迷信思想，因为他们才是"有着笛卡尔式思维的、富有的、受过良好教育的法国人"。

而我呢，我或许是这场矛盾中的最大受害者，因为，不知道为什么，我对所有不和谐的一切都非常敏感，仿佛我有着一对超能耳朵，专门针对所有走调的声音和一切的矛盾。这种矛盾以及其他所有的矛盾……突然，我竟然意识到自己并没有处在任何一种信仰之中，也没有处在任何一种不相干的家庭文化之中。

也许，我是家庭矛盾的症结，那么，为了家庭的幸福，这样的我应该消失了才对吧。

4. 基本格言

曼努埃拉下午两点才会从德·布罗格利家过来,我有的是时间把硕士论文重新放回到信封里,接着送到若斯家中去。

借此机会,我和索朗热·若斯进行了很有趣的交流。

还记得么,对在这里居住的居民来说,我可是个他们不屑一顾的愚蠢门房啊,从这方面来说,索朗热·若斯也不例外,不过她能嫁给个社会党国会议员,多少是做了一些努力。

"您好。"她对我说道,她打开门,接过我递过去的信。

这就是她做的努力。

"您知道,"她接着说道:"帕洛玛是个非常古怪的小女孩。"

她看着我,想证实我对词的认知能力,我不为所动,这可是我最擅长的能耐之一,可以让对方作出各种不同的解释。

索朗热·若斯是社会党人,不过她不相信人。

"我想说的是她有点儿怪,"她把每个字的发音都咬得很准,仿佛她是在跟一个耳背的人说话一般。

"她很友善啊,"我说,并且将此番对话中注入了些许的慈善之情。

"是的,是的,"索朗热·若斯以一种很想切中主题一样的口气说道,不过事先要克服对方才疏学浅的障碍,"她是一个很友善的小女孩,不过她的行为有时怪怪的。她喜欢躲着别人,比方说,我们会好几个小时看不到她的人影。"

"是的,"我说道,"她对我说过的。"

这要是跟我惯用的什么都不说、什么都不做、什么都不懂的策略相比,还是有一点点小冒险的,不过我还是非常相信自己有无须背叛自己的本性而继续自己角色的本事的。

"啊,她对您说了?"

索朗热·若斯的声调突然变得模糊,如何能知道门房对帕洛玛所说的话理解了多少呢?这个能够发挥认识能力的问题搅得她心神不宁,似乎还有些心不在焉。

"没错,她跟我说过的,"我回答她的方式可以用简洁两字概括。

在索朗热身后,我注意到了宪法缓缓地穿过门口,呈麻木状。

"啊,小心,猫,"她说道。

她出去站在楼道上,接着将身后的门带上,这种不让猫咪出来、也不让门房进去的行为就是社会党女士们的基本格言。

"总之,"她接着说道,"帕洛玛对我说,她想有时可以到您那里去,这是个爱幻想的孩子,她喜欢什么也不做地待在某一个地方。实话跟您说吧,我宁可她这个样子待在家里面。"

"啊,"我说道。

"不过是有时候,要是这没有打扰到您……像这样的话,至少我能知道她在哪儿,每次找她都要把我们逼疯了,科隆布不得不成天绞尽脑汁,想方设法寻找她的妹妹,这可令她相当不满。"

她半开着门,以便确认一下宪法已经走开。

"这不会让您感到厌烦么?"她问道,其实早已心不在焉了。

"没有啊,"我说道,"她没有打扰到我。"

"啊,那就好,那就好,"索朗热·若斯说道,她的注意力很明显已经被另一件更重要的急事所占据。"谢谢,谢谢,您真好。"

说着,她关上了门。

5. 转 折 点

　　说到有那么一天，我做完了门房工作，这可是第一次啊，终于有时间可以好好思考一下了。前夜的晚间聚会让我意犹未尽，那种感觉怪怪的。除了留存于口中的那股花生的醉人芬芳，一种说不出来的焦虑感也在心中孕育而生。我试图转移自己的注意力，让自己不去试图破解这种百思不得其解的感觉，而是将精力全部用在了浇灌每层楼道里的绿色植物上去，这个工作有着它自己的独特之处，就在于它是人类智慧的转折点。

　　一点五十九分，曼努埃拉来了，脸上依旧流露出小狗涅普顿在审查远处一块黄瓜皮时的专注表情。

　　"怎么啦？"上来，她就迫不及待地问我相同的问题，还递给我一筐装在圆形柳条筐里的玛德莲娜蛋糕①。

　　"我还需要您的帮助。"我说道。

　　"啊，真的？"她变换着音调，尾音拖得很长，听起来像是"真……真的？"

──────────

　　① 呈贝壳状的法式糕点，上有细微条纹。配料简单，由面粉、奶油、鸡蛋、白糖、发面以及柠檬共同制作完成。在普鲁斯特的小说《追忆似水年华》中曾出现过的一款糕点。——译注

我从未见过曼努埃拉如此欢呼雀跃的样子。

"我们这个星期天要一起喝茶,我想带些糕点过去,"我说道。

"噢噢噢,"她兴高采烈地说道,"还要带些糕点呀!"

接着又立刻一本正经起来。

"我应该给您做些能保存得住的糕点。"

曼努埃拉一般工作都要到星期六的中午。

"星期五晚上,我给您做个格卢托夫蛋糕吧。"她思考了片刻说道。

格卢托夫蛋糕出自阿尔萨斯地区,吃起来会有些许的油腻感。

但是曼努埃拉做的格卢托夫蛋糕可是人间美味。所有阿尔萨斯油腻而又干巴巴的食物在她手中都会变成味美香甜的杰作。

"有时间吗?"我问她。

"当然,"她狂喜不已,说道,"我总会有时间给您做格卢托夫蛋糕的!"

于是,我将昨天发生的一切和盘托出:抵宅、静物画、清酒、莫扎特、饺子、蘸卤拉面、古蒂、《宗方姐妹》,等等。

朋友不需要多,只须一个就够了,不过却要精挑细选的。

"您真行,"曼努埃拉听完我的叙述后说道,"在这栋楼里这么多笨蛋,您呀,第一次有一个不错的先生搬进来,您就被邀请到他家里去。"

她如狼似虎地吞了一块玛德莲娜蛋糕。

"哈!"她突然喊了出来,同时将"h"加强音,"我还可以再给您做几个威士忌蛋挞!"

"不用了,"我说道,"那太麻烦您了,曼努埃拉,一块……格卢托夫蛋糕就足够了。"

"麻烦我?"她答道,"但是勒妮,这么多年以来是您带给了我这么多的快乐啊!"

她思考了片刻,又想起了一件事情。

"帕洛玛到这边来做什么?"她问我说。

"哦,那个,"我说道,"她想离开她的家人,自己一个人清净一下。"

"哦,是这样,"曼努埃拉说道,"真是可怜啊!换句话说是有这么一个姐姐……真是可怜。"

曼努埃拉对科隆布毫不留情,仿佛烧掉她的流浪服,再将她投入大牢,以此进行一次小小的文化革命都不解恨。

"每当她从眼前经过时,小帕利埃的嘴巴总会张得大大的,"她接着说道,"不过她看都不看她便径直走过去,她是头上套了个垃圾袋还是什么啊。真是的,如果这栋楼里所有的小姐们都能像奥林匹斯那样……"

"说的没错,奥林匹斯很友善的,"我说道。

"对啊,"曼努埃拉说道。"她是个不错的小姑娘,您知道,涅普顿周二拉肚子了,她还很好地照顾它了呢。"

只有这一次拉肚子,这倒也没什么大惊小怪的。

"我知道,"我说,"我们的大厅里终于可以换一条新毯子了,明天有人送过来,这并没有什么不妥,以前的那条太难看了。"

"您知道,"曼努埃拉说道,"您把那条裙子留下来,那个太太的女儿对玛丽亚说的:都留下来吧,玛丽亚让我跟您说,她把那条裙子送给您了。"

"噢,"我说,"她真是太好了,可我还是不能接受。"

"哎呀,打住吧,"曼努埃拉说道,有点生气。"不管怎样,到洗衣店总还是您自己付钱的。看看这个,似乎是一大片的橘汁啊。"

橘汁可能是一种狂欢的正式形式。

"那好吧,替我向玛丽亚致谢,"我说道,"我真的很感激她。"

"这才对嘛,"她说道,"没问题,没问题,我会向她转达您的谢意的。"

这时,有人轻轻地敲了两下门。

6. "人参包护法"

原来是小津格郎。

"早安,早安,"伴随着这声音的由远及近,他兴高采烈地来到我这儿,看到曼努埃拉后又接着说道:"哦,早安,洛普太太。"

"早安,小津先生,"曼努埃拉几乎是喊叫着回答道。

要知道,曼努埃拉可是个热情洋溢的人哦。

"我们在喝茶,您要不要也加入我们?"我说道。

"啊,当然,乐意之极,"格郎说着,随手拎过来一把椅子,这时,他才看到列夫,说道:"哦,漂亮的小家伙! 我上次没有好好注意过它,还真像个相扑师啊!"

"来块坶德连娜蛋糕怎么样,这可是枯子味的,"曼努埃拉口舌含糊地说道,并将装有蛋糕的小筐子推到格郎前面。

曼努埃拉大概是将橘子错误地说成了 orgie①。

"谢谢,"格郎说着拿起其中的一块品尝起来。

"嗯,真是美味!"他津津有味地吃完后便又大加赞赏一番。

而曼努埃拉则在椅子上扭来扭去,呈怡然自得状。

---

① 橘子,法文为 orange。——译注

四块玛德莲娜糕点下肚后,格郎说道:"我过来是想听听您的看法。"他向我递了个眼色,然后又接着说道:"我和一个朋友在一个有关欧洲文化优势的问题上产生了分歧。"

曼努埃拉听后嘴巴张得大大的,她和小帕利埃相处还是应该多加包容才是。

"他倾向于英国,而我当然是倾向于法国,于是我对他说我认识一个能为我们做评论的人,您愿不愿意做我们的裁判?"

"那岂不是让我又做法官又做当事人,"我一边坐下,一边说道:"我不能投票决定的。"

"不,不,不,"格郎说道,"不是要您去投票,您只需回答我的问题即可:法国文化和英国文化的两项最大发明是什么? 洛普太太,遇到您,我想我今天下午还真是走运,如果您愿意的话,也可以谈谈自己的看法。"他接着说道。

"英国人呗……"神采奕奕的曼努埃拉接过话茬,后又闭口不语了,"还是勒妮先说吧。"她说道,突然警醒自己要更加谨慎的曼努埃拉,大概是因为想起自己是个葡萄牙人的缘故吧。

我沉思片刻,便道:

"要是法国的话,那非 18 世纪的语言和当今的奶酪莫属了。"

"那要是英国呢?"格郎问道。

"要是英国的话,这也不难想到哦。"我说道。

"是布丁……吗?"曼努埃拉暗示道,而且说那个词时还用英文的发音。

格郎失声大笑起来。

"还有一个呢。"他说道。

"哦,对了,是橄榄球,"她说道,还是带着一股子伦敦腔。

"哈哈哈,"格郎大笑。"我非常同意您的看法!那么,勒妮,您的看法是什么?"

"是人身保护法和草坪①,"我笑着说道。

说实话,这句话让我们大家都笑了起来,这其中也包括曼努埃拉,她把那句拉丁文听成是"人参包护法",这什么意思也不是,不过却还是让人觉得蛮过瘾的。

就在这时,有人敲门。

就这么一个门房室,昨儿个还是一个无人关注的陋室,今儿个就好像成了世界注目的焦点,这可真是个疯狂的世界。

我正聊着起劲儿呢,便不假思索地说道:"请进。"

索朗热·若斯从门口探过头来。

我们三个人看着她,心中充满了疑惑,就好像我们是宴会里的贵宾,而她则是不礼貌的女佣似的。

她本想说点什么的,不过接下来又改变了主意。

与此同时,帕洛玛从钥匙孔高度的地方探过头来。

我镇定了一下,站起身来。

"我可不可以将帕洛玛留在您这里待上短短的一个小时?"若斯夫人问道,她也一样稍加稳定,不过可以看得出来,那震惊之感却是丝毫没有远离,而是萦绕在她心中,使她久久不能平静。

"您好,亲爱的先生,"她对站起身子,并走到她面前要跟她握手的格郎说道。

"您好,亲爱的太太,"他友善地回答道,"你好,帕洛玛,见到你

---

① 原文为 L'Habeas corpus et le gazon,曼努埃拉听成了 La basse portouce,故译之。——译注

很高兴,哦,亲爱的朋友,让她跟我们在一起,您大可不必担心。"

如何只凭一句话便能用较为绅士的方法示意他人离开,而又不露出任何破绽呢。

"嗯⋯⋯那么⋯⋯好的⋯⋯谢谢,"索朗热说道,并慢慢往后移了几步,人看起来有点痴痴呆呆的。

她出去了,我关上了门。

"你需不需要来杯茶?"我问帕洛玛。

"哦,谢谢。"她回答道。

政党干部家中一位真正的公主。

我为她斟上半杯茉莉花茶,而曼努埃拉则将筐里余下的玛德莲娜蛋糕推到她的面前。

"你说说看,英国人发明的是什么?"格郎问她道,看来他的心思还是在文化竞赛上。

帕洛玛专心地思考了片刻。

"如同心理僵硬症的帽子。"她说道。

"太对了!"格郎说道。

我才注意到自己可能是太过于低估帕洛玛了,看来在这方面我还必须多费些心思,不过,因为命运总是会敲三下门的,所有的阴谋家都会坦白自己在某一天会被戳穿的事实。这时,又有人在不停地敲门,分散了我的注意力。

保罗·居扬是第一个不会有任何惊疑之感的人。

"早安,米歇尔太太,"他对我说道,随后又说道:"早安,各位。"

"啊,保罗,"格郎说道,"我们刚才几乎让英国发明的名誉扫地。"

保罗微微一笑。

"好主意，"他说道，"您女儿刚刚来过电话，说五分钟之后她还会再来电话。"

接着，保罗递给他一部手机。

"好的，"格郎回答，"那么好吧，女士们，我必须告辞了。"

他在我们面前鞠了一躬。

"再见，"我们异口同声道，像是少女合唱团的现场演出。

"嗯，不错，"曼努埃拉说，"大家总算是做了件好事。"

"什么事啊?"我问道。

"你们吃光了所有的玛德莲娜蛋糕。"

我们都笑了起来。

她出神地看着我，偷偷地在笑。

"真是不可思议啊，不是吗?"她对我说道。

是啊，真是不可思议。

从今以后有两个朋友的勒妮不再害怕与人交往了。

不过从今以后有两个朋友的勒妮却开始感到无形的恐惧。

曼努埃拉离开之后，帕洛玛不客气地在电视前猫咪的"领地"沙发上团成球状，用她那严肃而审慎的大眼睛看着我，并问道：

"您相信生命是有意义的吗?"

7. 深　蓝

在洗衣房,我不得已面对着店里的女员工铁青的脸以及她的训责。

"在一条质量这么好的裙子上弄上这么多的污点,"她嘴里不停地发着牢骚,同时还递给我一张深蓝色的取衣票。

记得今天上午,我将取衣票递给的是另一位姑娘。她更年轻一些,却似乎要愚钝一些。她从密集排列的衣架当中胡乱地翻找了一番。接着,递给我一条很漂亮的深红色亚麻料外套,套在一个透明的塑料罩当中。

"谢谢,"我说道,稍稍迟疑了片刻之后,我接过了那条深红色外套。

于是,在我的可耻行径之中还要再加上霸占一件从去世之人那里偷来的并不属于自己的外套这一项。这罪恶感正是源于我的小小迟疑,如果这是因为源于占据他人财产而产生的良心谴责所得来的片刻迟疑之心,我依然还是能够乞求圣彼得的宽恕;可是,让我感到自怕的是,这份小小的迟疑之心有的只是些许时间的问题,只是为了使罪恶行径的实施得以生效所找的一个借口罢了。

到了下午一点钟,曼努埃拉带着她的格卢托夫蛋糕来到了我的房间。

"我本想早点过来的，"她说道，"但是德·布罗格利太太，她一直用眼角监视着我。"

对曼努埃拉来说，眼角有着不可思议的精准性。

看看她带来的格卢托夫糕品吧，那层层包裹的精致无比的深蓝色丝纸使我万分震惊，华丽大方的阿尔萨斯糕点亦是极富灵性，威士忌蛋挞如此之薄，怕是轻抚便可破裂开来，杏仁糕片的一圈抹着香厚浓郁的焦糖。看得我是口水直流。

"谢谢您，曼努埃拉，"我说道，"可惜我们只有两个人。"

"您只需立刻开吃就行呀，"她说道。

"还是要谢谢您，说真的，"我说道，"这一定花了您不少时间吧。"

"嘀嘀嗒嘀嗒，"曼努埃拉说道，"我做了两份呢，费尔南多都说要好好谢谢您啦。"

世界运动日志之七

这为汝而爱之断茎

　　我经常思忖自己是否已经成为一位时刻处在沉思冥想之中，并拥有禅家之思想，以及龙沙①之猜想的审美家了。

　　让我来解释一下自己产生这种感觉的原因吧。说到这儿，那便要提到一个有点特殊的"世界运动"，因为这与人体运动并无关系。是这样的，今天早上正吃饭的时候，我注意到一个动作过程，此动作，甚是完美。昨天（是星期一），清洁工格雷蒙太太给妈妈送来一束玫瑰，格雷蒙太太的周末是在她姐姐家度过的，她姐姐在叙莱纳镇有一小片开放的花园，这也是城镇中为数不多的花园之一。上个星期，格雷蒙太太从她姐姐那里带来了一株本季初开不久的玫瑰花：黄玫瑰，像报春花种类的有着极为漂亮的黄色尖顶的花种。听格雷蒙太太说，这种玫瑰叫做"朝圣者"，独此一点，便使我感到甚是欣慰，要知道，这可比把这些花叫做"费加罗夫人"或是"普鲁斯特的爱情"（我可没夸张）要高贵和诗意得多，并且还不会

---

　　① 龙沙（1524—1585），法国著名的爱情诗人。他与杜贝莱（Joachim du Bellay）一起建立了七星诗社。龙沙在诗中用晨开暮谢的玫瑰象征青春短暂，韶华易逝。——译注

显出娇气软弱之感。好吧，我们还是跳过格雷蒙人人送花给妈妈的事吧。她们两个人，有着和其他思想进步的资产阶级太太们和她们的女佣们之间一样的关系，尽管妈妈认为自己是个特例：她认为自己和格雷蒙太太保持的是一种持续良好的玫瑰式家长作风的主仆关系（跟她分享咖啡，为她支付合理的工资，从未对她进行过谴责训斥，送她一些穿旧的衣服和有些损坏的家具，关心她的孩子们，而从她那里得到的回报，无非是一些玫瑰花和栗色灰色相间的手工编制的床罩罢了），不过这些玫瑰……则要另当别论了。

当时，我吃着早饭，看着摆在厨房台面上的一束玫瑰花。我想我当时什么也没想。也可能正因为如此，我才看到了那个动作；或者要是当时心里想着的是另一件事情，或是厨房里并不安静，又或是自己并没有独自一人呆在厨房里的话，我也许就不会如此专注在这件事上了。不过当时，我是自己独处，心绪平稳而空寂，这才会发自内心地去迎接这难得一见的动作。

那是一个很细微的声响，是空气轻轻颤动时所发出的非常非常轻微的"沙沙沙"的声音：那是一朵花蕾连带着下面一小节折断的花茎掉落在台面上。当它接触到台面的瞬间，便发出超声波般"砰"的一声，这声音只有老鼠的耳朵才能听见，或是当周遭万物一片寂寥时，人的耳朵才能听得到。我持汤匙的手悬在半空，整个人都愣住了。这真是太美了。但那到底是什么？是什么会如此这般的不同凡响？我不甚清楚：那只是一根断茎上的玫瑰花蕾掉落在台面，这很平常不是吗？

当我接近它，并仔细查看那朵坠落的玫瑰花蕾后，我才明白。这是一个与时间有关的小技巧，而与空间无关。哦，当然，这当然也是很漂亮的，一枚优雅地掉落在台面上的花蕾。这很富有艺术感啊:人们可以画出一大堆诸如此类的画作!但这一点并不能够解释我想提到的那个动作。动作,人们总是认为它与空间有关……

当我看到花茎和花蕾掉落时,在千分之一秒里我直觉地感受到了美的本质。没错。而我,一个十二岁半的小丫头,我竟能有这等了不起的机会,因为今天早上,万事便已俱备:空寂的心境、安静的家、漂亮的玫瑰、坠落的花蕾,这一切让我想到了诗人龙沙,起初我并不很明白:因为这是个跟时间与玫瑰有关的问题。因为美就在于此。当一个事物的美在它出现时便被我们捕捉到,也就是当我们看到事物的美与死同时出现时,事物的刹那形态。

哎呀,哎呀,我对自己说,这是否就意味着我们就该如此生活呢?是否在美与死之间,在运动与消失之间永远都要取得一种平衡呢?

也许吧,活着,就是要随时追捕那转瞬即逝的片刻时光。

8. 畅 品 清 茶

接下来是星期天。

下午三点钟,我来到了五楼,身上的深红色外套有点大——要知道,这是在格卢托夫蛋糕之日的一个意外收获——可是我的心仿佛是一只团成球的小猫一般忐忑不安。

到了四五楼之间,我和萨比娜·帕利埃碰了个正着。几天以来,每当她见到我,都会不加掩饰并且不以为然地打量我的轻柔发型。她似乎已经看出我有了不再掩饰自己的新形象的企图。尽管自己早已释然,此时此刻,我仍然觉得特别不自在。当然,我们此时的相遇也并未让她有丝毫态度上的改变。

"早安,夫人,"我说道,并继续走着自己的路。

而她,一方面不屑地向我点头表示回礼,一方面将目光集中在我的头发上,接着,她突然发现我穿的衣服,便立刻在楼梯口停住脚步。我恐慌至极,身上不由自主地开始冒汗,使得身上偷来的衣服都被汗水印染上了。

"既然您在上楼,可不可以把楼道里的花浇一下啊?"她恼火地对我说。

我是否应该提醒她一下? 今天是周末。

"这些都是糕点吗?"她突然问道。

我手上拿着个盘子,上面放着曼努埃拉用深蓝色丝纸包装过的杰作。我这才意识到,原来我穿的衣服被曼努埃拉的糕点所掩饰,看来引起帕利埃太太不满的并不是我穿的这身衣服,而是我这个穷光蛋手里的美味佳肴。

"哦,是的,这个是意外送来的。"我说道。

"那么好吧,您就利用这个机会给花浇下水吧。"话毕后,她又接着怒气冲冲地下了楼。

到了五楼,我犹豫了半天终于还是伸手按响了门铃,因为我手里还拿着录像带,格郎小心地为我开了门并立刻将我手上装满糕点的盘子接了过去。

"哦,我的天啊,"他说道,"您没开玩笑啊,还真拿来了,我都口水直流了。"

"这您要谢谢曼努埃拉了,"我说着,并随他进了厨房。

"这是真的吗?"他问道,并揭开用深蓝色丝纸层层包裹的格卢托夫蛋糕,把格卢托夫蛋糕拿出来,看起来真是不错。

我突然意识到有音乐的声音。

声音很微弱,却是从并不显眼的麦克风中发出来的,声音充满了整个厨房。

你的手,我最爱的灵魂,驱散我心头的乌云,

请深深地把我揽入你的怀抱,

当我长眠大地,但愿我的过错,

不再造成你胸中的烦扰。

记住我吧,记住我,但——

请把我的宿命忘掉。

这是《狄多之死》，是普塞尔①的歌剧《狄多与埃涅阿斯》②中的一段，如果您想听听我的看法的话：那我认为这是世界上最美妙的一首乐曲。这还不仅仅在于它的美妙，简直可以说得上是哀婉动人至极、令人震撼，原因就在于这整首歌的音调连贯得颇为紧密，仿佛是被一股无可名状的力量所牵连着一般，又仿佛每个声音本是彼此分离，却又彼此互相融合为一体，这声音超乎人的声音，就像是踏上了动物的领土之上——但却伴着一种动物叫声所不及的美感，而那种美感则是源于颠覆语音发音上的咬音规则，违反一般意义上将口语的音调区分开来的习惯。

打破步调，融合音调。

艺术，是生命，不过却遵循着另一种节奏。

"跟我来！"格郎说道，且将茶杯、茶壶、白糖，以及一些小纸巾一并放置在一张黑色的大托盘上。

在走廊上，我走在他的前面，在他的指示下，打开了左边第三扇门。

"您有录像播放机吗？"我曾这样问过小津格郎。

"有呀，"他也曾带着晦涩的笑容这样回答过我。

打开左边第三扇门，呈现在眼前的是一间小型电影院。一张

①　亨利·普塞尔（Henry Purcell, 1659—1695），英国最伟大的作曲家。普塞尔的杰出才能表现在他的歌曲和戏剧作品中，他写过一部真正的歌剧，就是《狄多与埃涅阿斯》。有生之年一直被民众所欣赏与爱戴。——译注

②　剧情改编自古罗马诗人维吉尔的叙事诗，讲述了王后狄多与特洛伊王子埃涅阿斯的爱情悲剧。其中狄多临终前唱的《当我长眠大地》（When I am laid in earth），庄重平静、哀婉动人。——译注

很大的白幕,各种闪烁夺目、高深莫测的仪器设备,十五把分三排摆放的套有深蓝色丝绒布的电影院用椅,在第一排前面摆放着一张很长的矮桌子,墙壁和天花板上都挂着深色的丝绒布。

"事实上,这曾是我的工作,"格郎说道。

"您曾经的工作?"

"三十多年来,我一直在做将高保真成套音响进口到欧洲的生意,从中也赚了不少的钱。这也刚刚只是个开始——不过我十分喜欢电子类产品,便也从中找到了乐趣。"

我在一张既柔软又舒适的椅子上就座,接着,电影便开始了。

如何形容此时此刻我的喜悦之情呢?在半昏半暗的灯光下,背靠着柔软的椅背,观赏着投射在大幕布上的《宗方姐妹》,一边品尝着格卢托夫蛋糕,一边心满意足地小口品评着清茶。格郎会时不时将电影停下来,我们便开始对庙堂青苔上的茶花,以及对人在艰苦生活环境下的命运各抒己见。这中途,我曾两次去向我的朋友《羞惭无地》问好,然后重又回到电影院,仿佛是回到温暖绵软的床上一般。

这是在时间长河之中的时间之外……我是在何时第一次体会到这种只有两人在一起时才会有的如此甜蜜的放任与从容呢?这是当我们单独在一起时的安静,在幽静的孤独中得到的从容之感,而这跟和他人交往时无拘无束的去、来、说所根本无法相比较的一种感受……我是在何时第一次体会到面对一个男人时所产生的那种幸福解脱感的呢?

今天,是第一次。

9. 早　苗

聊天喝茶过后,晚上七点钟,我准备告辞离开了,当我们经过大客厅时,我注意到在沙发旁边的矮桌子上摆着一个相框,照片上是一个非常漂亮的女人。

"这是我的妻子,"看到我正在注视着这张照片,格郎便温柔地说道,"她十年前死于癌症。她叫早苗。"

"我很抱歉,"我说道,"她真是个……美人。"

"是啊,"他说道,"她很美。"

接下来是片刻的沉寂。

"我有一个女儿,她现在住在香港,"他接着说道,"我已经有两个外孙了。"

"您一定很想他们吧,"我说。

"我常去看他们,我很喜欢他们,我有个外孙,叫杰克(他爸爸是英国人),七岁了,今天早上他打电话给我,说他昨天钓到了有生以来第一条鱼,这可是这个星期天的一件大事啊,您说呢!"

新一轮的沉寂。

"我想,您是单身太太吧。"格郎把我送到门厅时对我说道。

"没错,"我说道,"我已经寡居十五年以上了。"

我的声音哽咽了。

"我丈夫叫吕西安,癌症,也是癌症……"

我们站在门前,悲伤地互相对视着。

"晚安,勒妮。"格郎说道。

接着,他恢复了愉悦:

"今天真是如梦如幻。"

一股极大的沮丧感以超音速袭上我的心头。

10. 阴　云

"你真是个可怜的笨蛋，"我边说边从身上扯下那件深红色外衣，却发现一个纽扣孔上沾上了威士忌蛋挞的污渍。你都在想什么？你不过就是个穷门房。不同阶层的人之间怎么可能会产生友谊。你都在想什么呀？你这个可怜的疯子！

"你都在想什么呀？你这个可怜的疯子。"我一边洗澡，一边不停地对自己重复着这句话；就是到了临睡前，跟强盗列夫短兵相接搏斗后终于钻进了被窝的我，还是不停地对自己重复着这句话。

一闭上双眼，当脑海中出现的是小津早苗那张美丽的面容时，觉得自己像是一个被突然拉回到残忍现实的老家伙。

我接着睡去，闹心得很。

次日清晨，我觉得自己的嘴巴几乎变成了木头。

然而，在接下来的一个星期却如同进入了魔幻世界。格郎会时不时神奇地出现在我面前，要求我给他做裁判（冰激凌或是果汁冰糕？大西洋或是地中海？），尽管我的心海被一道悄然无息的阴云所笼罩，但是能与他为伴，我依然觉得很开心。每当曼努埃拉发现我的深红色外套时便都会戏耍我一番。而帕洛玛，还是像以前那样,赖在列夫的沙发上不肯走。

"我将来要当门房,"当帕洛玛被她妈妈送到我这儿来的时候,她用夹杂着谨慎的新鲜眼神看着我,并对我声明道。

"上帝是不会同意的,"我回答道,并用很友善的微笑回报若斯夫人。"你以后还会是个公主的。"

帕洛玛穿了件粉红糖果色T恤,戴着一款与衣服很相配的新眼镜,脸上流露出的是一副"就是要当门房,谁不同意跟谁急,特别是我母亲"所特有的好斗表情。

"这是什么味道?"帕洛玛问道。

我浴室的下水管道有问题,所以有种身处士兵房间的感觉。六天前我就喊了水管工,可是他好像一想到要来就心灰意冷。

"是下水道,"我说道,而心里则是一点也不想再继续这个问题。

"这是自由主义的失败。"她说道,就好像我刚刚没有回答过她的问题似的。

"不是的,"我说道,"这是下水管道堵塞的缘故。"

"这就是我跟您说的,"帕洛玛说道,"为什么水管工还没有过来?"

"因为他还有其他的客人。"我说道。

"根本不是的,"她反驳道,"正确的答案是,因为:他不必非要来。为什么他不必非要来呢?"

"因为他没有那么多竞争者。"我说道。

"没错,"帕洛玛一副胜利者的表情,说道,"因为工作调度系统不够完善,铁路工用不完,可水管工却不够用。就我个人来说,我还是更喜欢集体农庄制度。"

这时,有人在敲门,打断了这个有趣的对话。

是格郎,他的表情带着一种"我什么都不知道"的隆重感。

他进到房间,看到帕洛玛也在。

"哦,早安啊,小丫头,"他说道。"那么,勒妮,要不我晚点再过来?"

"如果您愿意的话,"我说道,"您还好吗?"

"当然,当然,"他回答道。

接着,他突然决定说出心里想说的话:

"明天晚上与我共进晚餐如何?"

"呃……"我说道,同时感觉到一股强大的恐惧感袭击了我,那是……

仿佛是前几天的预感突然应验的感觉。

"我想带您去一家我非常喜欢的餐馆。"他用像小狗期待着一根肉骨头般的神情说道。

"去餐馆?"我说道,心里越来越紧张。

我听到在我左手边的帕洛玛在微微地笑。

"听着,"格郎说道,看起来他也有些局促不安,"我是非常诚心地邀请您,这是因为明天是……是我的生日,如果有您相伴,我将会很高兴。"

"噢,"我说道,什么也说不出来。

"我下个星期一要去我女儿家,当然,我会在那边和家人一起庆祝我的生日,但是……明天晚上……如果您愿意的话……"

他停顿片刻,用充满期待的神情看着我。

这是一种感觉吗? 我似乎觉得帕洛玛正在试着憋气。

"听我说,"我说道:"说真的,我很抱歉,我不觉得这是个好主意。"

"但是为什么?"格郎问道,看起来很窘迫。

"您人很好,"我一边说,一边试图让自己越来越懈怠的嗓音变得坚定一些,"我也很感谢您,不过我想我不能,谢谢,相信您还有很多朋友,和他们在一起,您一样能过个不错的生日不是嘛。"

格郎看着我,呈惊愕状。

"我……"他终于还是张嘴说话了,"我……是的,当然,不过……既然这样,好吧……事实上,我真的很喜欢……我不明白。"

他皱起了眉头。

"既然这样,好吧,"他说道,"可我真的不明白。"

"这样最好了,"我说道,"相信我。"

我走向他,并轻轻把他推到门口,接着说道:

"我们还会有其他的机会在一起聊天的啊,不是吗?"

他神情恍惚地往外走。

"很遗憾,"他说道,"其实我很想让自己开心的,那么……"

"再见。"我说道,并轻轻为他关上门。

11. 雨

"最糟的事情总算是过去了。"我对自己说。

这并没有把有粉红色糖果命运的人算在内：我转身，和帕洛玛面对面碰了个正着。

这位看起来不大满意。

"请问您在玩什么把戏？"她问我，语气让我想起比约太太，我的最后一位小学老师。

"我没有玩任何把戏，"我低声答道，并意识到了自己的举动很幼稚。

"明天晚上您要做什么特别的事情吗？"她问道。

"好吧，什么都没有，"我说道，"不过不是因为这个……"

"那是为了什么？"

"因为我觉得这样做不太好。"我说。

"为什么你觉得这样做不太好？"我的政治警察依然追问着。

为什么？

我自己真的知道吗？

这时，外面突然下起了雨。

12. 姐　妹

雨,一直在下……

在我的家乡,冬天,总会下雨。在我记忆当中的是没有阳光的日日夜夜:唯独剩下淅沥沥的雨水、满脚的泥泞,以及刺骨的寒冷,即便是身子紧缩在壁炉旁,那股潮气亦从未从我们的衣服和头发之中消退过。从小到大,我到底有多少次回想起那个下着暴雨的夜晚?这四十多年来,又有多少往事的记忆会在今天的瓢泼大雨之中突然再度出现?

那雨,一直在下……

我的家人给我姐姐取了出生没多久便夭折的长姐的名字,而这个为长姐而取的名字又曾属于已经过世的一个婶婶。莉塞特长得很美,尽管她当时还只是个孩子,不过我还是能够感受到她的美丽,虽然我还无法分辨出美的形式,而只能感受到她的美丽轮廓。因为我家人平时都不说话,所以她的美也就无人问津了;不过周围的邻居们就不同,每当姐姐在他们眼前经过时,他们总会对她评头论足一番。"长得挺漂亮的,家里怎么这么穷,命运还真是悲惨啊,"在上学的路上,路边摆摊做缝纫生意的小贩无聊地评论道。

而我，不仅长相丑陋，而且身心残废，我拉着姐姐的手，而莉塞特高昂着头，步履轻盈地走她的路，任由他人说去，这一路上，风言风语便不绝于耳。

她十六岁那年，离家到城市里给富人家当佣人。整整一年我们都没有见过她。唯有到了圣诞节她才会回来与家人团聚，并带来各种奇特的礼物（香料蜜糖面包、彩色饰带、薰衣草小香囊），仿佛自己是个皇后一般。又有谁会像她这样脸色红润、充满活力、完美无瑕呢？那是第一次，有人能为我们讲故事，而我们则迫不及待地想从她口中得知更多外面世界当中令人充满遐想的新鲜事情，这个从前的农家女，如今有钱人家里的女佣，为我们讲述了一个浓妆艳抹、光鲜亮丽的陌生世界，在那个世界里，女人们会驾车，晚上回到配备有各种高级家用电器的家里，做着和男人们一样的工作，或是开启遥控器，随时随地收看世界各地的新闻……

每当我回想起这些时，我便会掂量出自己家里到底有多么的贫穷了。我们家距城里只有五十公里的路程，而且在十二公里远的地方有一个还算繁华的乡镇，不过我们仿佛仍然身处封建时代，既没有什么家用电器，心中也没有任何期许与希望，长久以来都深信自己会是永远的乡巴佬。但是当然，在如今的社会上，乡下会有一些偏僻的地方，也会有一些不清楚现代生活正常轨迹并与现实脱轨的老年人，可我们毕竟还是一个年轻而勤劳的家庭啊。当莉塞特描述圣诞节灯光璀璨的都市街道时，我们这才发现原来还存在一个想都没想过的世界呢。

没多久，莉塞特便又走了。在之后的几天里，在机械惯性的驱动下，我们依然如故地谈论着那些新鲜事儿。一连好几个晚上，每当吃饭的时候，父亲总会评论一下他女儿讲的故事。"真是想不到,真是太逗了,这些事儿。"可时日不长,没多久,沉默无声和咆哮声就如同降临到不幸穷人身上的黑死病一样又再度缠上了我们。

每当我回想起这些事情时……雨,一直在下,人,去世的去世……莉塞特起了两个死去之人的名字;而我,只有一个,那就是在我出生前便过世的外祖母的名字。我的兄弟们都起了在战场不幸死去的堂表兄弟的名字,而我母亲的名字则是来自她从未见过、死于难产的表姐的名字。我们每个人就是这样虽然还未死去、却活在死人的世界里,那是在十一月的一天夜里,莉塞特从城里又再度回到了这个活死人的世界。

我还记得那场一直在下的雨……雨点打在屋顶上的声音,淌着雨水的乡间小路,农舍门前的一滩烂泥,漆黑的天空,一直在刮的风,以及那种持续的潮湿阴冷所带来的可怕感觉,这种感觉压在我们心头就如同生命压在我们身上一样:没有意识,也没有反抗。我们一家人靠在火炉旁挤在一起,就在这时,妈妈忽然站起身来,引得大家一阵慌乱;我们都吃了一惊,只见她往门口冲去,就像是被一股莫名其妙的冲动所驱使,她一下子打开了门。

雨一直在下,哦,那雨,一直在下……莉塞特正呆呆地站在门前,一动不动,两眼呆滞,湿透了的头发黏贴在脸上,衣服也全都湿透了,鞋子被烂稀泥吞没。妈妈是怎么知道的? 这个尽管不曾虐待过我们,但是既未用手势又未用语言表示过她是爱我们的女人,这个将自己的子女带到这个世界上就跟耕地或是喂鸡一样简单的粗俗女人,这个文盲、愚蠢到甚至没有用给我们取的名字叫过我们的、我甚至怀疑她是否记得我们的名字的女人,她是怎么知道那个几乎死掉的女儿在倾盆大雨中,不说也不动,两眼紧紧盯着大门,甚至没有想到要敲门，只是等待着，等待着有人将她带进那温暖之中的呢？

是母爱吗？这种对悲惨命运的直觉，这个虽如动物般活着却尚存的情感的火花，这就是吕西安曾对我说过的：当一个深爱自己孩子的母亲得知自己的孩子处在困境之中时，她总是会第一时间知道。对我来说，我不认为他这种解释说得通。对于一个未尽过义务的母亲，我没有任何感觉。贫穷是一部割草机：将我们原本能与他人好好相处的能力割断开来，使我们内心空虚，缺少情感，为的是让我们能够继续忍受现实的所有不幸。不过，我也没有什么崇高的信念；在我母亲的潜意识中并没有什么母爱，她只会用手势将必定的不幸表现出来。这是一种天生的意识，根植于我们的内心深处，它提醒我，像我们这样的穷苦的可怜人中总会有一个被糟蹋的女儿在一个大雨瓢泼的夜晚从外面回到家里等待死神的到来。

直到孩子出生，莉塞特才离开人世。正如我们料想的那样：新生儿没过三个钟头便夭折了。父母似乎是把这个悲剧看成是再自然不过的事情，所以他们并不感到悲伤——可以说是一点也没有——就如同丢失了一只小羊羔。从此之后，我便坚信：强者活、弱者死、享乐和痛苦的程度与阶级地位成比例的道理。莉塞特美丽而贫穷，而我是聪明而贫穷，如果我只想让自己的才智有用武之地，却不顾阶级地位的问题的话，我必然也会遭到和莉塞特一样的惩罚。说到底，我终究还是我自己，所以我的路似乎充满了神秘感：我必须对自己的一切缄口不言，并时刻提醒自己绝不要让自己融入到另一个世界当中。

我从一个沉默寡言的人，变成了一个生活隐秘的人。

眨眼间,我意识到自己此刻坐在自己的厨房里,在巴黎,一个完全不同的世界,在这个世界里,我为自己挖掘了一个不起眼的小窝,并且小心翼翼地让自己不去融入外面的世界。我发现自己早已是热泪盈眶,而此时此刻,一个小女孩用善解人意的眼神注视着我,用她的双手紧紧地将我的手握住,并轻轻地抚弄着我的手指——同时,我也意识到自己竟然什么都说,什么都讲:莉塞特、我的母亲、雨、被亵渎的美,以及对一个想要一心寻死的母亲所生下的夭折孩子伸去的一双命运的铁手。我,痛痛快快地大声哭泣着,此刻的眼泪再也止不住了,内心虽然感到羞愧难当,但是当我看到帕洛玛那双充满了悲伤与严肃的眼神变为了两道充满温情的目光时,我便感到了一丝温暖,心中居然会产生一种无法理解的幸福感。

　　“我的天啊,”我一边说,一边让自己稍微镇静下来,“我的天啊,帕洛玛,看我有多蠢啊!”

　　“米歇尔太太,”她对我答道,“您知道吗,您给了我希望。”

　　“希望?”我说道,并伤感地用鼻子使劲儿吸了一下。

　　“是的,”她说道,“那似乎就是能够改变命运的希望。”

　　好长一段时间,我们一直就这样手握着手,什么也没说。自此,我便成为了这个十二岁善良女孩的朋友,我对她充满了感激,尽管我们的年龄、条件,以及生活环境相差悬殊,但这不对称的依恋关系并没有玷污我们真挚的情感。当索朗热·若斯过来接她的女儿时,我们两个人用朋友之间才会有的眼神互相看着对方一眼,互相道别,并清楚地知道这次道别离下次的见面不会长久。我关上门,坐在电视机前的沙发上,手贴在胸口上,用很高的声音说道:“活着,大概就是这样吧。”

深刻思想之十五

如果你想要拯救你自己

还是先拯救

别人吧

微笑或是哭泣

这是命运的一百八十度大转变

您知道吗？我在想自己是否没有错过某件事情。像是一个交友不慎的人，在认识了一个好人之后，发现了另一条出路。而我的坏朋友们就是妈妈、科隆布、爸爸，和所有的亲朋好友。但是今天，我的的确确碰到了一个好人，那就是米歇尔太太。她为我讲述了她的精神创伤：她之所以总是躲着格郎是因为她姐姐莉塞特的死给了她很大的压力，她的姐姐被富人家的公子哥儿勾引并最终抛弃，从此便一蹶不振而后伤心地死去。自此，米歇尔太太对待富人便没有了好脸色，为了不死在那些人手里，从那之后，尽量与富人保持距离便成了她的谋生之道。

听着米歇尔太太的话，我在想：最令人感伤的事情到底是什么呢？是一个因为被抛弃而过世的姐姐还是这个事件所产生的后遗症：害怕因做了逾越自己地位阶层的事情而死去？对于她姐姐的死，米歇尔太太原本是可以释怀的；可是我们是否能克服自导自演的自我惩罚？

而我尤其感受到的是另一件事，这是一种新的感觉，当我一笔一划写下这些文字的时候，我真的很感动，甚至于将自己手中的笔都放了下来，让自己尽情地哭了两分钟。这就是我所感受到的：当我听着米歇尔太太说话，当我看到她哭泣，尤其是当我感受到，她在对我说出那些话时自己是多么如释重负，我懂得了一个道理：我知道自己一直都在遭受痛苦，因为我无益于我身边的任何人。我知道自己之所以怨恨爸爸、妈妈，尤其是怨恨科隆布，那是因为我无益于他们，是因为我什么都不能为他们做，他们病得太深，而我又如此弱小。我很清楚他们的症状，可我却无力拯救他们，不仅如此，我甚至和他们一样也是有病的，只是自己还不甚清楚罢了。于是，握着米歇尔太太的手，我觉得自己已是病入膏肓。不管怎样，可以确定的是，我不能借着惩罚自己无法治愈的人来拯救自己。我或许应该重新考虑纵火烧房子和自杀的故事。而且，我必须承认的是：我不再有那么想死的渴望，我想再看看米歇尔太太，看看格郎，以及小津先生那个无法预知未来的外甥孙女洋子，并且向他们请求帮助。哦，当然，我不会跑到他们面前，并对他们说："请帮帮我吧，我是个想自杀的小孩。"可是我很希望有其他人能做些对我有益的事情：毕竟，我只是一个不幸的小孩，即便是我非常聪明，却也改变不了什么，不是吗？ 一个不幸的小孩，在最艰难的时刻，却遇到了不少好人。我是否有权利让这样的机会白白溜走？

　　哎。我真的不知道。毕竟，这个故事只是个悲剧。有勇气的人还是有的，还是开心点吧！我本想这样对自己说，不过最终，还是太伤感了！他们在雨中结束自己的生命！我不再多想了。一刹那，我想我已经找到了自己的使命；我想我已经明白了，那就是如果想要拯救自己，就必须先拯救他人，也就是拯救那些"可以被救

301

赎的人"，那些还有得救的人，就算不能拯救他人也不要心灰意冷。这样看来，我应该当医生？还是当作家？这两个职业几乎是相同的，不是吗？

而且，对于一个米歇尔太太来说，有多少个科隆布？又有多少个哀伤的蒂贝尔呢？

13. 身处地狱之路

帕洛玛走后,我心里觉得很乱,便在沙发上坐了好长时间。

接着,我鼓起勇气,拨通了小津格郎的电话。

两声响过,保罗·居扬接起了电话。

"啊,早安,米歇尔女士,"他对我说道,"我能为您做点什么吗?"

"哦,是这样的,"我说道,"我能不能跟格郎说几句话。"

"可先生他现在不在家,"他对我说,"要不这样,等先生回来后,我请他再给您回个电话成吗?"

"哦,不了,不了,"为了让保罗放轻松一些,我又说道,"您能不能跟他说,如果他还没有改变主意的话,我很乐意明晚与他共进晚餐?"

"当然,我很乐意转达。"保罗·居扬说道。

挂上电话,我重又瘫倒在沙发中,大概一个钟头的时间,我满脑子都是一些缺乏条理的、但却又很可笑的想法。

"您家味道不太好啊,"我身后传来一个男人温柔的声音。"没找人过来修一下吗?"

那个人轻轻地把门打开,我都没听见。站在我面前的是一个很英俊的年轻人，一头有些凌乱的棕色头发，一身崭新的牛仔服，一双大大的眼睛，样子就像个性格温和的长毛垂耳猎狗。

"让？让·阿尔登？"我询问道，我甚至开始怀疑起自己的眼睛来。

"没错，是我。"他说道，他还像过去那样，把头倾向一边。

那个落魄的、骨瘦如柴的年轻人，那个不久以前几乎堕落的年轻人：让·阿尔登，很显然，他选择了重获新生。

"您的气色真好！"我对他非常美地一笑。

他也对我报以友善的微笑。

"噢，米歇尔太太，"他说道，"见到您真高兴，您的发型也很不错。"他指着我的头发接着说道。

"谢谢，"我说道，"什么风把您给吹来了？来杯茶怎么样？"

"啊……"还和过去一样，他说话总会顿一下，"当然，我很乐意。"

我去准备茶，而他则坐在椅子上，惊愕地看着列夫。

"它过去也这么胖吗，这只猫？"他毫无恶意地询问道。

"是的，"我说道，"它不大爱运动。"

"会不会是它身上发出的味儿啊？"他问，并用鼻子使劲地嗅了一下，看起来甚感痛心。

"不是，不是。"我说道，"这是下水道堵塞的问题。"

"我到这儿来您一定感到很奇怪吧，"他说道，"更何况我们过去都没多说过什么话，嗯……我不是个爱说话的人，我是说，在我父亲还活着的时候……"

"能见到您我很开心，而且，您现在看起来很好。"我真诚地对他说。

"是的，"他说，"……我是从很远的地方回来的。"

我们两个人同时喝了两口热茶。

"我痊愈了，至少我认为我现在已经痊愈了，"他说道，"真希望有一天能真正地痊愈，不过我不再接触毒品了，其实呢，我认识了一个善良的女孩，确切地说，是个不同寻常的女孩（他的双眼变得很明亮，鼻子微微地呼吸着，平静地看着我）。哦，对了，我还找了一个很有意思的工作。"

"那您现在做的是什么工作?"我问他。

"我在一家船用零部件商店工作。"

"船用零部件?"

"没错，这工作很有趣，我觉得自己就像是度假一样，在那里，那些健壮的小伙子到我店里来坐坐，跟我谈谈他们的船，他们要出的海，他们刚刚出过的海，我喜欢这样，您知道，能工作就让我感到很满足了。"

"您的工作，确切地说，到底是哪方面的?"

"我基本上什么都做，仓库管理员，跑腿的，我这段时间十得还不错，所以现在呢，老板让我做一些更有趣的工作：像修理船帆啊、船桅的支索啊、开列必需品的财产清单啊什么的。"

您能感受到这句话的诗意吗？我们把给养供给了这条船，我们又把给养供给了这座城市，对于不懂得语言的神奇之处是出自于这样的微妙的人，我提出下面的请求：请您注意逗号。

"您也是，您看起来精神也不错，"他友善地看着我说道。

"啊，真的吗?"我说道，"当然，发生了某些变化，让我受益匪浅。"

"您知道，"他说道，"我再次来到这里不是来看这公寓也不是来看住在公寓里的这些人，而且可以说，我都不能肯定他们还认不认识我；除此之外，我还想万一您要是认不出我来，我还随身携带了身份证，到时可以出示给您看。"他接着说道，"我来这儿是因为有某件事情我一直想不起来，这件事情在我生病期间以及后来的康复期间都曾带给我很大的帮助。"

"那我能帮您回忆起来什么吗？"

"是的，因为是您告诉了我那些花儿的名字，您还记得那天么。就是在那个花圃上，就在那儿（他用手指着后院），那边有许多漂亮的小白花和小红花，是您将那些花种在那儿的，不是吗？有那么一天，我还问您那些花儿的名字，但后来我没记住。然而，从那之后，我就经常会不自觉地想起那些花儿，我不知道自己为什么会有这样的感觉。她们是那么美，每当我心情不好时，便会想到那些朵花儿，这让我心里感到很舒服。于是，当我今天经过这附近时，我对自己说：我可以去问问米歇尔太太，或许她能解答我的疑问。"

他窥探着我的反应，看起来有些脸红。

"您一定觉得很奇怪，是吗？我希望，关于那些花儿的故事没有吓着您。"

"没有，"我说道，"一点儿都没，我要是早知道那些花儿给您带来这么多的帮助……我会到处都种些的！"

他笑得像个幸福的孩子。

"啊，米歇尔太太，不过您知道吗，实际上，那些花救了我的命，这已经是个奇迹了！那么，您能告诉我那些花的名字吗？"

当然，我的天使，我可以告诉您。身处地狱之路，在倾盆暴雨之中，断续的气息，心脏提到了嗓子眼，一道微弱的光芒：那些，便是山茶花儿。

"可以，"我说道，"那些是山茶花。"

他盯着我看，眼睛睁得大大的，接着，一颗眼泪沿着他那重获新生的孩子般的脸颊滑落下来。

"那些是……山茶花……"他说着，整个人则完全沉浸在自己无限的遐想当中，"没错，那些是山茶花。"他又再次看着我，重复道，"就是它们，那些山茶花。"

我感觉到一颗眼泪也沿着自己的脸颊滚落下来。

我把他的手放在自己的手心：

"让，您今天能来，您不知道我有多高兴。"

"啊，是真的吗?"他看起来很吃惊，"但是为什么?"

为什么?

因为一朵能改变命运的山茶花。

14. 从人生走廊到地狱之路

我们抱着必死的决心明知是死路一条却还要继续坚持战斗，这是怎样的战争呢？日复一日，早已被战争折磨得不堪重负的我们，又要再度面临生活中对恐惧的挑战，不光如此，在自己的面前还是一条没有尽头的人生走廊，在临终之时，我们在人生的走廊上漫无目的地走着。是的，我的天使，这就是生活：阴郁、空虚，以及极度痛苦。甚至连通向地狱的路都是如此；总有一天，我们会因为在痛苦的走廊停留太久而跌入地狱。从人生走廊到地狱之路便由此产生：堕落也便随即而至，没有冲突，也没有惊讶。每天，我们都要再度面临人生走廊的悲哀，并一步一步走向那通往地狱的阴暗小路。

他经历过那条阴暗的小路吗？堕落之后又是如何才能重生的呢？那曾被灼伤的双眼上又装上了什么样的新瞳孔呢？战争从哪里开始又从哪里结束呢？

那么，看看山茶花就知道了。

15. 在他满是汗水的肩膀上

晚上八点钟,保罗·居扬来到我的门房,手里大包小包地拿了很多东西。

"小津先生还没有回来——签证出了点问题,所以要在大使馆耽搁一下了——所以他请我把这些东西给您。"他笑嘻嘻地说道。

他把包裹放在桌子上,同时递给我一张小卡片。

"谢谢,"我说道,"哦,您想喝点什么吗?"

"哦不,谢谢,"他说道,"我还有很多事情要去办,您的邀请我会保留到下次有机会的时候。"

他又对我笑了笑,那友善和幸福的笑容,让人觉得很温馨。

他离开后,我独自呆在厨房,坐在包裹前,拆开了信封。

> "突然,在那满是汗水的肩膀上,他感到了一丝畅快的凉意,
> 起初他并不明白这其中的原委;然而,在休息的时候,
> 他注意到一片在阳光下低飞的阴云被刚刚劈开。"
> 请收下这些礼物,小小心意,不成敬意。

格郎

夏季的雨水落在正在割草的列文的肩上……我用手捂住胸口，那是从未有过的感动，我将那些包裹一个接着一个地拆开。

一件灰珍珠色丝质大衣，高高束起的领子，以及黑色缎子拉链。

一条紫红色丝质长披肩，像风一样轻薄而浓郁。

一双矮跟黑色皮鞋，皮革纹理是如此细腻，如此柔软，以至于自己忍不住将它贴在脸蛋上。

我看着大衣、披肩、皮鞋。

在外面，我听到列夫用爪子挠门示意它回来的声音。

我轻轻地、缓缓地哭泣着，心中是微微颤抖着的山茶花。

16. 某些事情必须结束

次日早上十点钟，有人在敲门。

将门打开，这人又瘦又高，穿着一身黑色，头戴一顶深蓝色毛线帽，脚登一双在越南十分流行的高帮军靴。没错，这人便是科隆布的男友，也是个省略礼貌用语的世界级专家，他的名字叫蒂贝尔。

"我找科隆布。"蒂贝尔对我说道。

好吧，现在来评论一下这话有多么可笑吧。"我找朱丽叶。"罗密欧说。罗密欧还真是自命不凡啊。

"我找科隆布。"见我不理他，于是，只怕香波的蒂贝尔又说道，每当他不是因为懂得礼貌，而是因为天气太热而摘下帽子的时候，他从不洗头发的秘密便被揭穿了。

现在可是五月份，上帝啊。

"帕洛玛对我说她在这儿的。"他又说道。

接着，又加了一句：

"妈的，骗我。"

帕洛玛，你可真会玩。

我立马把他轰走，接着，又沉浸在自己的奇思妙想之中。

311

蒂贝尔……显赫的名字①用在这庸才的身上……这让我想起科隆布的硕士论文,想到了索勒史瓦图书馆里安静的走廊……我的思绪又飞到了罗马……蒂贝尔……这时,让·阿尔登的面孔竟然出现在我的脑海当中,我还想起了他父亲的那张脸,以及那条并不相配的花领巾,可笑的情意绵绵……那些追寻,那些人……我们能够一方面如此相似,一方面又生活在两个如此遥远的世界里吗?我们可以分享同样的狂热,然而却活在不同的土地上,身体里流着不同家族的血,却具有不同的野心和抱负吗?蒂贝尔……我觉得很厌倦,真的,厌倦富人、穷人,以及各种无聊可笑的把戏……列夫从沙发上跳下来,走到我身边,用它的身子磨擦着我的腿。这只因为我的仁慈而肥胖的猫咪,它也有着一个能感受到我心情波动的仁慈的灵魂啊。厌倦,是的,厌倦……

某些事情必须结束,某些事情必须开始。

---

① 影射古罗马皇帝蒂贝尔,另译提贝里乌斯(公元前 42—37)。——译注

17. 梳妆的痛苦

晚上八点钟,我梳妆完毕。

大衣和鞋子刚好合适(大衣 42 号,鞋子 37 码)。

长披肩是古罗马风格的(有 60 厘米宽,2 米长)。

我用芭比丽丝牌[①] 1 600 瓦功率的电吹风吹头发,前前后后吹了三遍才吹干,然后又用梳子前前后后梳了两遍。结果大为惊人。

我坐下来四次,站起来四次,需要说明的是,我现在是站着的,有些不知所措。

我或许又是坐着的。

在衣柜的最底层,从床单后面的首饰盒中,我取出一对耳环,那是怪物婆婆伊韦特送给我的——那是一对石榴红色的老式梨形银质耳坠子。最终,我尝试了六次才将它正确地夹到了自己的耳朵上,不光如此,我现在还要去习惯有两只大腹便便的猫仔吊在我松弛的耳朵上的感觉。五十四年来没有珠宝的日子让我没有做好忍受这种梳妆痛苦的准备。我拿出一只一号"深胭脂色"口红涂抹

① 美康雅集团(Conair Corporation)旗下产品,该公司于 1959 年在美国纽约创立,现已发展成为全球最大个人护理电器产品制造商,除芭比丽丝(Babyliss)外,公司品牌还包括美康雅(Conair)、沙宣(VS),以及洁齿白(Interplak)。——译注

在嘴唇上,要知道,那是二十年前为了参加一个远方亲戚的婚礼才特意买的。在这个每天都有勇敢者死去的今天,那些个不起眼的小玩意儿的寿命之长还真是让我叹为观止。我属于这个世界上百分之八的人口,我们这些人只会凭借数数来减轻自己的恐惧。

小津格郎敲了两下门。

我把门打开。

他是个潇洒的男人。上身穿着一件黑灰色军领、胸饰也是同一花色的西装,下身穿着与上装配套的直筒西装裤,脚上蹬着一双看起来像是奢华拖鞋的无带低帮软皮制便鞋。非常的……欧亚风。

“哦,您真优雅!”他对我说道。

“哦,谢谢,”我激动地说,“您也很帅。祝您生日快乐!”

他对着我笑。我小心地将身后列夫前的门关上,要知道,列夫正在企图从另一边的门缝钻过来。他把他的手臂伸向我,我又将自己轻微发抖的手搭在了他的手臂上。但愿没有人看到我们,我迫切地企求上天,遁世者勒妮迫切地企求上天。尽管我不再害怕什么,但是我还没有做好去品尝格勒内勒街风言风语滋味的准备。

不过,谁会感到吃惊呢?

我们往门厅处走去,我们还没有走到,门便开了。

是雅森特·罗森和安娜-依莲娜·默里斯。

真是倒霉!怎么办?

我们离她们越来越近。

“晚安,晚安,亲爱的太太们,”格郎使用颤音说道,并将他左边的我紧紧地拉住,快步从她们身旁走过,“晚安,亲爱的朋友们,我们迟到了,向二位问好了,我们必须要走了!”

"啊,晚安,小津先生,"两位被迷得神魂颠倒的太太故作媚态地说道,两个人还做了同一个动作,那就是两个人同时转头看我们。

"晚安,太太,"她们对我龇牙咧嘴地笑着说道。

我从来没有一下子看到过这么多的牙齿。

"再见,亲爱的太太。"安娜-依莲娜·默里斯太太对我低声下气地说道,并用贪婪的目光看着我,这时,我们已经快步到了门口。

"一定,一定!"格郎小声说着,并用脚后跟推开了门扇。

"真是不幸,"他说道,"如果我们停下来听她们说话,就要搭上一个小时。"

"她们没有认出我。"我说道。

我站在人行道中间,心情一直无法平复。

"她们没认出我。"我重复道。

他也跟着我站在人行道中间,我的手依旧是搭在他的手臂上。

"是因为她们从来没有见过您,"他对我说道,"而我,不管在什么情况下,我都能认出您。"

18. 流 淌 之 水

在阳光下就像瞎子一样到处摸索，而在漆黑的夜里却可以将物体看得一清二楚，这种事情只需经历过一次便可以自问有关视觉的问题。我们为什么要看？坐上小津先生叫来的出租车后，想到了雅森特·罗森太太和安娜-依莲娜·默里斯太太，她们两人曾经看到过的我只不过是她们能够看到的我（挽着小津先生的手臂，身处等级社会之中），眼睛如同试图抓住流淌之水的手一般，这个事实令我非常惊讶，这个过程伴随着一种看不见的力量。是的，眼睛去看穿，但不去观察；去相信，但不去质疑；去接受，但不去寻找——没有欲望，没有饥渴，也不去征讨。

此时，出租车在暮色中缓缓地行驶。

我想到了让·阿尔登，他的双眼因山茶花而熠熠生辉。

我想到了皮埃尔·阿尔登，他眼神锐利，却像个瞎眼的乞丐。

我想到了那些贪婪的太太们，她们对物欲充满企求的双眼却看不到任何东西。

我想到了仁冉，他那一双死气沉沉、毫无生机的双眼，看到的只是堕落。

我想到了吕西安，他的眼睛没有看到东西的能力，只因某些时

316

候黑暗的力量真的是太过于强大。

我甚至想到了涅普顿，它的眼睛是不会撒谎的块菰。

最后我又想到了自己，我思忖着自己是否同样能够看清自己呢？

19. 它在闪闪发光

您看过《黑雨》吗？

因为如果您没有看过《黑雨》——或没有看过《银翼杀手》的话——，那您也很难理解为什么当我和小津先生进入到餐馆时，我就会有进入到雷德利·斯科特①电影当中的感觉。影片《银翼杀手》的蛇女酒吧中有一个场景，戴卡德利用酒吧里墙上的可视电话叫来瑞切尔。在影片《黑雨》中也有凭电话接客的妓女所在的酒吧，酒吧里有各色金发女郎，以及凯特·卡普肖②的裸背，这些镜头就像是从彩绘玻璃窗透进来的缕缕光线，又像是在地狱中黑暗包围下教堂里的光亮一样。

"我喜欢这光线，"我对格郎说道，并坐了下来。

他带着我来到一个安静的小单间，小单间沐浴在灯光之中，还有闪闪发光的乌黑乌黑的东西，漆黑的东西怎么可能会闪闪发光

---

① 雷德利·斯科特（Ridley Scott，1937— ），好莱坞科幻片大导演，他的作品总是以精致的视觉效果给人留下深刻印象。代表作《异形》、《末路狂花》、《角斗士》、《沉默的羔羊2》等。——译注

② 凯特·卡普肖（Kate Capshaw，1953— ），美国电影女演员，出演过多部电影，她是著名电影导演斯蒂芬·斯皮尔伯格的妻子。——译注

呢？它在闪闪发光,如此而已。

"您看过《黑雨》这部电影吗?"格郎问我。

我从不相信两个社会背景完全不同的人竟然会有如此相似的爱好和思维方式。

"是的,我看过,"我说道,"起码也有十二次了。"

此时气氛甚是融洽,灯光闪烁,格调高雅,周围悄无声息,装饰品晶莹剔透,真是美极了。

"我们吃寿司怎么样,"格朗一边说着,一边很兴奋地展开他的餐巾,"不要怪我哦,因为我已经提前点了菜:我要让您品尝一下我自认为巴黎最好的日本料理。"

"当然不怪您了,"我说道,并睁大了眼睛,因为此时服务员将好多壶清酒摆到我们前面,以及无数碟精致的小盘子,盘子里有各种各样的小菜,我说不清都是用什么腌制的,不过看起来真的非常美味。

我们开始用餐了。我夹起一块腌黄瓜,那只是一种用醋、盐、香料等腌制过的黄瓜,却是滋味无穷。格郎小心翼翼地用赤褐色木筷夹起一块……橘子? 番茄? 或是芒果? 接着又很灵活地将它放入口中。我也立刻在同一个盘子里翻出一块。

原来是美味的甜萝卜。

"祝您生日快乐!"我举起手中的清酒杯说道。

"谢谢,非常感谢!"他一边说,一边跟我干杯。

"这是章鱼吗?"我这样问是因为我在放有橘黄色酱汁的盘子里夹出来一小块齿状的触手。

服务生送来两个没有边缘的上面盛着一片一片鱼块的厚木板托盘。

"这是生鱼片，"格郎说道，"在这里面您也会发现章鱼的。"

我沉浸在对此杰作的沉思当中，眼前的美真是让人叹为观止。我笨拙地使用筷子，夹起一小块灰白相间的生鱼片(这是菱鲽，小津先生客气地向我解释道)，我心醉神迷地将生鱼片放到了嘴中品尝起来。

我们何必要在虚无飘渺的苍穹之中去寻找永恒呢？那一片片小小的白色生鱼片不就是触手可得的永恒吗。

"勒妮，"格郎对我说道，"很高兴能有您陪我过生日，不过我邀您共进晚餐不光是为了这个。"

虽然我们刚刚认识仅有短短的三个星期，但是对于格郎的意图，我早已是心里有数，法国还是英国？荷兰画家维米尔还是意大利画家卡拉瓦乔①？《战争与和平》还是那个可爱的安娜？

我又夹了一块，一块飘渺的生鱼片——金枪鱼？——这块生鱼片相当的大，说真的，要是切成小块就更好了。

"我之前邀请过您和我一起过生日的，不过，在这之间，有人告诉我一些很重要的消息，所以现在，我想我有些重要的事情要跟您说。"

我一心扑到我的金枪鱼片上，对接下来发生的事情没有做好任何的准备。

"您不是您的姐姐。"格郎紧紧地盯着我，说道。

---

① 米开朗基罗·梅里西·达·卡拉瓦乔(1573—1610)，意大利画家，属于巴洛克画派，对巴洛克画派的形成有重要影响。——译注

20. 老 年 部 落

太太们。

各位太太们,如果您在某天晚上被一位富有而讨人喜欢的先生邀请,来到一处高档餐厅共进晚餐,那您无论如何都要始终如一地保持优雅的举止。吃惊、气愤、窘迫,让这些感觉靠边站,您只需保持不动声色的优雅风度便可,就算是出现什么意料之外的状况,那也要分清场合再来做出反应。而我,却没这么做,因为我是个吃生鱼片就跟吃红薯一样的下里巴人,不光如此,还会一阵一阵地打嗝,这还不是最糟糕的,当生鱼片卡在喉咙里时,我可以吓得什么都不顾,就跟个大猩猩似的,只想着立马将卡住的生鱼片给吐出来。坐在我们旁边的那一桌,人家安安静静地用餐,而我呢,在连续不断地打嗝,以及一连串富有旋律性的咳嗽之后,终于成功地将这该死的生鱼片从自己的嘴里赶了出去,接着,我一把抓起自己面前的餐巾,将生鱼片一股脑地吐在了上面。

"我也来做一遍怎么样?"格郎说道,他的神情看起来——像个小淘气! ——样子挺好玩。

"我……咳……咳……"我一直在咳嗽。

这咳咳声是老年部落中的常见声音。

"我……不行了……咳……咳……"我出色地继续说道。

接着，我说出来的话可谓是登峰造极：

"什么？"

"我还是再跟您说一遍吧，好让你听清楚，"他非常耐心地用大人对孩子，或者更确切地说，是对脑瓜不太灵光的人说道，"勒妮，您不是您的姐姐。"

我呆呆地坐着，茫然地看着他。

"我要跟您说最后一遍，希望这一次您不要被 30 欧元一片的寿司噎着，另外，顺便提醒您一下，吃下这些寿司会有点儿费劲：您不是您的姐姐，我们做朋友吧。甚至我们还可以做我们想做的一切事情。"

21. 那些杯中温茶

嘟 嘟 嘟 嘟 嘟 嘟 嘟

听着，如果你有一颗子弹，或是一次机遇，

去争取你曾经在一瞬间想要得到的东西，

你会用努力去争取，还是让它走过？

这个，是埃米纳姆①的歌，我承认，作为现代精英的先知，总是
听《狄多之死》，我有时也会换个口味去听些其他的音乐。

不过，音乐也可以混合在一起。

要证据？

就像这样。

记住我吧，记住我，但——

请把我的宿命忘掉。

三十欧元一片

———————————

① 埃米纳姆（Eminem，1972— ），说唱天王，别名痞子阿姆。其歌词颇受人们的争
议。——译注

你会用努力去争取，

还是让它溜掉？

这首歌在我脑海中出现，并且我还要解释一下。这种歌曲印在头脑里的奇特方式让我感到很惊讶（更不用提《羞惭无地》了，小膀胱门房的那个好朋友），不过这回，我不太在乎但却是诚恳地发现，占主导地位的竟是这打油歌。

接着，我哭了。

这要是在朋友的啤酒店里，一位吃东西时差点噎着的客人，勉勉强强把吃的东西吐出来，接着便一把鼻涕一把眼泪地哭开了，再加上用手旁的餐巾抹着鼻涕的镜头，那可真是一出好戏。可是，这一幕要是发生在连个生鱼片都要论块卖的高档餐厅里的话，那么我的肆无忌惮便只会带来相反的效果。那无声的指责像潮水般将我团团包围，我哽咽着，鼻涕直流，我不得已再次向那条已经装满东西的餐巾求助，一方面擦拭掉我情感的污点，一方面企图掩饰众人的指责。

我哭得更厉害了。

帕洛玛背叛了我。

伴随着一串串倾泻而下的眼泪，那一幕一幕的往事也再度涌上心头，还记得吗，那一个个将自己密闭起来的日日夜夜，那些与世隔绝埋头读书的漫长岁月，那些悲痛万分的冬季，那十一月份落在莉塞特美丽面庞上的雨点，那些从地狱来到庙宇青苔之上的山

324

茶花,那些饱含浓情蜜意的温茶,那些从淑女口中说出来的美妙词汇,那些非常佗的静物画,那些反映出其独特性的永恒的艺术精髓,还有那些令人喜出望外的夏季的雨,还有与心灵旋律共舞的絮片,以及在古代日本的瑰宝中,帕洛玛那张天真的脸庞。我在哭,放声地大哭,滴滴泪珠流淌在我的心中,而那是幸福的泪珠,在我的周围,整个世界已被吞噬,也不再有什么感情,除了那个男人的目光,与他为伴,仿佛自己成为了真正的人,而那个人正友善地握住我的手,用世界上最温暖的可以融化一切的微笑注视着我。

"谢谢您,"我如释重负地吐了口气,低声说道。

"我们做朋友吧,"他说道,"甚至做所有我们想做的事。"

　　记住我吧,记住我,
　　并且,羡慕我的命运吧。

22．牧场上的青草

　　死前必须经历的，我现在知道了：我可以跟您说。死前必须经历的，就是化为阳光的暴雨。

　　我彻夜未眠。尽管极为优雅地宣泄了自己的情绪，之后的晚餐真的很棒：您知道吗，那是温柔甜蜜、心心相印的感情，我们长久地沉浸在令人陶醉的沉默之中。当格郎送我回家，到了门前，他在我的手上吻了许久，并且我们互相拥吻，彼此都不多语，带着触电般的情感互相微笑着对视着对方。

　　我彻夜未眠。

　　您知道是为什么吗？

　　当然，您知道。

　　当然，所有人都会料想得到，除了某些事情，也就是除了完完全全打乱了突如其来的生活的一场大变动之外，还有某件事情在我这个五十多岁的轻佻女郎的麻雀小脑袋中反复出现。而这件事情可以说成是："甚至做所有我们想做的事情。"

　　七点钟一到，我像个上了发条的钟一样，蹭地一下从床上蹦了起来，并且将心情不爽的猫咪扔到了床的另一头。我饥渴得很。我饥渴我指的是字面意义（一大片涂满奶油和黄香李果酱的面包只会刺激我但丁式的胃口),而我饥渴引申意义是:我迫不及待地想知道接下来会发生的事情。我像只困兽,左右来回在厨房里团团打转,我责怪我的猫咪为什么不理我,接着,吃下第二片果酱奶油面包,在房间里没头没脑地乱撞,把东西翻出来,接着又整理好,翻出来,又整理好,最后又开始考虑准备吃我的第三片面包。

最终,到了八点钟,我突然安静了下来。

一股突如其来的巨大的情感激流流淌在我心间。到底发生了什么事情?那是一种转变。我想不出还有什么其他理由;对某些人来说,会有些泄气,而对我来说,那便是智慧闪现的征兆。

我跌坐在椅子上,生活再度回到正轨。

可是这种生活让人提不起兴趣:我才回忆起自己依然只是个门房,而且到了九点钟,我还要到巴克街去买去除铜器上污渍所用的清洁剂。"在九点钟",真的很神奇:可以说是在清晨。不过昨天,我在制定今天的工作时间表时,就对自己说:"明天早上九点钟一定要去。"于是,我拿着自己的草提包和手袋,离开家到大街上去买让富人们家里的装饰品发亮的东西。外面,阳光明媚,春暖花开。远远地,我看到仁冉从他的纸箱子里脱身而出;天气变好,我替他感到高兴。突然想起这个乞丐对那个傲慢自负的美食教皇的留恋,这使我觉得甚是好笑;对于一个心中充满幸福感的人来说,阶级斗争好像突然间变得不再重要,我对自己说,同时也惊讶于抵抗意识逐渐消失的自己。

接下来发生了一件事情:仁冉突然开始摇摇晃晃地走起路来。而离他只不过十五步开外的我不禁皱起眉头,心中一惊。他晃得非常厉害,仿佛是站在一只前后摇摆颠簸的小船上,我还看到了他的脸和他那神情恍惚的表情。"到底发生了什么事情?"我大声地喊，并加快速度走向那个可怜人。这要是在平常，仁冉是不会喝醉的，更何况，就跟母牛很能吃牧场上的草一样，他喝酒是很难喝醉的。而最不幸的是，此时街上空无一人；而我则是唯一注意到他的人。他跟跟跄跄地往马路方向走了几步，接着又停下来，此时我离他也无非两米之远，突然，他像离弦的箭一般冲向了马路，仿佛无数个妖魔鬼怪在后面追他。

这就是接下来发生的事情。

这接下来发生的事情，如同每个人的想法一样，我真希望它从未发生过。

23. 我的山茶花

我要死了。

我心里很清楚，自己马上就要死了，在一个春意盎然的清晨，我将在巴克街上，慢慢离开这个世界，只是因为一个得了舞蹈病的患者，一个无厘头地冲到空无一人的马路上的流浪汉，仁冉。

其实，马路上并不是空无一人。

因为那个扔掉了手中所有的包，冲出去，挡在了仁冉前面的人就是我。

接下来，我被撞了。

惊愕之余，我跌倒在地，还没等疼痛将我击垮，便看到了是什么把我撞倒的。我躺在地上，映入眼中的是一辆洗衣店小货车的侧面。它曾试着躲闪开我，并往左调转车头，但为时已晚：我被撞到了车子的右前侧，而且是可以看到白色货车的蓝色广告上写着"马拉伏恩洗衣店"的位置上。如果可以的话，我真的很想笑。对于那些自认为可以破解上帝之路的人来说，上帝为我敞开的路真的太明确了……我想到了曼努埃拉，我死在洗衣店货车的车轮之下，会不会让她懊悔终生，这是报应，是我两次盗用衣服的报应，因为她的过错,我受到了上天的惩罚……这种痛苦淹没了我;那是肉体上的痛苦,那份痛在我身体里汹涌地蔓延开来,最后,我甚至说不清痛在哪里,它渗入到我身体中所有我能感觉到的地方,直至痛彻心扉,在接下来的时间里,我想到了曼努埃拉,想到我要让她独自一人去面对人世间的不公,想到我将永远都见不到她,这不由得刺痛我的心。

有人说,在死的那一刻,人们会重新审视自己走过的一生。但是就算我的眼睛睁得再大,也不能看清那辆货车,认出那个女司机,那个洗衣店里递给我深红色亚麻外套的年轻女孩,那个此时此刻在不顾一切地大声哭泣和呼救的女孩,我也不能看清车祸之后跑过来围观我的路人,那些一直在说着一些我不懂的话的路人——只有一张张久违的面孔出现在我失明的眼中,我唯一清楚的是,离开他们中的任何一人,我都会心如刀绞。

说到面孔,我第一个看到的就是我的猫。没错,我第一个想到的也是它,不是因为它是最重要的,而是在我痛苦的时候,在我即将告别人世的时刻,我需要知道我这只四条腿的朋友未来的命运,否则我怎能瞑目啊。想到这个肥硕的家伙,我笑了,都十年了,是它,一直不离不弃地陪伴着我,度过一个个孤寂难熬的寡居日夜,我苦涩地笑着,但心里却是暖暖的,因为面对死亡,我们和宠物之间的亲密感情,这在平时看来平凡的情感,此刻变得不再微不足道;十年的生活都凝结在列夫的身上,这些可笑而多余的猫咪,这些用痴呆儿般平静而冷漠的态度时刻伴随在我们身边的猫咪,它们是多么会掌握自己的命运啊,它们会尽可能享受每分每秒的快乐时光和幸福生活,就算是遭遇到了不幸,都不会在意,这是怎样的生活态度呢?再见了,列夫,我对自己说,同时,也向一个我没想到此刻的自己会如此留恋的一生说一声,再见了。

我内心默默地将列夫的命运交到了奥林匹斯·圣-尼斯的手中,由她来照顾列夫,我会感到慰藉的。

下面,我真的可以直面其他的人了。

曼努埃拉。

曼努埃拉,我的朋友。

即将死去的我,终于有了用"你"来称呼你的机会。

还记得那些杯蕴涵着温情与友谊的清茶吗?十年来,我们共品清茶,十年来,我们以"您"相称,你知道么,此时的我胸中激荡起阵阵暖意,以及一种难以名状的强烈的感激之情,我不知道自己感激的到底是谁或是感激什么,也许是感激人生,感激在我的人生之中拥有你这样志同道合的朋友,你知道吗?是你,让我有了自己的思想,却偏偏到了吾之将死,我才终于意识到了这一点……那些品评茗茶的午后时光,那些品尝糕点的漫长时期,那个既无珠宝也无宫殿但却优雅而伟大的女人曼努埃拉,如果我的生命之中不曾出现这些,我也许只是一个普通而卑微的门房,却因为感染,因为贵族心是一种可以感染的情感,你将它感染给我,使我成为一个能够得到友谊的女人……如果没有你一个星期又一个星期牺牲自己的时间来陪伴我,真心真意和我共享茶之神圣礼仪,我怎么可能如此惬意地将自己这个穷人的渴望都转变为对艺术的喜爱?我又怎么可能如此钟情于青花瓷、摇曳欲坠的树叶、凋零的山茶花、所有人世间珍贵的永恒，以及所有这些在奔腾不息的江河湖海之中历经磨难却还能光辉璀璨的珍珠？

你知道我有多想念你么……今天早上，我明白了死亡的意义：在死亡即将到来的时刻，是其他人为我们而死，因为我在这里，躺在有点凉的马路上，我对死亡毫不在意；因为发生在今天早上的死亡不会比昨天更有意义。不过，我再也看不到我爱的人了，如果死亡就是如此的话，那么这大概就是人们所谓的悲剧吧。

曼努埃拉，我的姐妹，命运待你比待我还要不公：你为我阻挡各种不幸，是避免我平庸的坚实堡垒。可我为你做了什么？知道么，生活要继续下去，你要好好活着，并带着愉悦的心能够时常想到我，知道么。

但是，在我的心中，再也见不到你，那真的是一种无限的痛苦啊。

我的丈夫，吕西安，是你么，出现在我脑海里的是那个圆形相框中发黄的照片。照片上你那笑容，你那轻轻吹着口哨的样子印刻在我的心中。当我们面对死亡，陷入黑暗之中的恐惧之前，你是否也有和我一样的感觉，感受到这是我的死而不是你的死呢？当那个相濡以沫的人离你而去这么久的时间，生命到底对我来说还有什么意义？今天，我体会到了一种奇怪的感觉，我觉得自己背叛了你；死亡，仿佛真的把你杀死。亲人远去的痛苦还不够；还要把我们心中的人给杀死。然而，你的笑容，你轻轻吹着口哨的样子，突然，我也像你一样，笑了。吕西安……我多么爱你，我的离去，就是为了这个，也许，我真的应该睡去了。我们会在家乡的小墓地安详地睡去。会远远地听到小河流水的声音。有人在河里钓鲫鱼儿、钓柳条鱼儿。孩子们都在水边嬉戏玩耍，喊叫。每当黄昏日落，人们便会听到教堂里传出的三经钟声。

是您么，格郎，亲爱的格郎，是您，让我相信山茶花存在的可能性……在那即将死亡的一瞬间，我想到了您；几个星期的时间并不能说明一切，我对您的认识并不及您对我的了解：您是一位绝世好人，您是一剂对抗命运不公的神奇香脂，或许还有其他什么吧？谁知道呢……我无法阻止自己对这种不确定性感到不安。不是吗？在不可能的爱情下，如果您还能让我笑，让我说话，让我哭泣，洗刷这折磨我多年的过错所带来的耻辱，还给莉塞特那曾经丧失的尊严吗？多么可怜……如今，您大概正陷入到黑夜之中吧，在即将与您告别之际，我必须放弃知道命运曾经要给我的答案……

死亡，就是如此吗？如此悲惨？还有多少时间呢？

如果我不在乎的话，那就是一种永恒吗？

帕洛玛，我的女儿。

轮到你了，你，是最后一个我想看到的人。

帕洛玛，我的女儿。

我没有孩子，因为我没有生育能力，我会因此遭受痛苦吗？没有，不过如果我有一个女儿，那我希望就是你。我全身心地向天上的神明企求，企求你的生命能如你所希望的那么高贵。

接着，我获得了顿悟。

这真的是一种顿悟：当我看到你严肃而天真的美丽面孔，看到你粉红色框架的眼镜，看到你撮拢坎肩下摆的方式，眼睛紧紧盯着他人的神态,以及爱抚仿佛真的会说话的猫咪时的样子。当我看到这些时,我真的又哭了。那是发自内心的愉快的眼泪。那些在路上看热闹的人们,他们都看到了什么呢?我不知道。

不过,在我的心中,一颗太阳正在冉冉升起。

我们如何决定一条生命的价值?记得有一天帕洛玛曾经跟我说过,重要的不是死亡,而是在死亡的那一刻,我们在做什么,而此时此刻,面对死亡的我正在做什么呢?我暗自思忖着,不过在我热烘烘的内心当中已经有个预备好了的答案。

我在做什么呢?

我曾遇到一个人,而且我正准备爱上他。

五十四年来感情平淡、精神空虚,刚刚才有了吕西安的温存,顷刻间却又变成了屈服于命运的影子;五十四年来自我封闭、内心孤寂无依;五十四年来憎恶社会,对等级差别失望透顶,五十四年来从未和任何人交往,也从未和任何人相伴,可就在五十四年后的今天:

我永远的曼努埃拉。

还有格郎。

以及我亲爱的女儿,帕洛玛。

我的山茶花。

我真希望自己还能与你们共饮最后一杯茶。

就在这时,一只耳朵和舌头耷拉着的幸福快活的长毛垂耳猎狗出现在我的视线之内。真的很傻……不过我还是想笑。永别了,涅普顿。你是只愣头愣脑的小狗,我很清楚,死亡让我们都有些张皇失措;你大概是我最后一个想起来的朋友。如果这是有意义的,我一点也不明白是为了什么。

哦,不。

最后一张面孔。

真是奇怪啊……我怎么再也看不到任何面孔了……

夏季将至。在七点钟的时候。乡村教堂里的钟声准时敲响。我又看见了自己的父亲,他弓着背,双臂使出全力,翻动着六月的土壤。太阳落山,劳累一天的父亲挺直了腰板,用衣袖擦拭着额头上的汗珠,接着,往家的方向走去。

一天的劳动结束了。

九点将至。

我在平静之中慢慢死去。

深刻思想之结束

面对"曾经"

该做什么

如果不在

隐藏的音符中

追寻"永远"

今天早上，米歇尔太太过世了。她在巴克街附近被一辆车撞倒了，那是一辆洗衣店的货车。我无法相信自己所写的这些字字句句。

是格郎通知我这条死讯的。看来是他的秘书保罗告诉他的。那时保罗正好在那条街上走，远远地，他看到了车祸，但当他跑过去想要做些什么的时候，已经太晚了。米歇尔太太想要救下走在巴克街拐角处的，喝酒喝得醉醺醺的流浪汉仁冉。她向他跑去，却没有注意到飞驰而来的小货车，而且听人说，似乎开货车的那个女司机因为刺激过度而精神失常，后来，也被送到了医院。

格郎是在快到十一点的时候按响我家门铃的。他要见我，接着，当见到我之后，他紧紧地握住了我的手，说道："痛苦是没办法躲过的，帕洛玛，那么让我来告诉你刚才发生的事情吧：勒妮发生车祸了，差不多九点的时候。很严重的车祸。她死了。"接着，他哭了，把我的手紧紧地掐在他的手里，"我的上帝啊，谁是勒妮?"受到惊吓的妈妈问道,"是米歇尔太太。"格郎回答道,"噢!"妈妈如释重负。格郎顿时感到一阵恶心,转过头去不理她了。"帕洛玛,我要处理一些较为严肃的事情,我们一会儿再见面好吗?就这样定了吧。"他对我说道。我点了点头,我们互相紧紧地握着对方的手。用日本人的方式,弯下腰来稍稍地鞠上一躬,来表示互相道别。我们彼此都能清楚对方有多么的心痛。

等他走后,我唯一想做的事情,就是摆脱妈妈的纠缠。她本想张嘴说些什么,我做了个手势拦住她,是这样的,我用手掌对着她,意思就是说:"想跟我说话,没门。"她打了个小小的饱嗝,不过也没有再向我靠近,她把我赶回我自己的房间。到了屋里,我在床上将自己蜷缩成一团。半个小时之后,妈妈过来轻轻地敲门。我说道:"不要烦我。"于是,她也没有再坚持。

从那之后,又过了十个小时。大楼里也发生了很多事情。比如说:当奥林匹斯·圣-尼斯得知米歇尔太太的死讯后,立刻冲到门房室(叫来一个锁匠才开的门),从那里将列夫带走,并将它带到自己的家中。我想米歇尔太太,勒妮……我想她可能是希望这样的吧。这也让我有了些许宽慰。在接受到格郎至高无上的指令之后,德·布罗格利夫人也开始行动起来,竟然出面处理米歇尔太太的丧事,这还真是奇怪,我差点就相信这个干巴老太的友善。她对我妈妈,她的新朋友说道:"她在这里已经工作二十七年了,我们都会想念她的。"接着,她又马上组织起一场募捐仪式,为的是买些祭奠的花束,并负责去联系勒妮的家属。勒妮还有家属吗?我不知道,但是,德·布罗格利夫人会去寻找的。

最无法自拔的人,就是洛普太太了。当她十点来做家务的时候,是德·布罗格利夫人告诉她这个噩耗的。听别人说,她在那儿呆呆地站了有两秒钟,用手紧紧地捂住嘴巴。接着,便晕厥过去了,一刻钟后,清醒过来的她嘴里还不断念叨着:"对不起,哦,对不起。"接着,她戴上了围巾,茫然地回家去了。

这真让人心碎。

我?我呢?我体会到了什么呢?我在描述格勒内勒街七号发生的事情,但我却没有勇气。我害怕进入自己的内心,害怕看到内心当中发生的事情,想到这样的自己,想到这个渴望自杀的我,这个为了让科隆布、妈妈和爸爸难过而去自杀的我。我真的感到羞愧难当。因为我从未这样真正地遭遇过痛苦。更确切地说:我遭遇过,但并没有痛苦。我的那些无聊的计划,只不过是无忧无虑生活的奢侈,只不过是一个富家小姐觉得好玩、觉得有趣的理性想法罢了。

不过这一次,也是第一次,我真的觉得很痛,非常地痛。一记重拳打在自己的肚子上,我觉得自己呼吸断续,心伤得很深,胃也被完全压碎了,那是一种难以忍受的身体上的痛,我心里在想,我是否能在某一天恢复过来,从这痛苦当中恢复过来呢,我痛得真想嗥出来,但却发不出声。就是现在,我也依然能够感觉到那种痛苦,尽管这并没有妨碍到我走路或是说话,那真的是一种无能和荒谬的感觉。那么,生命就该是如此吗?所有的可能在转瞬之间就会消失吗?一个充满计划,充满刚刚开始的议题,充满还未达成心愿的生命,便在这一瞬间消失殆尽,最后什么都没留下,什么也不能做,难道我们真的永远都不能回到从前了吗?

这是我生命中的第一次,感受到"曾经"的含义,没错,真的很可怕。那是个我们每天都要用上百次的单词,但当我们在真正面对"永远不再"之前,我们自己都不知道自己曾经说过什么。总之,我们总是觉得可以掌控自己身边所发生的一切；但这发生的一切对我们来说似乎又是不确定的。我总是说要在最近这几个星期里，尽快了结自己的生命，这还真是徒然，面对死亡，我真的能相信自己所说过的话、所下定的决定吗？而这样的决定又真的让我感受到"曾经"的含义了吗？完全没有。它只是让我觉得自己有能力去做一个决定。可自己想想就知道了，就算是在死前的几秒钟里，"永远"地结束依然是个空洞的词汇。但是当我们爱的人离我们而去……那么，我可以告诉您，我们可以感受到它的含义，那种感觉是非常非常非常痛的。就仿佛是烟火突然熄灭，一瞬间，世间万物都处于黑暗当中。而我感到的，只有无限的孤单、羸弱，以及肝肠寸断。

接下来，发生了一些事情。在悲伤的日子里发生这样的事情会让人感到有些不可思议。差不多五点钟的时候，我和格郎一起下楼，来到米歇尔太太（我是指勒妮）的门房室，因为他想拿一些她的衣物，好带到医院的太平间去。他按响我家的门铃，他问妈妈是否可以和我说话，我早就猜到是他：因为我早已站在门前等他。那是因为我想陪他一起去。我们搭乘电梯下楼，在电梯上，两个人都没有说话。他看起来非常疲倦，不是悲伤，而是疲倦；我对自己说：聪明人脸上的痛苦大概就是如此的吧。将内心真实的感受掩饰起来；只是给人很疲倦的感觉。我是否也是如此，看起来是很疲倦的样子吗？

终于，我和格郎来到了她的门房。但是，正当我们穿过院子的时候，我们两个人，同时停了下来：有人在弹奏钢琴，我们陶醉于其中。我知道，那是作曲家萨蒂①的曲子，好吧，其实我还不能确定（但是，不管怎样，那是一首古典钢琴曲）。

关于这个主题，我没有什么真正意义上的深刻思想。而且，当自己亲爱的挚友躺在医院冰冷的太平间里时，怎么可能还有什么深刻的思想呢？但是，我唯一知道的是，我和格郎同时停了下来，并同时深深地吸了口气，让阳光沐浴着我们的脸庞，听着那来自于天堂的乐曲。"我想勒妮会喜欢的。"格郎说道。我们驻足而立了一段时间，倾听着美妙的音乐。我同意他的话，但又是为什么呢？

今天夜里，我全身疲惫不堪，可是想到这，我不禁思忖，生命或许便是如此吧：有很多的绝望，但也有美的时刻，只不过在美的时刻，时间是不同于以前的。就好比是音符在时间之内打了一个圆括弧，一个休止符，而在这外面，则是"曾经"之中的"永远"。

没错，就是它，就是"曾经"之中的"永远"。

您不要害怕，勒妮，我不会自杀，我也不会烧毁任何东西。

因为，为了您，从今以后，我要追寻这"曾经"之中的"永远"。

追寻这人间之美。

---

① 萨蒂(Eric Satie, 1866—1925)，法国作曲家、钢琴家。——译注

图书在版编目(CIP)数据

刺猬的优雅/〔法〕芭贝里(Barbery,M.)著;史妍、刘阳
译. —南京:南京大学出版社,2009.7(2024.11重印)
(精典文库)
ISBN 978-7-305-06342-8

Ⅰ.刺… Ⅱ.① 芭… ② 史… ③ 刘… Ⅲ. 长篇小
说—法国—现代 Ⅳ.I565.45

中国版本图书馆 CIP 数据核字(2009)第 131600 号

Muriel Barbery
L'élégance du hérisson
Copyright © 2006 by Éditions Gallimard
Simplified Chinese Edition Copyright © 2009 by NJUP
This Edition arranged with Éditions Gallimard
Through Garance Sun SARL
All rights reserved

江苏省版权局著作权合同登记 图字:10-2009-006 号

出版发行 南京大学出版社
社 址 南京市汉口路 22 号 邮 编 210093

CIWEI DE YOUYA
书 名 刺猬的优雅
著 者 [法]妙莉叶·芭贝里
译 者 史妍 刘阳
责任编辑 甘欢欢

照 排 南京开卷文化传媒有限公司
印 刷 江苏凤凰扬州鑫华印刷有限公司
开 本 880mm×1230mm 印张 11.375 字数 233 千
版 次 2009 年 7 月第 1 版 2024 年 11 月第 28 次印刷
ISBN 978-7-305-06342-8
定 价 45.00 元

网 址:http://www.njupco.com
官方微博:http://weibo.com/njupco
微信服务号:njuyuexue
销售咨询:(025)83594756

* 版权所有,侵权必究
* 凡购买南大版图书,如有印装质量问题,请与所购
 图书销售部门联系调换